별을 잇는 손

별을 잇는 손

무라야마 사키 지음
류순미 옮김

책을 사랑하는 마음에 더 가까이

비슷해서 그런 걸까 했어요. 그러니까 일본의 산골짜기 마을 사쿠라노마치의 '오후도 서점'과 강원도 속초에 있는 '동아서점'의 비슷한 점들 때문에 소설에 몰입하게 되는 걸까 하고요. 첫째로 지방의 아주 작은 마을에 있는 오래된 서점이라는 점. 또한 오후도 서점은 만화나 라이트노블 등도 있는, 비교적 다양한 분야의 책을 취급하는 종합 서점이라는 점. 지방 서점이라 배본 사정이 여의치 않아 화제의 책을 도매상이나 출판사로부터 얻어내기 위해 쩔쩔맨다는 점도 있겠습니다. 흡사한 점들이 여럿 있어서인지, 소설을 읽는 동안 오후도 서점과 거기서 일하는 사람들의 이야기가 마치 제가 잘 알고 있는 곳, 다시 말해 제가 운영하는 서점인 양 여겨졌어요.

그렇다면 이 소설은, 소설 속 책방과 비슷한 처지에 놓인 책방 운영자들만이 공감할 수 있는 이야기일까요? 하지만 『별을 잇는 손』의 1편인 『오후도 서점 이야기』는 저희 서점에서도 인기가 상당했습니다. 국내 온라인 서점에서 책을 검색해 봐도 많은 분들에게 사랑받은 소설이라는 걸 어렵지 않게 알 수 있어요. 서점을 운영하는 사람들만이 좋아했다고 치부하기에는 그 판매량이 너무 높습니다. 그런 인기가 가리키는 바는, 이 작품이 많은 사람들이 공감할 수밖에 없는 이야기이고, 나아가 공감하고 '싶은' 이야기라는 뜻일 것입니다.

『별을 잇는 손』에는 흔히 서점을 다룬 소설에서 놓치고 마는 요소가 담겨 있습니다. 소설뿐만 아니라 서점을 다룬 논픽션이나 신문 기사에서조차 종종 언급되지 않거나 가려지는 부분이죠. 그건 바로 '노동'으로서 서점 일을 이야기하는 자세입니다. 저자 무라야마 사키는 차분한 톤으로 서점에서 노동하며 살아가는 사람들의 풍경을 꼼꼼히 묘사합니다. 홍보물을 만들고, 서가 배치와 큐레이션을 고민하고, 저자 사인회를 준비하고, 출판사 마케터와 연락하고⋯⋯. 의자에 앉아 있는 사람들이 아니라, 두 발로 쉴 새 없이 서점 안을 뛰어다니고 방에 누워서도 서점에 대해 고민하는, 성실히 일하는 사람들의 풍경 말이에요.

그래서 궁금해집니다. 이토록 세세히 서점의 노동을 묘사하고 있는데, 왜 아무도 지치지 않는 걸까요? 오후도 서점 점장 잇세이는 책을 배달하면서도 책에 대한 고민을 하는, 그야말로 자나 깨나 책과 서점 생각뿐인 사람인데 왜 힘들어하지도 않고 고단해 보이지도 않는 걸까요? 더이상한 건 읽는 저조차도 그런 노동의 풍경이 팍팍하게 느껴지지 않았다는 것입니다. 오히려 그 서점의 일원이라도 된 것처럼 그들과 함께 머리를 굴리고 있었어요.

잃어버린 것을 되찾아서 그런 걸지도 모르겠습니다. 오후도 서점에서 벌어지는 일들에 자연스레 물들게 되는 이유 말이에요. 『별을 잇는 손』은 서점에서 일한 지 5년이 되어가는 제가 종종 잊고 마는 가치를 다시금 떠올리게 합니다. 매일 반복되는 노동으로 점철된 일상 속에서 서서히 희미해져버리는 바로 그것, 책을 대하는 진정성이라는 가치를요. 이야기 속 서점 사람들의 노동 이면에는 책을 사랑하고 책의 힘을 믿는, 강력한 진정성이 놓여 있습니다. 그런 까닭에 그들은 지치지 않고 자신이 해야 하는 일을 묵묵히 수행하고 있는 것이죠. 미래에 서점이 나아가야 하는 어떤 장소가 있다면 그건 어디일까요? 그곳은 새로운 아이디어로 가득한 어딘가가 아닌, 책을 사랑하는 마음에 더 깊숙이, 더 완벽히 도달한 곳일 것만 같습니다. 사쿠라노마치의 이 작고 오래된 서점처럼요.

속초 동아서점 김영건

차례

등장인물

츠키하라 잇세이

오후도 서점 직원으로 전 긴가도 서점 문고 담당이었다. 산골짜기 작은 서점을 살리기 위해 고군분투한다. 사람들과 어울리기를 꺼리는 성격이었으나 조금 바뀐 듯하다. 서평 블로그 '고초테이'를 운영하고 있다.

우사미 소노에

긴가도 서점 아동서 담당으로 내향적이고 몽상가인 아름다운 여성. 그림을 잘 그린다. 잇세이를 마음속으로 좋아하고 있다.

미카미 나기사

긴가도 서점 문예 담당으로 카리스마 넘치는 점원. 소노에와는 소꿉친구로 서평 블로그 '호시노카케스'를 운영하고 있다.

야나기타 로쿠로타

긴가도 서점 점장으로 출판 업계의 풍운아로 불리던 사내다. 책 도난 사건에 휘말려 서점을 그만둔 잇세이를 남몰래 돕는다.

가네다 조

긴가도 서점 사장으로 돈 많은 사업가. 전쟁으로 폐허가 된 가자하야의 상점가를 부활시킨 위인.

오후도 서점 주인

100여 년을 이어온 오후도 서점을 잇세이에게 맡긴다. 훌륭한 서점인.

도오루

오후도 서점 주인의 손자로 책을 좋아하는, 똑똑하고 상냥한 소년.

후지모리 쇼타로

음악 카페 주인으로 일류 출판사를 퇴직한 인문 분야의 명편집자. 전국 서점인들과 교류하고 있다. 아내는 도쿄에서 아동서 편집자로 일하고 있고 딸은 유학 중이다.

사와모토 구루미

만화가의 길을 접고 문구점 2층에서 은둔하고 있는 미대생으로 사와모토 마리노의 여동생이다.

· **사와모토 마리노**

오노타 문구점의 여주인으로 본업은 염색가이고 대단한 미인이다.

· **요모기노 준야**

잘생기고 지적이고 재능이 넘치는 인기 작가. 사람들과 잘 어울리고 성격도 좋다. 잇세이의 이종사촌 형이다.

· **다카오카 겐**

『검푸른 바람』의 저자. 50대가 되어서야 인기 작가가 되었다. 디자인 회사에서 영업 사원으로 근무하고 있다. 온화하고 겸손하다.

· **단 시게히코**

데뷔작이기도 한 『4월의 물고기』가 잇세이의 활약으로 베스트셀러가 되었다. 왕년에는 아주 잘나가는 드라마 작가였다.

· **가시와바 나루미**

책을 좋아하는 여배우로 아이돌 출신이다. 별명은 '나루루'. 소노에의 엄마와는 오랜 친구 사이다.

· **후쿠모토 가오리**

사쿠라노마치 마을 이장으로 백발의 미녀다. 출판 업계에서 일하다 정년 퇴직을 계기로 고향으로 내려왔다.

· **오노 사토루**

후쿠와 출판사 영업 담당으로 밝고 솔직하며 영업도 잘한다.

· **나츠노 고요**

나기사가 어릴 때 집을 나간 아버지. 대형 출판사에서 일하는 유명한 편집자다.

· **앨리스**

오후도 서점을 지키는 똑똑한 삼색 고양이.

· **선장**

나이를 알 수 없는 하얀 앵무새. 거드름쟁이.

서장
하얀 백합

"······나이가 들면 너무나 잘 알고 있다고 여기는 자신의 몸에도, 하나 둘 깜짝 놀랄 만한 일들이 생긴다."

가시와바 나루미는 떠오르는 문장을 중얼거리며, 애용하는 만년필로 원고지에 사각사각 글자를 채워간다. 블루그레이색 잉크는 오늘도 여전히 예쁘다. 순금으로 만들어진 펜촉은 부드럽게 휘어지며, 동글동글하고 특이한 나루미의 글씨체마저 멋져 보이게 하는 힘이 있다.

오래전부터 써온 주간지 에세이다. 좋아하는 것에 대해 편안하고 가볍게 써달라는 의뢰였기 때문에, 변덕스럽고 싫증을 잘 내는 나루미도 지금껏 써올 수 있었는지도 모르겠다.

지은 지 오래된 아담한 온천 료칸은 하코네에 있다. 큰길에서 조금 벗어난 곳에 있어서인지 어딘가 비밀스럽고 고즈넉하다. 예전부터 정해놓고 오는 곳이어서, 마치 몰래 숨겨주는 듯이 나루미가 이곳에 있다는 사실이 새나가지 않는다. 그래서 나루미는 혼자 있고 싶어지면 불쑥 이곳을 찾는다.

"얼마 전에 코털에 새치가 생긴 걸 발견했다. 세상에, 코털에도 새치가! 머리카락도 아니고 이런 곳까지 하얗게 세다니 말도 안 된다고 생각하며……. 가만있자, 이건 좀 품위 없어 보이나?"

나루미는 팔짱을 끼고 원고지를 뚫어지게 바라본다. 낡은 등나무 의자가 삐걱거리는 소리를 냈다. 그래도 한때는 인기 최고 아이돌이었고, 지금은 국내외 영화제에서 당연히 수상 후보로 오르는 데다 여러 번 수상 경험이 있는, 안방극장의 대스타 나루루의 에세이에 '코털에 새치'가 가당키나 하단 말인가. 한참을 생각에 잠겨 있는가 싶더니 마침내,

"뭐 어때."

웃으며 다시 만년필을 들었다.

"누가 봐도 나루루가 쓸 것 같은 에세이인걸 뭐."

유백색 유리창 너머로 여름 햇살이 새어 들어와 방을 환하게 비추고 있다. 그래도 산골짜기에 있는 오래된 료칸의 공기는 서늘하기만 하다. 에어컨이 없어도 무척 시원하다. 방금 전 정오 뉴스에서 오늘도 도심 기온이 영상 35도를 넘었다고 전했지만 이곳은 그야말로 별천지다. 밀물처럼 밀려드는 매미 소리가 기분 좋게 울려 퍼진다.

"미안."

나루미는 혀를 날름 내밀었다. 자신만 무더위로부터 피신해 있는 것만 같아 일하고 있을 동료들에게 조금은 미안한 마음이 들었다. 어디까지나 아주 조금. 가을에 방송되는 연속극 촬영이 나루미에게는 며칠간 없지만, 다른 사람들은 오늘도 뙤약볕 아래에서 촬영을 하고 있을 터였다. 100여 년 전 다이쇼 시대를 배경으로 한 황족 이야기로, 그것도 가

을에서 겨울까지의 내용이라 모두 거추장스러운 의상을 입어야 한다. 야외 촬영도 있으니 몹시 더울 것이다. 그렇다고 스튜디오 촬영은 시원하느냐 하면, 그럴 리가. 조명이 뿜어내는 열기로 온몸이 땀에 젖어 의상 속은 그야말로 찜통이 된다.

"이럴 때가 아니지. 지금 에세이 마감이 코앞이라고. 이런 걸 자가격리라고 하나?"

듣는 사람도 없는데 자기도 모르게 주절주절 변명을 늘어놓는다. 늘 쓰던 글이라 금방 쓸 줄 알고 방심하고 있다가 그만 마감일이 닥치고야 말았다. 집에서 생각만 하다가는 답답해 죽을 것 같아 새벽에 택시를 잡아타고 이곳 산골까지 도망 오고 말았다.

벌써 몇 년째 이 에세이를 연재하고 있는 걸까.

"아, 몇 년이 아니지. 그래, 몇 십 년이네."

책을 많이 읽는, 좀 특이한 아이돌이라고 소문나면서 에세이 연재를 의뢰받은 건, 나루미가 아직 10대였던 소녀 시절이었다. 3개월만 하면 되니 짧은 에세이를 써달라는 의뢰였다. 물론 소속사에서 적극적으로 홍보했기 때문이라는 사실도 알고 있다. 그래도 기분이 좋았다. 하지만 처음에는 글도 잘 못 쓰고 머리도 좋지 않은 자신이, 어른들이 보는 잡지에 연재라니, 못 할 것 같았다. 너무 두려웠다.

애초에 제대로 된 문장을 써본 적도 없었다. 학교에서 수업 시간에 작문을 하거나 독후감 혹은 일기를 끄적이는 정도가 고작이었다. 국어 성적이 좋은 것도 아니었다. 에세이를 읽는 건 좋아하지만, 과연 내가 써도 되는 걸까.

'용케 결심했지.'

매주 원고를 쓰다 보면 문장력이 늘 수도 있고, 깊게 생각하는 습관이 생길 수도 있다. 모르는 건 찾아보면서 세상에 대해 좀 더 많은 것을 알게 될지도 모른다고.

일이 너무 바빴다. 물론 바쁘게 일할 수 있다는 건 기쁜 일이었지만 애서 고등학교에 들어가고도 거의 다니지 못했다. 집안 사정으로 중학교 때에도 제대로 공부를 할 수 없었던 나루미였다.

아이돌이 된 건 좋았지만(지금도 연예인을 천직으로 생각하고 있다), 거의 24시간 내내 일에 매달려야 했기 때문에 이대로는 안 될 것 같았다. 점점 빈껍데기가 되어가는 것만 같아서. 마지막 보루라고 생각하고 촬영을 기다리는 시간이든, 이동 중인 차 안에서든, 혹은 숙소에서 잠들기 전이든, 일단 틈이 나면 닥치는 대로 책을 읽으며 활자를 가까이 했던 것이다.

'국어 공부라고 생각하고 해보자.'

만약 글이 엉망이면 출판사 쪽에서 알아서 없던 일로 할 것이다. 할 수 있는 만큼만 하면 된다. 촬영할 때와 마찬가지로. 고민도 하고 사전도 찾아가며 열심히 썼다. 처음에는 원고지를 메우는 방법도 몰랐다. 연필로 썼다 지우기를 반복하며 가끔은 찢어버리기도 했다. 소속사 선배들과 매니저를 비롯해 촬영 현장에 있던 어른들은 흥미로워하며 이것저 것 알려주었다.

어른들도 여러 유형이 있다. 모두가 선량하다고 할 수는 없었지만, 평소에는 괴팍하거나 평판이 안 좋은 사람이라도 열심히 하는 여고생, 항상 노력하는 신인 아이돌에게만큼은 친절했다. 참고가 될 만한 책을 빌려주거나 자신이 쓰던 사전을 가져다주기도 했다.

나루미에게 자주 말을 걸어주었던 대선배 여배우는 산더미 같은 원고지와 고급 만년필까지 선물로 주었다. 그 선배도 가정 형편 때문에 힘든 시기를 보냈다는 이야기를 들은 적이 있어서, 과거의 자신을 보는 것 같은 기분이었을 거라고 나루미는 짐작할 뿐이었다.

나루미와 대선배는 둘 다 아버지를 일찍 여의고 고인이 남긴 빚을 혼자서 갚으며 가족을 부양하며 살아왔던 것이다. 소속사에 들어가기 전에는 아르바이트를 하느라 학교는 모자란 잠을 자는 곳일 뿐이었다. 그런 이야기를 직접 하지는 않았지만 이야기를 조금 나누는 것만으로도 서로의 마음을 읽을 수 있었다.

대선배는 주간지 연재를 빠짐없이 읽어주었고, 엽서에 예쁜 글씨로 감상을 적어 매주 보내주었다. 엽서에는 희미하게 백합꽃 같은 향수 냄새가 남아 있었는데, 나루미도 그런 어른이 되고 싶었다. 그녀가 쓰던 향수 이름을 물어 백화점에 가서 사긴 했지만, 자신에게는 어울리지 않을 것 같아 방에 그냥 놓아두기도 했었다.

연재는 반응이 좋아 3개월이던 계약이 1년이 되고 3년이 되었다. 마침내 "여유가 있을 때만이라도 좋으니 계속 써달라"고 편집자가 부탁할 정도로 인기 에세이가 되었다.

나루미도 연재 덕분에 글 쓰는 것에 대한 부담이 사라졌고, 이윽고 에세이도 척척 쓸 수 있게 되었다. 연재했던 글을 모아 책도 여러 권 냈는데, 하나같이 반응이 좋아 중쇄를 찍고 있다.

오랜 세월이 지났고, 대선배는 지금 곁에 없다. 제단에 넘쳐흐를 만큼 하얀 꽃들이 장식된 영결식, 그 아름답던 영정 사진, 그리고 그곳에 가득했던 백합꽃과 은방울꽃 향기를 나루미는 절대 잊을 수 없을 거라 생각했다. 선물받은 만년필은 지금도 아름다운 글자를 그려낸다. 대선배로부터 더 이상 엽서를 받을 수는 없지만 이 만년필로 글을 쓰고 있노라면 그녀의 좋은 향기가 나는 것 같아, 마주 앉아 이야기를 나눌 수는 없어도 항상 함께 있는 것만 같았다.

일본에서 잡지 판매량이 줄었다는 말을 들으면 세월이 정말 많이 변했음을 느끼는데, 나루미는 에세이 연재가 끝나는 날이 온다면, 그건 계약이 끝나서가 아니라 잡지가 사라지는 날이 아닐까 싶었다.

"코털까지 하얗게 셀 정도로 시간이 흘러버린 거지."

쓸쓸하게 웃는다.

10대였던 철부지 아이돌이, 매주 자신의 에세이에 대한 감상을 엽서에 적어 건네주던 선배의 나이를 넘어버렸다.

그 당시에 그녀가 바빴던 걸 생각하면 그것이 얼마나 큰 정성이었는지, 가슴이 아려온다. 지금의 자신도 그렇게 할 수 있을까? 사이가 조금 좋았다는 이유만으로, 어쩌다 스쳐가는 신인에게.

'자연의 섭리'라는 단어가 요즘 자주 떠오르는 것도 나이가 들어서인지도 모른다. 나루미에게는 아이도 없고 후세에 남길 만한 것도 없다. 출연한 작품과 그녀가 써온 글 정도일까. 이 역시 언젠가는 바람에 날리듯 잊히고 말 것이다. 지금까지 만들어지고 남겨져온 모든 것들과 마찬가지로. 자신의 인생처럼 말이다. 자신이 남기고 가는 것들이 얼마나 누군가를 행복하게 만들고 세상을 행복으로 이끌 수 있을까 하고 생각하면 무력함에 서글퍼지곤 한다. 세상에 태어난 이상 살다 간 흔적을, 이왕이면 아름답고 행복한 기억과 함께 이 별에 새길 수 있는 그런 인생이기를 바라고 또 바랐다.

"조금만 더 재능이 있었더라면 얼마나 좋았을까. 미인으로 태어났으면 좋았을 텐데. 외국어도 열심히 공부해서 국제적인 일도 해보고 싶었는데."

그랬더라면 할 수 있는 일도 더 많았을 텐데. 좋은 일도 할 수 있었을 텐데. 인생의 남은 시간을 생각하면 후회되는 일이 많았다.

"그래도."

문득 제단에서 본 선배의, 백합꽃처럼 따스한 눈빛을 떠올렸다. 그녀도 아마 마찬가지였으리라. 병상에서도 대본을 읽고, 맡은 역할을 위해 책을 읽었다는 그녀는 평생 쉬는 일이 없었다고 한다. 아마도 사람은 자꾸만 위를 바라보게 되는 것 같다. 적어도 그래야 하는 운명을 타고난 사람은. 평생 헤엄쳐야 하는 물고기처럼. 날아야만 하는 새처럼. 그 순간 백합꽃 향기가 나는 것 같아 나루미는 얼굴을 들었다.

"일단 에세이를 끝내자. 곧 촬영하러 가야 하니까."

에세이를 끝내고 작열하는 도시로 돌아가야 한다. 동료들이 기다리는 곳으로.

만년필은 사각사각하는 기분 좋은 소리와 함께 원고지에 블루그레이색 글씨를 채워간다. 이 만년필을 처음 손에 쥐었을 때와 변함없는 성실함으로.

료칸 여주인이 녹차와 간식을 가져왔다. 나루미보다 나이가 훨씬 많을 텐데, 비단 기모노가 잘 어울려서인지 전혀 늙어 보이지 않는다. 자신의 일에 자부심을 가진 사람 특유의, 어딘가 정령 같은 차분한 분위기와 의연한 열정이 느껴지는 여성이었다.

향이 그윽한 녹차는 늘 그렇듯이 마시기 알맞게 따끈한 온도였고, 간식은 수제 사과 양갱이었다. 차갑게 식힌 유리그릇에 담겨 있었는데, 함께 놓인 은제 포크 역시 얼음처럼 차가운 것은 이곳만의 아주 당연한 배려였다. 겨울에 수확한 사과나 다른 과일들로 잼을 만들어 냉동 보관해둔다고 하더니, 과일을 이용한 과자나 요리가 자주 나온다. 먹을 때마다 맛있다는 말을 연발하며 나루미가 혀를 내두르면, 여주인은 여느 때와 다름없이 미닫이문 옆에서 환하게 웃고 있다.

"오늘 밤에는 신선한 은어를 준비했어요. 밭에서 따온 채소도 종류별로 준비했고요."

"감사합니다."

으레 하는 말이 아니라 진심을 담아 고마움을 전했다. 여주인은 다다미에 손을 대고 머리를 숙이고는 복도로 나가 매끄러운 동작으로 미닫이문을 닫았다. 정중하고 공손한 태도는 상대가 어떤 손님이든 변함이 없다.

처음 이 료칸에 왔을 때 나루미는 이름 없는 한낱 어린 소녀에 불과했다. 드문 일이긴 했지만 어쩌다 여유가 생겨 정처 없이 하코네를 찾았다가 우연히 들른 곳, 이 정도로 전통 있는 료칸이라면 예약도 없이 불쑥 찾아온 뜨내기손님에게는 "죄송합니다만 오늘은 빈방이 없습니다" 하고 둘러댔을 텐데, 하면서 나루미는 그날을 떠올렸다. 하지만 여주인은 "어서 오세요" 하며 웃는 얼굴로 나루미를 맞아주었던 것이다. "많이 더웠나 보네요" 하며 차가운 물수건을 가져와 아이를 대하듯 자연스럽게 이마의 땀을 닦아주었다. 료칸 사람들은 우물에서 길어올린 물을 대야에 담아 푹신한 수건과 함께 가져다주며 지치고 더러워진 발을 씻을 수 있도록 도와주었다.

여주인의 표정과 태도는 지금도 한결같다. 친절한 료칸 사람들도, 여주인의 남동생이라는 요리사가 만드는 요리의 맛도 변함이 없다. 나루미는 이 료칸이 마음에 들었다. 언제까지고 이 마음은 변하지 않으리라.

언제였던가, 아주 오래전 여주인으로부터 불쑥 고맙다는 말을 들은 적이 있다.

"그날 가시와바 씨가 요리가 맛있다며 또 오고 싶다는 말씀을 해주신 덕분에 이 료칸을 계속하기로 마음먹게 됐지요" 하면서.

유서 깊은 료칸이었지만, 여주인의 자녀들은 도시로 나가 돌아오지 않았다. 뒤를 이을 후계자도 없이 일손이 부족한 상황에서 남편도 세상을 떠나고 말았다. 더 이상 운영을 할 수 없을 것 같아 그만둘 생각을 하고 있었는데, 우연히 찾아온 나루미가 요리를 맛있게 먹으며 꼭 다시 와서 묵고 싶다고 한 것이다. 그때 나루미를 보며, 다시 한번 그 표정을 보고 싶다, 아니 계속 보고 싶다는 생각이 들어 이 료칸을 계속하기로 마음먹게 되었다고 한다.

나루미조차 기억하지 못할 정도로 오래전 일인 데다, 그것도 나루미가 자주하는 한마디였을 뿐이었다. 정말 맛있었고, 정말 편안한 곳이어서 다시 오겠다고 했다. 단지 그 말만 했을 뿐이었다. 하지만 나루미의 말은 어느 사이엔가 마법과 같은 힘을 지니며, 작고 오래된 료칸 여주인의 마음에 든든함이 되어 이 편안한 료칸을 지키고 있었던 것이다.

'마음은 전하는 것이 중요하구나.'

나루미는 이것을 잊지 않으려 항상 노력하고 있다. 고마운 일이나 기뻤던 일, 소중히 여기는 마음은 반드시 말로 표현해야겠다고 생각했다. 그렇게 하면 언젠가 말은 마법이 되어 자신의 소중한 무언가를 지키고, 행복하게 해줄지도 모르니까. 다소 재능을 타고 태어났고 운도 따랐으나 상당한 노력가이기도 했던 나루미였다. 그래도 한계는 있었다. 하지만 말에는 마법의 힘이 있을지도 모르니까. 살아 있는 동안에, 세상에 마법을 많이 뿌리고 가야지.

"그래, 아직은 젊은 편이라는 건 알고 있다고."

나루미는 중얼거렸다. 코털에 새치가 생기긴 했어도 아직 노인이라 불릴 나이는 아니다. 자신의 인생에서 남은 시간을 헤아리기에는 아직 이르다는 것도 안다. 하지만 같은 세대의 친구나 지인이 며칠 보지 못하는 사이에 쓰러지거나 돌연 부고가 날아들 때면, 그런 나이가 되었구나 하고 자각하게 된다.

나는 무엇을 할 수 있을까?

앞으로 몇 번이나 여름을 맞이할 수 있을까?

멀리서 들려오는 매미 소리를 들으며 조바심을 느낀다. 아직 코앞에 닥친 것 같지 않은, 어딘가 느슨하고 서글픈 조바심이지만. 바람이 불 때마다 유백색 유리창에 부딪히는 푸른 가지는 벚나무다. 벚꽃이 만개했을 때 이곳을 찾은 일이 여러 번 있어 기억하고 있다.

지금은 잎이 무성하고 싱그러운 모습이지만 내년에는 벚꽃을 볼 수 있을지도 모른다. 하지만 그다음, 또 그다음 해에도 벚꽃을 무사히 볼 수 있다는 보장은 어디에도 없다.

"내년에는 사쿠라노마치 마을의 벚꽃을 볼 수 있으려나."

이곳과 마찬가지로 산골짜기 오래된 관광지를 가득 메우고 있던 벚나무들. 그 벚나무들이 지키고 있는 작은 마을과 동네 서점. 올 여름에 불쑥 찾아갔던 그 마을과 서점을 나루미는 가만히 떠올려보았다. 올해에는 벚꽃을 볼 수 없었지만 내년 봄에는 옅은 분홍색 안개 같다는 그 벚꽃과 만날 수 있으려나. 벚나무로 둘러싸인 작은 서점에서 책을 고를 수 있으려나. 나루미는 미소 지으며 턱을 괸다.

앞치마가 잘 어울리는, 키가 크고 친절해 보이는 서점 청년, 똑똑해 보이는 소년, 하얀 앵무새와 사랑스러운 작은 고양이가 있는, 어딘가 동화 같은 분위기가 흐르는 서점이었다. 청년은 신기하게도 나루미가 잘 아는 작가가 쓴 책을 홍보하고 팔아준 은인이어서, 더더욱 그 서점에 호감과 애착을 품고 있다. 책을 사고 싶으면 시간을 내서라도 택시를 타고 애써 그곳까지 찾아갈 정도로 열심이다. 함께 일하는 동료나 친구들에게도 그 서점에 대해 항상 이야기할 정도였다.

"오후도 서점은 오래오래 그곳에 있으면 좋겠어."

지켜주고 싶다. 폐점할 위기에 처했던 서점을 젊은 직원이 맡았다는 말을 듣고 감동했다. 나루미는 원래 의리와 인정에 약했다. 게다가 최근 몇 년, 아니 10년에서 20년 가까이 계속되는 서글픈 변화랄까, 하나둘 서점이 문을 닫고 동네에서 사라져가는 모습이 너무 가슴 아프고 슬펐다.

오래전 나루미가 공부를 위해 책을 사곤 했던 동네 서점도 지금은 사라지고 없다. 건물이 헐리고 아스팔트가 깔린 후 유료 주차장이 되어버렸다. 작은 사각형으로 남은 주차장에는 친절한 주인아저씨와 그 가족이 운영하는 2층짜리 서점이 있었다. 1층에는 잡지와 문고, 문예 베스트셀러와 실용서, 삐걱대는 계단을 오르면 2층에는 학습참고서와 만화 단행본이 있었다. 지금도 눈을 감으면 서점의 구조와 서가 배치가 눈에 선하다.

여고생이던 나루미가 책을 읽어야겠다고 결심한 후 그 서점을 드나들기 시작하면서, 처음에는 천장까지 닿아 있는 서가에 빽빽하게 꽂혀 있는 책들 사이에서 도무지 무슨 책을 읽어야 좋을지 몰랐다. 책을 읽는 습관이 없었던 나루미는 자신이 읽어야 할 책이나 재미있을 것 같은 책을 어떻게 찾아야 하는지 몰랐던 것이다. 막막했지만 그래도 책을 읽고 싶다는 마음에, 손에 잡히는 대로 책을 사서 돌아오는 일이 계속되던 어느 날이었다.

"학생만 괜찮다면 책을 추천해줄까요?"

계산대 안쪽에서 안경을 쓴 주인아저씨가 친절하게 건넨 그 말이 아니었다면, 지금의 나루미는 존재하지 않았을지도 모른다. 주인아저씨는 나루미의 돌아가신 아버지 나이쯤 되어 보였다. 초등학교밖에 나오지 못한, 술을 좋아하고 다혈질이던 아버지와 분위기나 태도는 전혀 달랐지만, 나루미는 금방 그를 따르게 됐고 주인아저씨 역시 나루미를 예뻐했다.

주인아저씨는 나루미와 이야기를 나누며 나루미가 좋아할 만한 책을 예산에 맞춰 골라주었다. 한자를 어려워하는 나루미도 읽을 수 있는 책, 읽다 지치지 않을 만한 두께의 책을 추천해주었다.

그 시절에는 이와나미 문고(독자들이 학술서를 쉽게 읽을 수 있도록 저렴하게 만든 일본 최초의 문고 시리즈—옮긴이)를 많이 읽었다. 갈색 표지에는 반투명의 얇은 종이가 입혀져 있었는데 그 촉감은 지금도 잊을 수가 없다.

나중에야 그것이 밀랍지라는 것을 알게 되었다. 그 무렵에 산 책은 지금은 낡아서 너덜너덜해졌지만, 늘 가지고 다니며 여러 번 반복해 읽었기에 기억은 그대로다. 안데르센의 동화를 읽고, 프랑시스 잠의 시집을 읽고, 고전문학을 조금씩 읽기 시작하던 그 무렵에는 이와나미 논픽션을 계기로 각 출판사에서 나온 다양한 논픽션도 읽기 시작했다. 그래서 세상과 인류, 역사와 문화에 대해 알게 되었다. 주인아저씨가 추천해주는 화제의 책이나 베스트셀러를 틈틈이 읽으며 점차 독서를 즐기게 되었다. 때마침 나루미는 에세이 연재를 시작하게 되었고, 주인아저씨와 서점 사람들도 나루미의 연재를 응원해주었다.

처음에는 매일같이 서점에 드나들었다. 하지만 언제부터인가 그 횟수가 줄어들었다. 혼자서도 책을 고를 수 있게 된 나루미는 다른 서점이나 대형 서점에 가서도 스스로 책을 골라 살 수 있었고, 솔직히 작은 동네 서점에 진열된 책만으로는 부족함을 느꼈다. 연예계 일은 점점 더 바빠졌고, 한밤중이나 새벽에야 겨우 일을 마치고 집에 들어오는 날이 많아지면서, 동네 서점이 문을 연 시간에는 책을 사러 갈 수 없는 것도 이유였다.

그러던 어느 날, 오랜만에 서점 앞을 지나는데 내려진 셔터에 폐점을 알리는 메모가 붙어 있는 것을 발견했다. 40년간 지켜온 서점이지만 죄송하게도 사정이 있어 문을 닫게 되었다는 내용이 정중한 문체로 쓰여 있었다. '이 동네, 이 장소에서 책을 팔 수 있었던 일이 저희 가족에게는 더없는 행복이고 보람이었습니다.' 메모는 문을 닫기 한 달이나 전에 쓴 것이어서 나루미는 메모 앞에 멈춰 선 채 한동안 움직일 수가 없었다. 문을 닫기 전에 와보지 못했다, 적어도 폐점하는 날에 인사라도 할 수 있었더라면, 하고 고개를 떨어뜨렸다.

최근 몇 달 동안 그것도 모르고 자신은 즐겁게 일하고 웃고 떠들며 지냈다. 다른 서점에서 책을 사기도 하면서. 어째서 단 한 번도 이 서점에 올 생각을 하지 못했던 걸까. 주인아저씨와 그 가족들이 나루미가 서점에 들러주기를 기다렸을 거라고 생각하니 너무나 미안하고 슬펐다.

그때는 인터넷이 보급되기 전이어서 서점 주인아저씨와 그의 가족이 그 후 어디로 갔는지, 잘 살고 있는지 알 길이 없는 채로 오늘이 되었다. 건강하게 잘 살고 있기만을 바랄 뿐이었다. 그토록 책과 서점을 사랑했던 사람들이니, 어딘가 다른 동네에서라도 서점을 하고 있지는 않을까, 하는 희망을 가지고. 자신의 활약을 어딘가에서 지켜보고 있으려나, 그리워하려나, 하고 생각하니 더욱 미안해졌다. 가시와바 나루미라는 사람의 마음과 지성을 길러준 동네 서점은 이제 나루미의 추억 속에서만 찾아갈 수 있는 장소가 되고 말았다.

그렇게 누군가의 추억 속으로 사라져간 서점이 많을 것이다. 나루미는 인터넷과는 거리가 멀어 SNS는 하지 않지만, 그곳에 서점의 폐점 소식이 자주 올라온다고 들었다. 신문에서 하루에 하나씩 서점이 사라지고 있다는 기사를 읽은 것이 벌써 3년 전이다. 그 후 상황이 좋아졌다는 소식을 듣지 못했으니 여전히 매일 서점이 사라지고 있을 것이다.

나루미는 친절한 주인아저씨의 웃는 얼굴과 목소리를 떠올렸다. 서가에서 책 표지를 소중하게 쓰다듬으며 정리하던 손길과 재미있는 신간이 들어왔다며 나루미에게 설명해주던 때의 얼굴을. 하루에 하나씩 사라진 서점에서도, 분명 그 주인아저씨와 같은 사람들이 자신의 일을 사랑하며 일하고 있었을 것이다. 힘에 겨운 나머지 사랑하는 서점의 문을 닫고 동네를 떠났으리라.

　나루미는 눈을 감고 오후도 서점을 생각한다. 본 적 없는 벚꽃 안개 속에 자리한 그 서점을 상상한다. 눈꺼풀 위로 아른거리는 그 모습은 추억 속 아련한 서점의 모습과 하나가 되어, 지금은 사라지고 없는 그 서점이 벚꽃 안개 속에 있는 것 같은, 그런 황홀한 착각이 들었다.

1

여름이 끝나가던 날의 아침

액정 화면에 도매상의 배본 예정표를 띄워놓은 컴퓨터 앞에서 잇세이는 중얼거렸다.

"큰일이네."

당연히 입고될 거라 믿어 의심치 않았던 『검푸른 바람』의 신간이 들어오지 않는다. 오후도 서점 입고 예정 부수가 도무지 믿기지 않는 '0부'로 표시되어 있다. 탁자를 짚고 있던 손바닥에서 땀이 배어 나오는 걸 느꼈다.

엄청난 인기를 끌고 있는 역사 시리즈물로, 오랜만에 나오는 신간이었다. 어느 귀족의 서자로 나가사키에서 서양 학문을 배운 마음 착한 여의사 미스즈와 그녀를 지키는 호위 무사이자 소꿉친구인 사이토 이오리가 서로에게 끌리는 마음을 감추고 마을의 평화를 지키는 이야기다. 주인공을 둘러싼 에도 시대의 개성 넘치는 등장인물들과, 미스즈의 충실한 애견, 애묘도 인기가 대단했고, 먹음직스러운 음식을 묘사하는 장면도 호평을 받고 있는 이 시리즈는 이번에 나오는 신간이 스무 권째였다. 웃음과 감동을 주는 명작으로, 순조롭게 중쇄를 찍으며 이미 텔레비전 드라마 제작이 결정되었다는 소문도 있었다. 연령층이 높은 이 서점의 손님들 중에도 애독자가 많다. 한 분 한 분, 기뻐하는 얼굴이 떠오른다. 모두 나흘 후인 출간일에는 들뜬 마음으로 오후도 서점을 찾을 것이다.

"당연히 보내줄 거라고 생각하다니."

입고가 안 된다는 걸 미리 알았더라면 발주할 수 있는지 사전에 문의할 수도 있었고, 이런저런 방법을 생각할 수도 있었다. 대형 출판사에서 나오는 책이다.

전에 일하던 노포 서점인 긴가도 서점에서는 문고의 신간은 입고되는 것이 당연했다. 역 앞에 있는 데다 백화점 안이고 손님의 연령층이 높은 서점이어서 이 역사물 장르는 출판사 영업 사원도 상냥한 얼굴로 인사를 하러 왔었다. 구간도 판매가 안정된 곳이어서 힘을 쏟고 있는 장르의 신간이 나올 때면 별다른 부탁을 하지 않아도 홍보물(책 홍보를 위해 서점 안에 장식하는 패널이나 포스트 등)을 가득 안고 서점으로 찾아와주었던 것이다.

그 출판사에서 제안한 도서전을 긴가도 서점에서 직접 기획해 매출을 올린 적도 있다. 사인본 역시 수십 권씩 배본되었는데 항상 매진되었다. 특히 『검푸른 바람』은 상당히 많이 팔았다. 자신이 좋아하는 책이기도 해서 더욱 신경 썼다. POP 광고(구매시점광고, 소비자가 상품을 직접 구입하는 곳에서 이루어지는 광고 형식으로, 포스터, 디스플레이류 등 소매점 가게 안팎 주위의 모든 광고물을 이른다. 'POP'라고 줄여 말하기도 한다―옮긴이)를 만들거나 구간의 줄거리를 각 권마다 요약한 홍보용 전단 같은 소식지를 만든 적도 있다.

출판사의 영업 사원과 편집자와 함께 저자 다카오카 겐이 서점에 인사를 하러 들르기도 했다. 다카오카 겐은 무명 시절이 길었던 작가다. 젊었을 때 저명한 신인상을 수상했지만, 그 후 빛을 보지 못하고 있었다. 작은 디자인 회사에 근무하면서 조금씩 글을 썼고, 쉰 살이 넘어서 쓴 작품이 베스트셀러가 되면서 뒤늦게 꽃피운 대기만성형 작가였다. 온화하고 겸손한 인물로, 표정과 눈빛이 따뜻하고 부드러웠다. 정성껏 사인을 하고 "제 책을 많이 팔아주셔서 감사합니다"라는 말과 함께 깊이 고개 숙여 인사하며 포근하게 감싸는 따뜻한 손과 악수를 했을 때, 이 저자의 책은 많이 팔고 싶다는 생각을 하게 되었다. 그때도 영업 사원은 옆에서 웃는 얼굴로 지켜보고 있었던 것을 기억한다.

'너무 쉽게 생각했어…….'

항상 웃는 얼굴이었던 그 영업 사원에게 오후도 서점으로 옮겼다는 메일을 보냈다. 그 후에도 간단한 용무로 메일을 보냈다. 그러고 보니 두 번 다 답장이 없었다. 바빠서 그러려니 하고 심각하게 생각하지 않았다. 그 출판사에서 오후도 서점으로 배본되는 역사물 장르의 부수 현황은 몹시 인색했다. 어느 정도 각오한 일이었다. 자신이 이 서점에 온 이상, 그 대형 출판사와는 오래전부터 인연이 있으니 개선해나가면 된다고 생각하고 있었다. 크게 감동한 책들은 아니었기 때문이기도 했다.

하지만 『검푸른 바람』이라면 이야기가 달랐다. 당연히 배본될 거라 생각했다. 부수가 적더라도 어쩔 수 없다고 생각했다. 물론 홍보물도 오겠지 했다. 특별히 여기던 시리즈물의 신간이었고, 많이 팔고 싶은 저자의 책인 만큼 오후도 서점에서도 변함없이 잘 팔아볼 생각이었다.

그런데.

'긴가도 서점을 그만뒀으니 나와는 거래하지 않아도 된다고 판단한 것일까.'

서서히 깨달았다. 그 영업 사원의 웃음은 잇세이를 향한 것이 아니었다. 긴가도 서점을 향한 것이었다. 문고 담당이 잇세이가 아니어도 상관없었던 것이다.

'배신당했다고 생각하는 건 유치해. 내가 너무 만만하게 생각한 거야. 어디까지나 비즈니스니까.'

그 사람의 웃는 얼굴을 믿었다. 어딘가 친구처럼 여겨졌고, 전우라고도 생각한 것 같다. 후쿠와 출판사의 오노 씨처럼 늘 변함없는 영업 사원도 있으니, 그것이 당연하다고 생각했는지도 모른다. 하지만 그건 행운일 뿐이었다. 머리로는 이해할 수 있었지만 가슴속 깊은 곳에 구멍이 난 것처럼 서늘했다.

사흘 후에 출간되는 신간을 어쩌면 좋을까? 어떻게 하면 『검푸른 바람』 신간을 서점에 진열할 수 있을까? 손님들은 분명 그 책이 서점에 진열될 줄 알고 고대하고 있을 텐데. 자신이 외면당하는 건 상관없다. 하지만 오후도라는 서점과 그 손님들까지 외면당하는 건 참을 수가 없었다.

오후도 서점은 시골의 작은 서점이다. 하지만 100년이 넘는 세월 동안 이 산골짜기에 문화의 불을 지펴온 서점이고, 독자들을 키우고 격려하며 서점도 함께 성장해온, 주민들에게 사랑받는 서점이다. 출판 업계의 불황과 책을 둘러싼 급속한 변화의 소용돌이 속에서 가까운 지역의 서점들이 모두 문을 닫고 사라져가는 상황인데도, 서점 주인의 노력과

끈기로 살아남은 곳이다.

서점 주인은 병으로 쓰러졌고, 다행히 위기는 넘겼지만 아직 완전히 회복했다고 할 수 없는 상태다. 잇세이를 믿고 서점을 맡긴 후 입원과 퇴원을 되풀이하고 있다. 큰 고비는 넘겼지만 서점에 무슨 일이 생기면 그의 건강에 해가 될 것만 같은 생각에 잇세이는 두렵기만 했다. 일찍이 가족을 잃은 잇세이에게는 아버지이자 할아버지 같은 존재였다. 그런 사람이 맡긴 소중한 서점을 얕잡아 보는 건 용서할 수 없었다. 자신이 책임지기로 한 서점이다. 손님들을 실망시킬 수는 없었다.

"잇세이 아저씨, 왜 그래요?"

사람의 감정에 예민한 도오루가 서가를 닦다 손을 멈추고 뒤돌아보았다.

앞치마가 잘 어울리는 소년은 초등학교 6학년. 오후도 서점 주인의 손자다. 여름에 처음 만났을 때보다 훨씬 자주 웃는다. 오늘 아침만 해도 방금 전까지 학교 선생님 이야기를 즐겁게 하고 있었는데, 갑자기 안색을 살피는 불안한 표정이 되었다.

"왜 그래? 왜 그래?"

창가에 둔 새장 안에서 하얀 앵무새 선장이 발을 굴러가며 재미있다는 듯 소리를 지른다.

"왜 그래? 왜 그래? 무슨 일이야?"

하며 목이 꺾인 시늉을 한다.

"비상, 비상사태, 캬아캬아!"

선장은 전에 기르던 주인 대신 잇세이가 맡게 되면서 벌써 오랫동안 함께 살고 있는데, 도무지 무슨 생각을 하는지 알 수 없는 앵무새다. 잇세이와 함께 오후도 서점을 찾아왔다가 이 마을에서 살게 되었다. 앵무새의 감정 표현은 여전히 감을 잡을 수 없지만, 도오루나 서점 손님들이 똑똑하다, 귀엽다, 하고 칭찬해주니까 좋아하는 것 같긴 했다. 여기서 사는 것도 마음에 들어하는 것 같다.

의자에서 몸을 둥글게 말고 자고 있던 도오루의 친구, 삼색 고양이 앨리스가 시끄럽다는 듯이 실눈을 떴다가 이내 잠들었다. 고양이는 도오루의 친구로, 도오루가 집에 있든 서점에 있든 항상 곁에 붙어 있다. 서점의 신참인 잇세이를 그럭저럭 인정해주는 것 같기도 하다. 처음 만났을 때에는 작은 고양이였는데, 고양이는 성장이 빨라서인지 몇 달 사이 몸집이 엄청 커졌다.

벌써 9월이 성큼 다가와 있었다. 여름이 끝나가던 어느 날 아침에 있었던 일이다. 산골짜기 사쿠라노마치 마을에 있는 오후도 서점 안에는 살짝 열어놓은 미닫이창으로 싱그러운 바람이 불어오고 있었다. 여느 때의 잇세이라면 탄산수처럼 청량한 바람에 행복을 느꼈을 텐데, 오늘 아침에는 그럴 여유가 없었다.

여기저기에서 들려오는 작은 새들의 지저귐, 나뭇잎이 바스락거리는 소리와 매미 소리가 마치 서점을 소리라는 베일로 감싸는 것만 같다. 이 마을에서 되풀이되는 일상은 무척 평온해서, 잇세이는 오래된 서점에서 보내는 일상을 선택하길 정말 잘했다고 생각하며 지내왔다. 그렇게 생각하며 지내왔지만⋯⋯.

"아무 일도 아니야."

잇세이는 웃으며 아이와 앵무새를 향해 대답했다.

"중요한 일을 하나 깜빡했어. 하나야 하나. 하지만 이제 기억났으니 괜찮아."

"다행이다."

도오루가 웃었다. 어른스러운 표정이었다. 상대를 좋아하고 신뢰하니까 모른 척해주자, 하는 표정이라는 생각이 들었다. 잇세이는 컴퓨터를 끄고 나서,

"배달 다녀올게."

하며 묶어두었던 잡지 꾸러미를 집어들었다.

"근처니까 금방 올 거야."

"다녀오세요."

잇세이는 뒤돌아 한 손을 들어올려 보이고는 서둘러 서점 밖으로 나왔다. 마음을 가다듬고 싶었고, 진정될 때까지 도오루 옆에는 있을 수가 없었다.

자전거 페달을 밟으며 생각한다. 얼떨결에 입고 나와버린 서점 앞치마가 바람에 나부꼈다.

'진정하자. 배달이 끝나면 서점으로 돌아가 출판사에 전화해서 어떻게 안 되겠느냐고 사정해보자.'

일단은 그게 먼저다. 어쩌면 단순히 입력 실수였을 수도 있지 않은가.

'물론 그럴 리는 없겠지만.'

입안이 쓰다. 오후도 서점의 배본 사정이 좋지 않다는 건 서점 주인에게 들어서 알고 있었다. 씁쓸하지만 시골의 작은 동네 서점에 신간이 들어오지 않는 건 드문 일도 아니다. 뉴스에는 최고 인기를 누리는 화제작이 대형 서점에 탑처럼 쌓여 있는 모습이 나오지만, 찾는 손님을 위해

한 권이라도 구비할 수 있기를 간절히 바라는 작은 서점에는 그 한 권조차 들어오지 않는다.

오후도 서점이나 배본받지 못한 다른 서점들은, 이런 상황 속에서도 어떻게든 책을 구하기 위해 분투해오고 있었다. 자신은 그런 서점을 지켜내지 않으면 안 된다는 것을 새삼 깨닫고 힘차게 자전거 페달을 밟았다. 등줄기가 서늘해진 것은 두려워서가 아니라 새로이 각오를 다지며 느끼는 전율이기를 바랐다.

"어떻게 해서든 『검푸른 바람』 시리즈의 신간을 출간일까지 구해야만 해."

출판사에서 책을 직접 가져다주기 힘들다는 사실은 이미 알고 있다. 도시에 있는 출판사에서 여기까지는 너무 멀다. 멀리 돌아오는 열차보다 자동차를 타고 오는 게 훨씬 빠르지만, 영업 차량으로는 서둘러 온다 해도 두 시간은 족히 걸린다. 왕복 시간을 생각하면 이동하는 데에만 네 시간이 걸린다는 계산인데, 그 시간을 오후도 서점을 위해 써달라고는 도저히 부탁할 수 없었다.

'직접 가지러 갈 수만 있다면 얼마나 좋을까.'

이럴 때 운전면허가 있다면 좋았을 텐데, 하고 거듭 후회를 한다. 대학 시절 조금 무리를 해서라도 따둘걸 그랬다. 서점 아르바이트 수입만으로 혼자서 살아온 그는 그럴 돈과 시간이 없었지만 자꾸 후회가 되는 건 어쩔 수 없었다. 운전면허만 있다면 배본이 안 되어도 도매상으로 직접 가지러 갈 수 있기 때문이다.

정 안 되면 유명한 서점에 손님으로 가서 책을 구매해 진열하는 방법도 있다. 물론 수익은 없지만, 아니 오히려 경비가 더 들 테지만 손님이 좋아하는 모습은 무엇과도 바꿀 수 없는 데다 신용을 잃는 것보다는 훨씬 낫다.

택배비나 수수료가 들더라도 도매상에 주문하는 방법이 있다. 하지만 그것은 재고가 있어야만 가능한 일이라 『검푸른 바람』처럼 서점끼리 경쟁하는 인기 도서는 도매상이든 출판사든 재고가 없을 가능성이 높다. 그렇다면 지금 주문한다 해도 중쇄를 찍거나 다른 서점에서 반품이 들어올 때까지는 입고되지 않을 것이다.

'언제 입고될지 모르는 책을 기다리고 있을 수만은 없어.'

손님을 기다리게 할 수는 없다. 출간일까지 책을 구해야만 한다. 의논할 상대는 역시 항상 웃는 얼굴이던 그 출판사 영업 사원이다. 역사소설 문고 담당은 그 영업 사원이기 때문이다. 내키지 않았다. 언쟁을 좋아하지 않아 피해왔던 잇세이는 상대에게 감정을 드러내는 일이 익숙하지 않다. 담담하게 교섭하면 된다고 머리로는 생각하지만 막상 대화를 나누다 보면 원망하는 말투가 튀어나올 것만 같아 상상하는 것만으로도 피곤해졌다.

그래도 신록에 둘러싸인 유서 깊은 피서지, 사쿠라노마치 마을의 아름다운 거리를 시원한 바람을 가르며 자전거로 달리다 보니 조금은 마음을 진정시킬 수 있었다. 오후도 서점 주인이 잠시 입원해 있어 오히려 다행이라고 생각할 정도로 여유도 생겼다. 자전거 소리가 편안하게 들려왔다.

'그래, 어쩔 수 없으면 열차라도 타고 대형 서점에 가서 사 오면 되지, 뭐.'

긴가도 서점이 좀 더 가까웠으면 좋았을 텐데, 하는 생각이 스쳤다.

야나기타 점장에게 의논해볼까 싶었지만 아직은 그래서는 안 된다는 생각에 자전거에서 내리며 고개를 가로저었다. 잡지 배달을 하러 카페를 향해 걸어가면서 스스로에게 다짐하듯 혼잣말을 했다.

"난 더 이상 긴가도 사람이 아니니까 매번 점장님께 의지해서는 안 된다고."

그 커다란 덩치로 자신을 따르는 사람들을 모두 챙기고 도우려는 야나기타 로쿠로타는, 재주가 많고 노련한 데다 지나치리만큼 선의로 가득 찬, 사랑할 수밖에 없는 서점인이다. 잇세이가 사정이 생겨 긴가도 서점을 떠난 뒤에도 줄곧 신경 써주며 도움을 주고 있다. 아마 두 서점이 좀 더 가까웠다면 하루에 한 번은 들르고도 남았을 게 뻔하다. 오후도 서점이 긴가도 서점이 있는 가자하야에서 멀고 오후도 서점 주인에게 폐가 될까 봐 야나기타 점장은 참고 있는 것이리라.

"점장님은 자네를 고양이처럼 귀여워하니까."

부점장이자 외국 문학 담당인 츠카모토 다모츠가 짧은 메일 마지막에 그렇게 써서 보낸 적이 있다. 그렇게 말하는 츠카모토 역시 남몰래 잇세이를 걱정하며 멀리서 도움될 만한 일을 하고 있는 것 같다. 츠카모토 덕분에 출판사의 PR 정보지나 젊은이를 위한 잡지 서평, 칼럼을 쓰는 일을 소개받기도 했다.

최근 묘하게 긴가도 서점에 대해 잘 알고 있는 온라인 친구 호시노카케스의 말에 의하면,

"내 생각에는 긴가도 서점 사람들은 당신을 '막냇동생'처럼 여기고 있는 것 같아요. 왠지 짠하고 위태로워 보여서 챙겨주고 싶어하는 것 같거든요."

호시노카케스, 어디 사는 누구인지는 모르지만 오랫동안 친분을 쌓아온 온라인 친구이다. 잘은 모르지만 잇세이와 나이가 엇비슷한 것 같고 서점 직원이라는 것 같았다. 그의 글을 읽어보면 잇세이보다 조금 어린 것 같기도 했다. 잇세이처럼 서평 블로그를 오랫동안 써온 블로거였다. 책을 고르는 취향이 누구보다 잘 맞았고, 똑똑하고 센스가 있는 데다 때때로 잇세이가 혀를 내두를 정도로 지식이 풍부했고, 책을 깊이 읽을 수 있는 독서 능력도 있었다. 추정되는 나이보다 어른스러운 면도 있었지만, 가끔은 깜짝 놀랄 정도로 불안정하고 섬세한 일면도 있었다. 한 번도 직접 만난 적이 없어 그가 말하는 것이 어디까지가 진짜인지는 알 수 없다. 어쩌면 남자인 척하는 여자일 가능성도 있다. 글에서는 젊은 남자의 말투를 쓰지만 목소리를 직접 들은 것은 아니니 모를 일이다. 하지만 직접 만난다면 온라인이 아니더라도 좋은 친구가 될 것 같은 예감이 있었다. 언젠가 만날 수도 있다고 생각하면 설레기까지 하는 인물이기도 했다.

호시노카케스는 예전에 잇세이가 보낸 메일이 계기가 되어 긴가도 서점에 자주 들르게 되었다는데, 최근에는 더 자주 가게 되면서 서점 직원들과도 친해졌다고 한다. 서점 소식과 함께 요즘 어떤 책이 잘 팔리는 것 같다, 이런 POP를 봤다, 같은 흥미로운 이야깃거리를 블로그 댓글이나 트위터를 통해 알려주곤 했다. 본인도 그렇게 밝히고는 있지만 긴가도 서점이 정말 마음에 들었나 보다. 원래도 재미있게 말하는 친구인데 최근에는 뭐가 그리 기분이 좋은지 신나하며 잇세이에게 (혹은 최근 맡아 하게 된 오후도 서점 공식 계정에) 글을 남겼다.

"모두 잘 지내고 있으려나."

서점 동료들의 얼굴이 떠오른다. 잇세이가 긴가도 서점을 떠날 때 걱정하며 이별을 아쉬워하던 사람들. 그리고 잇세이가 기획하려 했던 명작『4월의 물고기』를 잇세이를 대신해 거창하게 준비해 팔아준 동료들.

긴가도 서점이 입점해 있는 노포 호시노 백화점의 응원까지 더해져『4월의 물고기』는 긴가도 서점에서 극적인 판매고를 올리며 화제가 되었고, 그것이 계기가 되어 전국적인 베스트셀러가 되었다. 한번 밝은 곳으로 나오자 저자가 한때 저명한 드라마 작가였다는 점도 한몫 거들며 그 후에도 판매는 계속 늘어났고, 이대로라면 스테디셀러가 될 조짐도 보인다.

잇세이는 정말 잘된 일이라고 생각했다. 일시적인 베스트셀러는 언뜻 화려해 보이지만 눈 깜짝할 사이에 매장에서 사라져 누구의 기억에도 남지 않는다. 그보다 계속 매장에 남아 전국 모든 서점의 서가에 항상 있는 책이 되는 편이 책 입장에서는 훨씬 행복하다. 시대를 넘어 저자와 출판사, 잇세이와 같은 서점 직원들이 이 세상을 떠난 후에도 책은 남는다. 책을 쓴 저자, 책을 판 서점 직원들의 추억을 담아 운반하는 배처럼. 훌륭한 책은 영원한 생명을 얻어 시대를 넘어갈 수 있다. 지금까지 많은 책들이 그 길을 걸었던 것처럼.

잇세이는 문득 긴가도에서 함께 일했던 아동서 담당인 우사미 소노에가 그린 그림 한 장이 떠올랐다.『4월의 물고기』홍보를 위해, 별이 쏟아지는 하늘과 물고기 떼와 흐르는 강과 눈을 감고 땅 위에 선 한 명의 여신 같은 여성을 그린 그림이었다. 작품의 세계관을 한 장의 그림으로 표현한 것 같은, 무한한 우주와 생명의 상징 같은 그림이었다. 동시에 그 그림을 그린 소노에 자신과도 같은 그림이라고 생각했다. 고요하고 평온하며 부드럽지만, 숨은 열정이 느껴지는 것 같은. 수정이나 얼음, 흐르는 물속에 갇힌 불꽃 같은, 그런 그림이라고 생각했다.

소노에와는 그 후 만날 기회가 없어 그림에 대한 감상을 전할 기회도 없었다. 그녀를 만났다 한들 어차피 지금 생각하고 있는 것을 그대로 말하지는 못했으리라.

누군가와 이야기를 나누는 건 자신이 없다. 하물며 남이 그린 그림을 칭찬하는 말 같은 건, 자기 주제에 감히 아는 척하는 건가 싶어 주저하게 된다. 잇세이는 일개 서점 직원으로, 아름다운 것을 좋아하고 조금은 안다고 자부하지만, 그 감각에 어떤 권위나 근거가 있는 것은 아니다.

소노에의 일러스트를 포스터로 만들어 오후도 서점에 걸어두었던 것을 그 후 서점에서 가져와 자신의 방에 붙여두었다. 그러자 신기하게도 소노에와 이야기를 나누는 것 같은 착각이 들 때가 있다. 그녀가 방에 있는 것만 같은.

무심코 소노에를 떠올리는 일이 잦아지고 있었다. 함께 일할 때에는 내성적인 소노에와 이야기를 나눈 적이 거의 없었는데, 이상한 일이었다. 때때로 그녀가 이곳에 없다는 사실이 쓸쓸하게 느껴지기까지 했다.

점장과 부점장이 오후도 서점에 불쑥 나타난 적도 있다. 점장은 골프 치러 가던 길에, 부점장은 계곡 낚시를 하러 가던 길에, 라고는 말했지만 둘 다 '가던 길에' 들렀다고 하기에는 상당히 먼 거리였다. 두 사람은 고개를 끄덕이며 잇세이가 맡게 된 오후도 서점을 둘러보았고, 도오루가 내온 녹차와 커피를 마시고 수제 과자를 먹으며 고양이와 앵무새를 쓰다듬고는 돌아갔다. 사이사이 한두 마디씩 서점의 앞날에 대해 넌지시

조언해주는 것이 고마웠다. 잇세이는 언젠가 오후도 서점을 북 카페로 만들고 싶다는 생각을 하고 있었는데, 그에 대해서도 이런저런 조언을 해주었다.

원래는 오후도 서점 주인과 의논해야 할 일이지만, 서점 주인은 모든 일을 잇세이에게 맡긴 상황이었고, 아직 환자여서 조심스러웠다. 빨리 회복할 수 있도록 마음 편히 지내길 바랐기 때문이다. 인생 선배이자 형 같은 두 사람에게 의논할 수 있는 것은 감사할 일이었다.

잇세이의 가장 큰 고민은, 만약 1층에 카페 공간을 만든다면 서가를 상당히 많이 줄여야 한다는 점이었다. 서점 수입만으로는 앞으로 먹고 살기 힘들 것 같아 카페를 만들려고 하는데, 그 때문에 서점의 기능을 희생해야만 한다면 망설일 수밖에 없었다. 서점인데 책을 줄여야 한다니.

오후도 서점 2층에는 지금은 창고로 쓰는 공간이 있다. 예전에 아동서와 만화, 학습참고서 서가가 있었고, 아이들을 모아 이야기 모임도 했던 공간이다. 아동서에 대해 잘 아는 서점 주인의 부인이 주로 맡았던 공간인데, 그분이 세상을 떠난 후에는 사용하지 않고 있었다. 서점 주인 혼자서는 두 공간을 운영할 여력이 없었기에 2층을 포기하고 아동서 코너를 축소해 1층에 꾸몄다고 했다.

당시 동네 아이들이 많이 줄었다는 이유도 있었는데, 만약 1층에 카페 공간을 만든다면 2층 공간을 다시 쓰는 방법도 있지 않을까 싶었다. 잇세이는 이런 이야기를 두 사람에게 의논했고, 그들은 좋은 생각이라고 말해주었다. 하지만……

"문제는 일손이 부족하다는 거지."

잇세이는 배달할 책을 가슴에 안고 걸으며 가볍게 한숨을 내쉬었다.

공간을 두 개나 쓰려면 서점 직원이 최소한 두 사람은 필요하다. 어디까지나 '최소한'이다. 잇세이와 서점 주인이 공간을 하나씩 맡는다 해도, 그렇게 하면 쉴 시간도 없고 휴가도 없다. 그렇다면 적어도 직원 한 사람을 더 써야 하지만, 지금 오후도 서점의 매상으로는 정사원을 고용하기는 어렵다. 만약 조건이 맞는 사람이 있다면 아르바이트나 시간제로 서점에 나와줄 사람을 찾는 것도 방법이었다. 하지만 요즘에는 여기저기에서 일손이 부족하다는데 그런 대우를 받고 와줄 사람이 있을까? 심지어 이런 산골짜기 사쿠라노마치까지. 도심에 있는 긴가도 서점조차 항상 사람 구하기 힘들어하는데.

'가능하면 만화와 라이트노블을 잘 아는 사람이 와주면 고맙겠지만, 그것까지 바라는 건 욕심이겠지. 참 힘드네.'

아동서와 만화 코너를 만든다면 그에 따른 지식을 갖춘 서점 직원이 필요하다는 건 두말할 나위가 없다. 아동서는 잇세이도 좋아하니 큐레이션할 수 있지만 만화와 라이트노블은 자신이 없다. 이 두 장르는 양도 많고 정보량도 많아 상당한 지식과 열정이 요구된다. 진짜 좋아하지 않으면 할 수 없는 일이다.

'솔직히 1층에 인문 서가도 만들고 싶은데.'

2층에 젊은 독자층과 아이들을 위한 서가를 꾸민다면, 1층에 카페 공간을 꾸미더라도 입구 쪽으로 서가 하나쯤은 만들 수 있을 것 같았다. 그렇다면 지금 오후도에는 없는 인문 서가를 만들면 멋지겠다고 생각하고 있었다.

세계와 인류, 인간이라는 존재에 대해 사색하고, 다른 장르의 책들과도 끝없이 교류하며 조화를 이루는 인문서는 오래된 명저가 많다. 잇세이 역시 학자였던 외할아버지의 서가에 있는 고전문학과 함께 그런 인문서를 읽으며 자랐다. 잇세이가 가진 지식의 원천이자 사상의 바탕이 된 책들이기도 하다. 지금도 인문서를 좋아하긴 하지만, 모든 신간이나 화제작을 읽을 만큼은 아니다. 옛날과 달리 신간이 홍수처럼 쏟아지는 시대에 자신의 전문 장르인 문예 문고의 신간을 읽기에도 벅차기 때문이다.

'게다가 난 인문 서가를 돌볼 자신이 없어.'

솔직히 경계선이 모호한 만큼 끝없이 깊고 방대한 장르여서 서가를 만드는 서점 직원도 그만큼 지식이 필요하다. 그러기에 자신은 너무 젊다. 적어도 잇세이 스스로는 그렇게 생각하고 있었다. 자기 안의 잘 익은 원숙한 지성이 있어야 비로소 그에 걸맞은 서가를 만들 수 있지 않을까. 지금 자신은 천잡한 서가밖에 만들 수 없을 것이다.

오후도 서점 주인의 경력으로 보면 잇세이보다 훨씬 근사한 인문 서가를 만들 수도 있었을 테지만, 아직 그런 서가가 없다는 건 서점 주인의 관심이 아무래도 다른 곳에 있기 때문이 아닐까 싶다. 서점 주인이 가장 잘 아는 장르는 문예 문고다. 오랫동안 힘을 쏟아온 장르이기도 하거니와 이 마을 손님들에게 사랑받아온 장르이기도 하다. 서점의 서가와 평대 면적에는 한계가 있으니 우선순위에서 밀린다고 판단되는 서가는 만들 수 없다. 서점 주인에게 인문 서가는 문예나 문고 서가를 줄이면서까지 만들고 싶은 서가는 아니었으리라.

'하지만 가능하다면 인문 서가를 만들고 싶어.'

1층에 카페 공간을 만든다면, 가장 서점다우면서도 전문적이며 유서 깊은 도서관의 서가를 방불케 하는, 깊이 있는 서가가 필요하다. 엔터테인먼트나 생활에 도움이 되는 책, 화제의 책이나 쉬운 책만 두는 것이 아니라, 어디까지나 이곳은 서점이다 하고 말하는 듯한 서가를 만들고 싶다.

'하지만 인문 서가를 담당할 만한 사람이 과연 있을까?'

그것도 아르바이트 임금으로 풀타임도 아닌 조건에, 역량과 지식이 요구되는 일을 자기 일처럼 맡아 해줄 사람이. 도시에서도 찾기 어려울 것 같았다. 말도 안 되는 노동력 착취다.

북 카페와 서점의 앞날에 대해 생각하며 잇세이는 상점가에 늘어선 가게들로 잡지를 배달했다. 자전거를 타고 달리다 내려서 배달하고, 다시 타는 일을 반복하면서.

안녕하세요, 하고 인사를 건네며 미용실과 치과, 이발소와 식당, 펜션과 호텔에 예배당까지 마을 구석구석을 돌아다니면서 정기구독 잡지를 배달했다. 얼굴을 익힌 사람들의 웃는 얼굴도, 한두 마디 나누는 대화도 기뻤다. 책을 기다리는 사람들이 있고, 그것을 전할 수 있다는 사실이 무척 자랑스럽고 행복했다.

산골짜기 마을은 신록이 우거져 있고 멀리에 잔잔한 물결이 반짝이는 커다란 호수도 보인다. 작은 새들의 지저귐과 매미 소리가 섞인 바람 소리를 들으며, 완만한 언덕과 빛나는 시냇물 위로 걸쳐놓은 오래된 나무다리를 건너 배달을 하니 그림책 속 세상에 들어온 것만 같았다. 어느새 마음이 편안해졌다.

요즘에는 틈만 나면 북 카페를 어떻게 할지 생각하며 참고가 될 만한 책을 찾아 읽거나 준비하느라 정신이 없었다. 지금까지 해본 적이 없는 일인 데다 서점 주인과 도오루의 인생이 걸린 문제여서, 짊어진 책임의

무게가 조금은 버거웠다. 머릿속이 거의 대부분 그 일로 가득 차 있는 탓에 『검푸른 바람』에 대해 생각할 여유가 없었던 것도 사실이다. 이를테면 과부하가 걸린 상태였던 것이다. 그렇게 인정하자 마음이 조금은 가벼워졌다. 남은 책은 요리 잡지와 아웃도어 책이다. 연령층이 높은 오토바이 잡지의 지난 호를 주문받았는데, 마침 입고된 김에 그것도 함께 가지고 나왔다.

상점가 끝 쪽에 담쟁이덩굴에 둘러싸인 작고 오래된 카페가 있다. '음악 카페 가제네코'라는 손수 만든 간판이 사람들이 오가는 돌길을 향해 놓여 있다. 원래는 레스토랑이었던 곳에 카페가 들어섰다고 들었다. 도시에서 편집 일을 하던 사람이 조기 퇴직을 하고 이 마을로 이주했다던가.

카페 주인은 후지모리 쇼타로. 마을 사람들과 스스럼없이 지내며 재미있게 사는 사람이어서, 이주했다는 말을 듣기 전에는 원래 이곳 사람인 줄 알았다. 은근히 사람들을 잘 챙겨주어 잇세이도 그에게 여러 번 도움을 받았다.

가게 문을 열 준비를 하고 있는 걸까. 나무 문이 열려 있고 안에서 음악이 흘러나오고 있었다. 비틀스의 〈엘리너 리그비〉다. 고독하게 살다 간 노파 엘리너와 작은 교회당의 고독한 신부를 노래한 곡이다. 잇세이는 음악에 대해서는 잘 모르지만 이 노래를 좋아했고, 카페에 설치된 낡은 스피커가 정말 좋은 것이라는 것쯤은 알 수 있었다.

작은 창이 달린 카페 안에는 어두운 앤티크 조명이 켜져 있었고, 카운터에서는 주인인 후지모리가 잘 손질된 커피 사이펀에 알코올램프를 켜 커피 내릴 준비를 하며 살며시 눈을 감고 콧노래를 부르고 있다. 손가락을 움직이고 있었는데, 마치 기타를 치고 있는 것 같았다. 붙박이 선반에는 레코드와 CD가 빽빽하게 꽂혀 있었고, 벽 쪽에 놓인 긴 의자에는 주인의 것으로 보이는 오래된 기타가 놓여 있다.

"안녕하세요."

조심스레 인사를 건네자 후지모리가 놀란 듯 눈을 뜨더니,

"오, 잇세이. 잘 지냈나?"

머쓱하게 웃으며, 고맙다는 말과 함께 잡지를 한아름 받아들었다.

"근데 무슨 일이 있나 본데?"

하며 안경 너머 걱정스러운 눈빛으로 물었다.

"네?"

"아니, 평소와 달리 표정이 어두워서. 서점에 무슨 일이라도 있나?"

잇세이는 손으로 뺨을 문질렀다.

후지모리가 이번에는 온화하게 웃었다.

"자네는 얼굴에 바로 나타나거든."

잇세이는 아무 말도 못 하고 어깨를 늘어뜨렸다.

"이런, 죄송해요."

"그게 어때서? 난 그런 사람이 더 좋던데? 믿음이 가거든. 커피 마시고 갈래?"

카페 주인은 잇세이에게 물으며 손으로는 이미 하얀 커피 잔을 데우기 시작했다. 후지모리는 김이 나는 커피를 잔에 따랐다. 그윽한 커피 향이 피어오른다.

잇세이는 매끄러운 감촉의 아름다운 커피 잔을 받아들고는 뜨거운 커피를 한 모금 마셨다. 맛있었다. 후지모리가 편집 일을 하던 시절에 도

시의 커피 전문점을 찾아다니며 독학으로 커피에 대해 배운 만큼, 빈틈없고 감미로운 맛이었다. 골치 아픈 걱정과 함께, 마음에 박혀 있던 가시가 후두둑 떨어져나가는 느낌이었다. 그것은 아마도 이 50대 카페 주인의, 지금까지의 삶과 온화하고 다정한 마음이 녹아 있는 느낌이었다.

'난 흉내 내지도 못할 맛이야.'

역량 있는 출판사에서 인문 분야의 훌륭한 책을 수없이 엮어온 후지모리는 주위의 만류에도 불구하고 직장을 그만두더니 도시를 떠나 사쿠라노마치 마을로 이주했다. 왜냐고 묻는 사람들이 있었지만(잇세이도 물어본 적이 있다. 수많은 스테디셀러와 베스트셀러를 세상에 남긴 명편집자였으니), 후지모리는 미소를 머금은 채 아무 말도 하지 않았다.

후지모리의 아내도 아동서 전문 출판사의 저명한 편집장으로 아직 도시에 남아 좋은 책을 만들고 있다. 가끔 쉬는 날에는 카페에 들르기에 잇세이도 인사를 나눈 적이 있다. 그녀는 『4월의 물고기』를 둘러싼 많은 사연을 알고 있었는데, 인기에 불을 지핀 계기가 된 잇세이가 이곳에 있다는 사실을 알고는 뛸 듯이 기뻐했다. 부부 사이에는 대학에 다니는 딸이 하나 있었고, 지금은 유학 중인데 워낙 자유인이어서 혼자서도 잘해낼 거라며 부부는 마음 놓고 있었다. 이제 아이 키우는 일은 거의 끝났다고. 부모를 닮아 그런지 활자를 좋아해 장래에 출판사에서 일하고 싶어한다고도.

"잇세이, 저기 말이지."

커피를 입으로 가져가며 후지모리가 가볍게 말을 꺼냈다.

"만약 오후도 서점 일로 걱정이라든지 힘든 일이 있을 때는 언제든지 의논 상대가 되어줄게. 물론 그러고 싶다면 말이지. 크게 걱정하지는 않지만 주인아저씨가 아직 완쾌한 것도 아니고, 얘기를 들어줄 사람이 필요하다면 언제든 찾아와줘. 내가 모르면 친구나 지인에게 물어볼 수도 있으니까. 이래 봬도 업계에 아는 사람이 꽤 많다고."

따뜻하고 감미로운 음성이었다. 지금 손으로 감싸쥔 커피처럼.

후지모리는 서점과 서점인을 사랑하는 인물로, 자신의 일과는 상관없이 전국의 서점인들과 사귀며 교류하고 함께 악기를 연주하는 사람이다. 지금 힘든 상황에 놓인 서점을 응원하고 변화의 움직임을 만들어내려고 서점인들과 더불어 모임이나 스터디를 열기도 했다. 서점에 대한 애정이 가득한 책을 써서 직접 편집하는 일도 해왔다. 서점 관련 블로그도 오랫동안 운영해왔는데, 카페 이름인 '가제네코'는 그의 아이디이면서 닉네임이었다. 서점인들에게 사랑받는 그는 행사장에서 이 닉네임으로 불린다. 친근한 이름, '가제네코 씨'.

가제네코로 활동하는 후지모리는 업계에서 유명한 사람이어서 잇세이는 처음에 그가 이웃에 살고 있다고 들었을 때 깜짝 놀랐다. 그때에는 아직 일면식이 없었기 때문에 이야기 속 등장인물이 마을에 실존하고 있는 것처럼 느껴졌다. 잇세이도 서점을 사랑하는 블로거 가제네코에게 친밀감과 존경하는 마음을 품고 있었는데, 자신과 같은 서점 직원의 든든한 지원군이자 대변자로 활동하는 것이 고마웠기 때문이다.

'가제네코 씨에게 힘이 되어주고 싶다는 말을 듣다니.'

오후도 서점 주인과도 친한 그는 진심으로 잇세이와 오후도 서점에 힘이 되어주고 싶어하는 것 같았다.

"감사합니다."

잇세이는 고개 숙여 인사했다. 기쁘고 고마웠다. 따뜻한 말 한마디가 가슴에 파고들었다. 특히나 오늘 아침처럼 우울한 일을 겪고 나니 더더욱 그랬다. 하지만 『검푸른 바람』에 대한 일은 아직 말할 수 없었다. 우선 혼자 힘으로 해보고 난 후에 말해도 늦지 않으리라.

'지금 오후도 서점의 책임자는 나니까.'

내밀어준 손에는 감사하며, 일단은 스스로 서점을 지켜야 한다. 그것이 배려에 대한 성의라고 생각했다.

배달을 마치고 가벼워진 자전거와 함께 서점으로 돌아왔다. 감정을 추스르고 영업 사원에게 전화를 걸어보았지만 몇 번을 다시 걸어도 연결이 되지 않았다. 오늘은 외근 중이고 언제 들어올지 모른다고 한다. 자리에 있는데도 없는 척한다는 것을 직감으로 알았다. 잇세이는 수화기를 내려놓은 손에 얼굴을 묻고 씁쓸하게 웃었다. 일부러 전화를 받기 싫어 피한다면 더 이상 할 말은 없지만, 다소 미안한 마음에 전화를 받지 못하는 거라면 양심은 있는 사람이라고 생각했다.

아니, 그랬으면 좋겠다고 생각했다.

그때 앞치마 주머니 안에서 스마트폰의 진동이 느껴졌다. 전화가 온 것이다. 야나기타 로쿠로타, 긴가도 서점의 점장이었다. 서로의 영업시간에는 전화를 걸 사람이 아니었다. 무슨 일이 있는 걸까? 마침 서점에 손님이 없어 통화 버튼을 눌렀다.

"잘 지냈어? 갑자기 전화해서 미안한데, 모레 저녁에 긴가도 서점으로 올 수 있나?"

경직된 목소리였다.

"모레면…… 수요일이네요? 네, 갈 수 있을 것 같아요. 저녁때 서점으로 찾아가면 될까요?"

벽에 붙은 달력을 눈으로 확인하며 대답했다. 수요일이면 서점 주인도 퇴원해 서점으로 돌아와 있을 때였다. 저녁때까지 가자하야로 가야 한다면 아마 돌아오는 열차는 끊기고 없을 것이다. 어쩔 수 없이 하룻밤 자고 다음 날 돌아와야 하는데, 마침 그날은 배본이 없는 날이니 바쁜 일도 없을 테고 도오루도 방학이라 집에 있어 다행이었다. 내심 야나기타 점장에게 『검푸른 바람』에 대해 의논할 수 있지 않을까 생각했다. 그렇게 된다면 정말 고마운 일이었다. 정말 때마침 불러준 것만 같았다. 하지만 그보다 불안과 긴장을 감추고 있는 야나기타 점장의 목소리에 왠지 걱정이 되었다. 잇세이가 아는 한, 감정의 기복이 심하긴 해도 사소한 일에는 동요하지 않는 사람이기에.

'무슨 일이 생긴 걸까?'

잇세이가 묻기도 전에 전화기 저편에서 야나기타 점장이 마른 목소리로 말을 이었다.

"사실은 긴가도 서점 사장이 자네를 만나고 싶대. 나도 함께 오라고 하던걸."

"사장님이 저를요?"

잇세이는 고개를 갸웃했다.

야나기타 점장은 그렇다 처도 왜 나까지 부른 걸까? 봄까지는 긴가도 서점에서 근무했으니 고용 관계이긴 했지만. 앵무새 선장이 잇세이를 흉내 냈다.

"사장님이 저를요?"

날개를 펼치고 케케케케, 웃었다.

50

"무슨 일로 그러시는데요?"

설마 긴가도 서점으로 돌아오라는 걸까, 뇌리에 그 말이 떠오른 순간 야나기타가 눈치챈 듯 대답했다.

"자네를 다시 불러들이려는 게 아닐까 싶어서 물었더니 그건 아니라는군. 우리 서점 계열인 유명한 일식당에서 맛있는 식사라도 하면서 얘기를 나누고 싶다는 것 같았어. 사실 나한테 직접 연락이 온 게 아니고 호시노 백화점을 통해 들은 거라 나도 자세한 상황은 모르겠어. 그 사람들한테 물어봐도 본인 입으로는 대답할 수 없으니, 가네다 사장님께 직접 들으라고만 하는군."

스마트폰 너머에서 야나기타 점장의 한숨 섞인 웃음소리가 들려왔다.

"최고급 일식당으로 부른 걸 보니 식사는 맛있을 거야. 하지만 사장님과 함께 먹으면 코로 들어가도 모르겠군."

야나기타 점장은 농담을 섞어 호탕하게 웃더니 인사말을 남기고는 전화를 끊었다. 잇세이는 스마트폰을 손에 쥔 채로 한동안 그 자리에 멈춰 서 있었다.

창틈으로 들어온 잠자리가 날개를 파르르 떨며 서점 안을 가로지르더니 다시 하늘로 날아갔다. 순간이었지만 잠자리가 먹이를 쥐고 있는 것을 보았다. 예쁘긴 하지만 잠자리는 육식 곤충이다.

긴가도 서점의 사장 가네다 조는 가자하야 마을에서 살아 있는 전설로 통했다. 아흔이 넘은 나이에도 명석한 지성과 단단한 체구를 지녀 노인답지 않다는 소문이 있었다. 마치 괴물 같다고들 했다. 태평양전쟁으로 인해 잿더미가 된 가자하야 마을 상점가를 부활시킨 공로자 중 한 사람으로, 부흥의 상징이 된 호시노 백화점 건설에도 많은 도움을 준 중심인물이었고, 그래서 가네다가 경영하는 긴가도 서점도 지금까지 줄곧 같은 자리를 지키며 백화점과 운명을 함께하고 있다. 호시노 백화점의 전신인 호시노 포목점 시절부터 창업자와 깊은 인연이 있는 인물이라고 들은 기억이 있다.

긴가도 서점이 전성기일 때는 여기저기 지점을 둔 지역 최고의 서점이었다. 그뿐 아니라 지금도 남아 있는 본점은 큐레이션과 면적, 아름다운 실내디자인과 직원들의 조직력에 있어서 전국 서점 가운데서도 1, 2위를 다투던 시절이 있었다고 한다.

그런 의미에서는 지역의 위인이었지만 가네다에게는 뒷소문도 많았다. 나이가 들어 일선에서 물러나고부터는 앞에 나서는 일이 없어서인지 더욱 흉흉한 소문이 떠돌았다.

소문에 의하면 가네다는 일명 '특공대 출신'으로, 맨주먹 하나로 죽음도 두려워하지 않는 사람이었다. 젊었을 때는 폐허가 된 암시장에서 주먹을 휘둘렀고, 그 무렵 혼자서 수많은 미군을 혼쭐내고 다녔다는 소문이라든지, 가자하야에 흘러 들어온 '조직'과 의형제를 맺었다는 소문이라든지. 마치 옛날 영화에 나오는 등장인물 같은 소문이 따라다니는 그런 유의 인물이었다.

잇세이는 그를 직접 만나본 적은 없지만 경제 잡지에서 장년기의 가네다를 사진으로 본 적이 있다. 말랐지만 다부진 체격에 고급 양복을 입고 있었는데, 입가에 흐르는 기품 있는 미소와는 대조적으로 눈빛이 날카롭고 미간에는 깊은 상처가 있었다.

소문에는 무시무시한 사람이었지만, 책을 많이 읽는 독서가이자 책과 서점을 사랑하는 인물이라고도 했다. 그는 긴가도 서점 외에도 다른 사업체를 경영하고 있었고, 그 대부분이 성공하여 시내에 많은 토지를 소유하고 있는 자산가이자 실업가였다.

단지 긴가도 서점만큼은 본점만 남긴 채 모든 지점을 일찍이 폐점해 버렸다. 그래서 긴가도 서점과 인연을 맺고 있던 사람들에게는 원망을 사거나 신용을 잃기도 했다. 사라진 지점을 애용하던 사람들에게도 마찬가지였다.

솔직히 인건비에 비해 매상이 오르지 않는 직종인 서점을 이익에 밝은 가네다가 언제까지 계속 경영할지, 야나기타 점장이 항상 불안해하며 신경 쓰는 것 같기는 했다. 서점 업계에 밝은 화제가 거의 없는 요즘, 보기에 따라서는 이대로 쇠락의 길로 접어든 업계에 언제까지 가네다 조가 투자를 지속해줄지. 야나기타 점장이 서점을 위해 아무리 분투한들, 서점 직원들이 아무리 노력한들, 사장인 가네다가 서점을 없애겠다고 결정을 내리면 긴가도 서점은 문을 닫을 수밖에 없다.

가네다는 야나기타와도 거의 만나는 일 없이 경영을 일임한 상태다. 그래서 야나기타는 사장이 무슨 생각을 하고 있는지 더더욱 짐작하기 어려웠고 불안했다. 특히 최근 몇 년간은 직접 연락도 닿지 않아 긴가도 서점을 신뢰하고 있는지 방치하고 있는 건지 모를 지경이었다.

"수수께끼가 많은 사람이군."

영화 속 인물처럼. 그런 인물이 지금 자신과 야나기타 점장을 왜 찾는 걸까? 잇세이는 잠자리가 사라진 창 너머로 하늘을 올려다보았다.

막간 1
커튼 뒤

날이 밝아오자 고양이 앨리스는 여느 때처럼 도오루의 머리맡에서 눈을 떴다. 둥글게 말았던 유연한 몸을 풀고는 늘어지게 기지개를 켠 후 자리에서 일어선다. 너무나 좋아하는 소년 도오루는 기다란 속눈썹을 닫은 채 잠들어 있다. 인간이 깨기에는 아직 이른 시간이다. 커튼을 닫아놓은 방은 어두웠다. 앨리스는 도오루가 깨지 않도록 이마에 살며시 자신의 이마를 가져다 댄 후 슬그머니 곁을 떠났다. 도오루와 잇세이가 잠에서 깨기 전에 고양이에게는 고양이만의 할 일이 따로 있었다. 발소리를 내지 않고 계단을 빠르게 내려갔다.

작은 고양이였을 때는 높았던 계단도 지금은 가볍게 오르내릴 수 있게 되었다. 1층 부엌 구석에 앨리스를 위해 먹을 것과 물이 놓여 있다. 그곳에서 바삭바삭한 '냠냠'을 조금 먹고 시원한 물을 마신 뒤 집 밖으로 나왔다. 잇세이가 앨리스를 위해 이마로도 열 수 있는 고양이 전용 문을 만들어주어서 그곳을 밀고 새벽녘 마당으로 나왔다.

서늘한 바람이 지나는 마당에는 여름풀과 잎사귀가 무성한 나무들이 바스락거리는 좋은 소리가 났다. 그 사이를 잰걸음으로(고양이는 늘 잰걸음이다) 걸어간다. 마당을 빙 돌아 오후도 서점 현관 앞으로 나와 서점 주위를 살피며 사뿐사뿐 걷는다. 나쁜 녀석이 오지 못하도록, 수상한 녀석이 있으면 빨리 알아챌 수 있도록, 고양이는 하루에도 몇 번씩 '영역'을 순찰한다. 비가 오는 날이나 바람 부는 날에도. 그렇게 태어난 동물이라 어쩔 수 없다.

앨리스처럼 일찍 일어난 작은 새들이 날갯짓하는 소리와 지저귀는 소리가 가끔 들려와 그때마다 잠시 얼굴을 들기도 하지만, 새들은 앨리스가 잡을 수 없을 만큼 높이 날기 때문에 수염을 파르르 떨며 지켜볼 뿐이다.

일찍 일어나는 건 나무에 매달려 시끄럽게 우는 매미들도 마찬가지였다. 갑자기 일제히 잠에서 깨어나 합창을 시작한다. 매미 소리는 주위를 물들이듯 퍼져나갔다. 시끄럽군, 하고 귀를 접으며 앨리스는 계속 걸었다. 매미라면 앨리스도 잡을 수 있지만 먹을 게 별로 없어서 필사적으로 잡아야만 하는 건 아니었다. 집 주위를 한 바퀴 돌아보며 이상한 낌새는 없는지 확인을 마쳤다.

이제 안심하고 조금 멀리 걸어가본다. 이 마을에 사는 고양이들은 각자 집 주변에 자신의 영역이 있지만 영역과 영역 사이에는 누구의 영역도 아닌 곳이 여기저기 있었고, 그곳에 얼굴을 내밀러 가는 것이다. 거기서 친한 고양이들과 만나 인사를 나눈다.

담장 위나 가로수를 따라 걷다가 같은 상점가에 살고 있는 문구점 고양이 '하나'를 발견했다. 앨리스는 하나에게 다가가 가볍게 머리를 비비며 인사를 했다. 하나는 앨리스를 부드럽게 핥아주었다.

평퍼짐한 하나는 앨리스가 마을로 내려와 살기 시작했을 무렵부터 줄곧 앨리스를 귀여워해주는 고양이였다. 마침 자신의 아이를 잃은 시기였던 모양으로 친자식처럼 생각하는 것 같았다. 게다가 하나의 주인인 문구점 여주인도 앨리스를 예뻐했다. 고양이를 좋아한다고 한다. 앨리스는 하나를 따라 문구점 뒷마당으로 갔다. 커다란 항아리에 담긴 맑은 물에는 수초가 자라고 있고, 그 사이로 금붕어가 헤엄치고 있었다. 그곳에서 물을 조금 마신 뒤 툇마루에 놓인 고양이 그릇에 담겨 있는 멸치를 먹었다.

앨리스는 커튼이 닫힌 방을 올려다보았다. 잠잠하다. 아직 자고 있나 보다. 인간은 낮잠도 안 자고 밤에도 늦게 잔다. 그 대신 아침에는 좀 늦게 일어나는 편이지만, 그렇게 조금만 자고도 괜찮은지 앨리스는 가끔 걱정이 되었다. 앨리스는 항상 졸리다. 하루의 반은 자고 싶다. 인간은 졸리지 않은 걸까.

커튼이 쳐진 방이 조용해서 마음이 쓸쓸했다. 앨리스는 이 집 여주인을 좋아하기 때문이다. 이곳에 사는 사람은 고양이를 좋아해서 정말 기분 좋은 손길로 앨리스의 머리와 목을 쓰다듬어준다. 툇마루에 그 사람이 있을 때는 무릎에 앉아 잠을 자기도 한다. 얼마 전까지 이 집에는 쭈글쭈글한 할머니가 계셨는데, 할머니도 고양이를 좋아해서 앨리스를 예뻐했지만 얼마 전 하늘나라로 떠나셨다. 아주 오래 사셨다고 한다. 여주인은 할머니 여동생의 손녀로, 외톨이가 되어 한동안 슬퍼 보였지만 지금은 가게를 열심히 돌보고 있다. 그리고 가게 일을 쉬는 날에는 집 안에서 뭔가 신기한 일을 한다.

여주인의 집에는 커다랗고 동그란 것이 막 돌아가는 신기한 도구가 있었다. '실을 엮는 기계'라 한다. 여주인이 폭신폭신하고 복슬복슬한 양털을 그 기계에 걸면 '털실'이 된다. 털실은 인간이 동그랗게 감아주면 재미있게 굴리며 놀 수 있다. 여주인이 가끔 털실 뭉치로 놀아주어서 앨리스는 그것을 집에 가져간 적도 있다. 그 일로 앨리스네 집 사람들이 여주인과 친해진 것 같다. 앨리스와 사이가 좋은 사람들끼리 친하게 지내는 것은 즐거운 일이라 앨리스는 기분이 좋았다.

앨리스는 문득 시선을 느끼고 평소에는 올려다보지 않는 2층 창을 보았다. 커튼이 아주 조금 열려 있었다. 항상 인기척이 없는 방이라 올려다볼 일이 없었는데 오늘은 누군가가 그곳에 있다는 생각이 들었다. 아는 사람의 인기척이 아니었다.

2

먼 옛날 이야기

수요일. 마침내 가네다 사장과 만나는 날이 왔다.

잇세이는 오후 다섯 시쯤에 야나기타 점장과 긴가도 서점에서 만나기로 했다.

가네다 사장과 만날 장소는 상점가 끝에 있었다. 걸어서 가도 그리 멀지 않은 곳이었다. 하지만 그전에 이야기를 좀 나누기로 했다. 모처럼 여기까지 왔으니 긴가도 서점에도 얼굴을 비추는 게 좋지 않겠느냐고. 그 말을 듣고 나서야 긴가도 서점을 그만둔 이래 이곳에 온 적이 없다는 걸 깨달았다. 서점이 입점해 있는 호시노 백화점도 마찬가지다. 너무 바쁜 나머지 방문할 시기를 놓쳐버렸다. 야나기타 점장과 후쿠와 출판사의 오노 씨, 그리고 호시노카케스가 보내온 긴가도 서점과 백화점 쇼윈도 사진을 봐서 그런지 마치 그 자리에 함께 있었다고 착각하고 있었는지도 모른다.

호시노 백화점은 가자하야 역 앞에 있어서 마을에 잠시 들렀을 때 그

앞을 지나간 적은 있다. 슬픈 기억도 있지만 예전에는 하루 종일 대부분의 시간을 보내며 모든 것을 바쳐 일해온 곳에 반년 동안이나 발걸음을 하지 않았던 것이다.

그리고 지금. 그리웠던 백화점은 쏟아지는 저녁노을의 황금빛 햇살을 받으며 마치 그림을 그려놓은 것처럼 아름다운 모습으로 고즈넉하게 서 있었다. 창과 벽이 모두 유리로 만들어진 건물은, 벌꿀 같기도 하고 코냑 같기도 한, 기품이 흐르는 빛깔을 저녁 해가 지는 대기 속에서 엷게 발하고 있었다. 정면 현관 앞에는 분수와 벤치. 창업했을 때부터 있었다는, 태엽 인형들이 등장하는 시계탑. 곧 다섯 시가 되면 익숙한 소리로 시각을 알리며 오르골이 울릴 것이다.

잇세이는 오랜만에 올려다보는 백화점을 앞에 두고, 가슴이 먹먹해져 그 자리에 한참 동안 서 있었다. 이곳에 다시 돌아오게 될 줄은 상상도 하지 못했다. 3월에 그런 불행한 사고가 일어났을 때 책임을 지기 위해 스스로 이곳을 등졌다. 두 번 다시 돌아오지 않을 각오로 떠났다. 학창 시절부터 10년간 일해온 이 서점을. 본관 6층에 있는 긴가도 서점을. 그렇게라도 하지 않으면 이곳을 지킬 수 없다고 생각했다.

호시노 백화점. 쇼와 시대에 세워진 8층짜리 건물. 유리 벽으로 만들어진 성 같은 백화점은 조용히 하늘의 빛을 받으며 스스로도 지상에서 빛을 발한다. 요즘이야 그다지 고층 빌딩으로 보이지 않지만, 패전 후 이 땅이 불타버렸던 시절부터 고도성장기와 호황, 그리고 되풀이되는 불황과 함께 사람들의 삶과 세월을 건너왔다. 시대의 변화에 따라 손님들의 발길이 뜸해졌고, 지금은 결코 좋은 상황이라고는 할 수 없는 백화점.

그래도 이 백화점은, 긴가도 서점을 위해 쇼윈도를 장식하고 전단지를 만들어 『4월의 물고기』를 홍보해주었다. 긴가도 서점에서 일할 때 잇세이가 팔고 싶었던 책, 지금은 멋지게 베스트셀러가 된 소중한 이야기를. 잇세이가 서점과 백화점을 지키려고 떠난 사실을 알게 된 호시노 백화점 사장과 직원들의 응원으로 화려한 디스플레이가 실현되었다고 야나기타 점장에게 들었다. 잇세이는 눈을 감고 백화점을 향해 고개를 숙였다. 한없이 고마웠다.

호시노 백화점은 학창 시절의 아르바이트 근무처이자 훗날 직장이 된 서점이 입점해 있는 장소로, 깊은 신뢰와 애착을 품고 있었지만 설마 백화점 측이 나서서 일개 서점 직원인 자신을 위해 그 꿈을 실현시켜주리라고는 꿈에도 생각지 못했다.

'이제 이곳에서 일할 수는 없지만.'

이 은혜는 절대 잊지 않겠다고 다짐했다. 언젠가 무엇이 되었든 작더라도 꼭 보답하게 되기를.

시계가 다섯 시를 알리며 음악을 연주하기 시작했다. 아이들에게는 집에 돌아갈 시간을, 바쁜 하루를 보낸 어른들에게는 수고했다는 말을 전하며 거리로 유혹하는 멜로디. 밤은 이제부터 시작이에요, 말하는 것만 같은 흥겨운 곡. 봄까지는 매일 이 시간에 들었던 오르골 소리다. 아무 일도 없었다는 듯 시계는 흥겹게 노래한다. 태엽 인형들은 공중에서 날아다니며 춤을 춘다.

약속 시간을 재촉하는 음악 소리를 들으며 잇세이는 은은한 빛을 발하고 있는 호시노 백화점으로 향했다. 예전에는 뒤쪽에 있는 직원 전용 출입구를 이용했는데 지금은 손님처럼 정면 현관으로 들어가려니 왠지 어색했다.

'하긴 지금 난 손님이지. 저쪽은 관계자 외 출입 금지인걸.'

어쩔 수 없다. 잇세이는 도무지 당당하게 들어갈 자신이 없어 잰걸음으로 고개를 숙인 채 아름답고 오래된 현관 앞에 도착했다. 커다란 유리문 옆에 그림책에 나오는 병사 같은 제복을 입은 도어맨이 서 있다. 비슷한 나이 대의 낯익은 얼굴이었다.

"어어."

하고 그는 뭐라 말하려다 말고 이내 미소 지으며 공손하게 목례를 하고는 잇세이를 백화점 안으로 들여보냈다. 잇세이도 고개를 숙여 보이고는 그 자리를 지나쳤다. 기뻤다. 긴장으로 얼어붙었던 뺨이 이완되는 것을 느꼈다. 흘러나오는 쇼팽의 피아노 곡 〈녹턴〉에 이끌리듯 잇세이는 눈에 익은 밝은 실내로 들어갔다.

중앙 홀은 훤히 뚫려 있었고, 높은 천장에서 늘어뜨린 금줄에 매달린 화려한 앤티크 샹들리에는 보석 같은 황홀한 빛을 쏟아내며 넓은 실내를 밝게 비추고 있었다. 빛 속으로 한 걸음 걸어 들어가니 여기저기에서 자신을 바라보는 눈빛과 조용히 소곤대는, 그곳에서 일하는 사람들의 소리가 들려왔다. 모두 환하게 웃고 있었다. 밝은 눈빛에는 반가움이 가득했다.

잇세이가 이곳에서 일할 때에는 사람들과 그리 이야기를 잘 나누는 편이 아니었다. 마음을 열어 보이거나 웃거나 농담을 주고받지도 못했다. 그러니 이렇게 반가워해줄 이유가 전혀 없는데.

그럼에도 불구하고 모두들 마치 그리운 친구와 다시 만난 것 같은 표정을 짓고 있어, 눈시울이 뜨거워졌다.

'요즘 눈물이 많아진 것 같아…….'

빛 속에 멈춰 서서 안경을 살짝 들어올리고 손가락 끝으로 눈물을 닦았다. 어릴 때라면 몰라도 어른이 되고부터는 결코 눈물을 보이지 않으려 했다. 생각해보면 그 사고가 난 후로 무언가가 달라졌다. 보이지 않게 철로가 변경된 것처럼 지금의 자신은 다른 여로, 미지의 인생을 살아가고 있는 것만 같았다. 예전의 자신과는 다른 사람이 여기에 있는 것처럼.

안내 데스크에서 아름다운 여성이 환하게 웃고 있었다. 오랫동안 일해온 안내 데스크의 팀장이었다. 그날 잇세이가 책을 훔친 중학생을 뒤쫓아 이 현관까지 내려왔을 때 반사적으로 소년을 불러 세워 잡아두려 했던 그 직원이었다.

아차, 아직 고맙다는 인사도 못 했다는 사실을 깨달았다. 그녀만이 아니었다. 이 백화점에 있는 누구에게도 제대로 인사하지 않았다는 사실을 이제야 깨달은 것이다. 『4월의 물고기』에 관해서도 호시노 백화점 사람들에게 감사의 말을 전하지 못했다. 눈 깜짝할 사이에 오늘이 되어 있었다.

게다가 감사 인사를 하는 것이 주제넘은 생각은 아닌지 주저하는 마음도 있었다. 하지만 이곳에 오니 가슴이 타들어가는 느낌이 들었다. 부끄러웠다. 자신은 은혜도 모르는 인간이었다. 그런 잇세이에게 안내 데스크 여성이 낭랑한 목소리로 말을 걸어왔다.

"츠키하라 씨, 오랜만이에요. 어서 오세요."

순간적으로 할 말을 잃었다.

그저 고개를 깊이 숙여 인사했다.

"어서 오세요."

이어 다른 여성이 맑은 목소리로 인사했다. 처음 듣는 목소리였다. 고개를 들어보니 안내 데스크 가까이 또 다른 데스크가 마련되어 있었다. '컨시어지'라고 쓰인 팻말이 있었다. 그러고 보니 자신이 그만둔 이후 안내는 물론 고객의 다양한 요구를 상담해주는 컨시어지 데스크가 생겼다고 야나기타 점장에게 들었던 것을 기억해냈다. 어딘가 요정 같은 가냘픈 체구의 컨시어지는 방긋 웃으며, 우아한 동작으로 잇세이에게 고개 숙여 인사했다.

"처음 뵙겠습니다. 츠키하라 잇세이 씨죠? 호시노 백화점에서 컨시어지를 맡고 있는 세리자와 유코라고 합니다. 잘 부탁드려요."

하더니, 어서 오세요, 하고 덧붙였다.

잇세이는 작은 소리로,

"저도요."

하고 감사의 말을 전하며 컨시어지에게 고맙다는 말을 들으니 백화점으로부터 인사받은 것 같다는 생각이 들었다. 처음 만났는데 왠지 오래전부터 알고 있었던 것 같은, 그런 사람이었다. 그랬다. 마치 이 백화점이 지향하는 신념이 형상이 되어 그곳에 나타난 것만 같았다.

에스컬레이터를 타고 천천히 위층으로 올라갔다. 본관 6층, 그리웠던 서점 매장과 가까워지니 심장이 요동치는 바람에 어린아이처럼 달려가고 싶은 기분을 겨우 진정시켜야만 했다. 이곳에서 일할 때는 직원용 엘리베이터나 계단을 이용했지만 플로어에 가득한 향기와 널찍한 공간까지 몸이 기억하고 있었던 걸까. 서점에 다가갈수록 가슴 깊은 곳에서 반가움이 끓어올랐다.

'연어가 태어난 강으로 돌아오면 이런 기분일까.'

불쑥 그런 생각이 들자 갑자기 웃음이 터져나왔다. 마지막 몇 계단은 기어코 참지 못하고 성큼성큼 걸어 올라갔다. 그리고 잇세이는 긴가도 서점으로 돌아왔다.

그 시간, 잇세이가 올 것을 미리 알고 있었던 걸까. 함께 일했던 동료들이 잠시 일손을 멈추고 주위에 몰려들었고, 접객 중이거나 바쁜 직원들은 그 자리에서 시선을 보내며 잇세이를 반겼다. 파트타임으로 일하는 구다 씨가 멀리 계산대에서 손을 높이 뻗어 크게 흔들며 "어서 와, 잘 왔어!" 하고 소리쳤다. 반가운 나머지 소리를 지르고 말았는데, 앞에 있던 손님이 맘씨 좋게 웃자 머리를 긁적였다. 잇세이도 덩달아 웃음이 나왔다. 그리고,

'돌아왔구나.'

하는 사실을 통감했다. 지금 이 순간까지 이곳을 떠나 있었다는 사실이 믿기지 않았다. 오랜 꿈을 꾸고 있었던 것만 같다. 당장이라도 직원 탈의실로 들어가면 사물함에 자신의 앞치마가 걸려 있고, 그것을 걸치고 계산대로 들어가면 일을 할 수 있을 것만 같다. 문고 서가 앞에 가면 그대로 서가를 매만질 수 있을 것만 같다. 잇세이는 문고 서가 쪽으로 고개를 돌리려다, 피식 웃고는 시선을 내렸다.

'보지 말아야지.'

봐서는 안 된다. 반년이나 자신의 손을 떠나 있던 서가다. 지금은 누가 담당하고 있는지 모르지만 아마 벌써 다른 이가 만든 서가로 새로 태어나 있을 것이다. 그 담당자의 감성이 드러난 아름다운 서가로.

'보게 되면 분명 뭐라고 한마디하려 들겠지.'

말로는 표현하지 않았어도 자신은 10년간 이곳에서 서가를 지켜왔다는 자부심이 있다. 분명 '지적질'을 하고 싶어지리라. 그래서 보지 않는 게 상책이라 생각했다. 다시 이 서점에서 일할 수는 없다. 자신이 아니면 지킬 수 없는 서점이 사쿠라노마치에서 어서 돌아오길 기다리고 있으니까.

그때 "어머" 하고 날카로운 음성이 들렸다. 안쪽 깊숙이 자리한 아동서와 그림책 서가 사이에 멈춰 서 있는 우사미 소노에가 보였다. 이쪽을 향해 황급히 달려오다 서점 안에서 뛰면 안 된다고 생각한 걸까. 뛰던 걸음을 멈추고 자신의 발에 걸려 넘어질 듯 잰걸음으로 다가왔다.

여전히 토끼 같다고 생각했다. 풍성한 갈색 털을 가진 작은 토끼 같다. 바삐 걸어오면서 잇세이를 보고는 뭔가 말을 하려는 듯, 그러나 큰 갈색 눈에 눈물이 차오르는 바람에 중심을 잃고 몸이 휘청하더니 앞으로 넘어질 뻔했다. 잇세이는 순간적으로 그 팔을 잡고는, 웃었다.

"여전하군, 맨날 넘어지는 건."

소노에는 부끄러운 듯 웃었지만 눈물은 그대로 흐르고 있었다. 그림으로 그린 것 같은, 마치 동화책에서나 나올 법한 그런 눈물이라고 생각했다. 맑고 투명한 수정이 뺨을 타고 흐르는 것 같은 눈물이라고. 그리고 이 친구는 어김없이 또 우는구나 하고 생각했다. 기쁠 때나 슬플 때나. 거리감이 조금 좁혀진 것은, 소노에의 그림이 항상 곁에 있었기 때문인지도 모른다. 반사적으로 잡은 팔이 너무나 가늘고, 손목의 핏줄이 훤히 보일 정도로 피부가 하얘서 놀랐다. 이렇게 가녀린 팔이 장대하고 기개 있는 그림을 그린 걸까 하고. 얼마나 시간을 들여 그렸을까. 혼자서 해냈구나.

자신의 팔꿈치에 닿은 가슴에서 소노에의 심장박동을 느꼈다. 포근하고 따스한 파도와 같았는데, 그때서야 비로소 소노에의 얼굴이 가까이 있음을 알았다. 숨소리가 들릴 만큼 가까이에.

하얀 뺨이 붉게 물드는 걸 보면서 전에도 비슷한 일이 있었던 것이 떠올랐다. 아련했다. 아주 먼 옛일 같았다. 실제로 그렇게 있었던 것은 찰나였을 것이다. 닌자가 나타나듯 발소리도 없이 나타난 미카미 나기사가 빼앗기라도 하듯 소노에의 팔을 낚아채 자신의 등 뒤에 세웠기 때문이다.

"소노에, 괜찮아?"

변함없이 동작이 빠르고, 높이 묶은 포니테일도 야무진 눈빛도 호위무사 같다. 그렇게 생각하는 것이 재미있고 좋았다. 저절로 웃음이 나왔는데 어쩐 일인지 나기사는 잇세이를 노려보고 있었다. 그렇게까지 악한을 보듯 노려보지 않아도……, 하고 말하려는데 뒤에서 힘차게 어깨를 두드리는 사람이 있었다.

"왔어?"

야나기타 점장이었다. 양복을 입고 넥타이까지 맨 모습은 오랜만에 보는 것 같았다. 웃고는 있지만 경직된 입가에는 긴장한 기색이 역력했다.

약속 시간이 다가왔다. 잇세이는 점장과 함께 땅거미가 내려앉은 상점가로 향했다. 네온사인으로 밝게 빛나는 거리의 북적임과 도시의 냄새가 커다란 손으로 쓰다듬듯 잇세이를 감싸 안았다. 답답하게 느껴지는 미지근한 바람은 사쿠라노마치의 맑고 서늘한 바람과는 전혀 다른 느낌이었지만 반가웠다.

하지만 언젠가 세상 어디에서든 사쿠라노마치에 부는 바람을 그리워할 것 같은 예감이 들었다. 빛으로 물든 이 거리의 아름다움을 아플 정도로 사랑하지만, 하늘에서는 별들이 웅성이듯 빛나고 시냇물 소리와 개구리의 합창이 바람에 섞여 들려오는 사쿠라노마치의 밤이 잇세이의 귀가를 가만히 기다리고 있는 것이 느껴졌다.

"츠키하라."

조금 앞서 걷던 점장이 문득 발걸음을 멈추고 뒤돌아보았다.

"사장님이 말이야, 긴가도 서점을 닫겠다고 하면 어떡하지?"

"네?"

"농담이야, 농담. 하하하."

점장은 황급히 양손을 젓는다. 하지만 눈빛에 불안이 서려 있었다. 이런 야나기타를 보는 것은 극히 드문 일이었다. 잇세이는 야나기타에게 웃어 보였다.

"그런 얘기는 아닐 것 같아요. 만약 그렇다면 저까지 부를 이유가 없잖아요?"

"맞아. 그건 그래. 나도 그 생각은 했어."

야나기타는 머리를 긁적이며 웃었다.

"우리한테 정말 할 말이 있나 보군."

"네, 그럴 거예요."

잇세이도 신경이 쓰이기는 했다. 두 사람은 다시 걷기 시작했다. 잇세이가 자신이 짐작한 내용을 말했다.

"가네다 사장님이 책을 좋아하신다고 들었는데, 그럼 혹시 『4월의 물고기』를 읽고 재미있어서 함께 얘기를 나누고 싶은 건 아닐까요?"

활자를 좋아하는 경영자, 그가 자신의 서점에서 엄청 팔린 책을 읽지 않았을 리가 없다. 분명히 읽었을 것이라고 생각했다. 그렇다면 자신과 점장을 만나고 싶어한다 해도 이상할 게 없는 데다 부른 곳이 고급 일식당이라는 것도 이해가 간다.

"오오, 그렇군."

야나기타의 표정이 밝아졌다. 커다란 손으로 잇세이의 등을 탁 쳤다.

"역시 츠키하라야. 그럴 것도 같은데? 맞아, 분명 그럴 거야."

불시에 등을 얻어맞은 잇세이가 콜록대면서,

"근데 만약 그렇다면 출간 시기에서 좀 많이 지난 것 같긴 한데."

초여름에 간행된 문고였기 때문이다. 기분이 밝아진 야나기타가,

"바빠서 이제야 읽은 게 아닐까? 계속 옆에 두고 있다가 최근 들어 겨우 읽고는 감동받은 게 분명해. 진짜 명작이니까. 엉엉 울면서, 대견하게도 이 책을 찾아내서 팔아주다니, 하며 자네와 나를 칭찬하려는 게 아닐까?"

야나기타는 고개를 끄덕이며 잇세이를 재촉해 발길을 서둘렀다.

"맞아, 그래서 고급 일식당으로 부른 거라고. 맛있는 술과 요리로 위로해주려고."

"그냥 제 생각은 그렇다고요."

잇세이는 애써 밝은 목소리로 말을 이었다.

"그리고…… 어쩌면 봄에 있었던 그 사건을 제게 자세히 듣고 싶은 게 아닐까 싶어요."

"그래, 그럴 수도 있지. 경영자니까 자네한테 감사 인사, 아니지 사과를 한다거나."

"그렇게 생각하고 계실지도 모르겠네요."

그런 용건이라면 사건이 일어난 지 너무 오래 지난 것 같긴 하지만, 시간이 흘러서 잠잠해진 지금이야말로 잇세이를 만나야겠다고 생각했을 수도 있다.

'경영자나 부자는 한 번도 되어본 적이 없으니. 어떤 사고방식을 갖고 있는지는 알 턱이 없지만.'

나쁜 이야기라면 일부러 그런 자리를 만들 리가 있을까? 내 생각이 너무 안일한가?

일식당은 백일홍으로 둘러싸여 외부와는 거리를 두고 고즈넉하게 자리하고 있었다. 일식당의 이름이 적힌 등이 연한 살구빛으로 빛나며 주위 꽃들을 비추고 있었다. 잇세이와 야나기타는 아름다운 기모노를 입은 직원이 안내하는 대로 조용한 실내로 들어섰다. 어떻게 해야 할지 몰라 잇세이는 야나기타의 뒤를 따라갔다. 야나기타는 일 때문에 이런 곳에 몇 번인가 온 적이 있다고 들었지만, 이곳은 처음이어서인지 뒷모습이 긴장으로 뻣뻣하게 굳어 있었다.

복도는 거울처럼 잘 닦인 나무 바닥이었고, 여기저기에 무척 값비싸 보이는 화병에 꽃이 꽂혀 있었다. 등을 밝힌 정원에는 잘 가꾼 나무들과 잉어가 노니는 연못이 있었다. 어디서 많이 들어본 소리가 들려서 돌아다보니 다름 아닌 대나무 방아였다. 대나무 통에 물이 차면 탁 하고 물을 아래로 흘려보내는 대나무 방아는 사극이나 소설에 자주 등장하는데, 실제로는 처음 봐서 내심 감동했다. 복도 끝에 다다른 직원은 미닫이문 옆에 무릎을 꿇고 문을 연 다음,

"이 방입니다."

하며 잇세이와 야나기타를 방으로 안내했다. 방으로 들어간 두 사람은 잠시 멈칫했다. 넓은 방 윗목에는 아름다운 탁자가 놓여 있었고, 그 안쪽으로 사방침에 기대어 기모노를 입은 한 노인이 가부좌를 틀고 앉아 있었다.

"와줘서 고맙네."

노인은 다부진 목소리로 말하고 웃음 지었다. 나이를 짐작할 수 없을 만큼 눈빛이 날카로웠지만, 얼굴에는 깊은 주름이 새겨져 있었고 코에는 튜브가 연결되어 사방침 옆으로 인공호흡기와 산소발생기가 놓여 있었다.

"이런 모습이라 미안하네. 심장이 안 좋아서 벌써 오랫동안 병원 신세를 지고 있는데 주위에는 알리지 않았으니 아는 사람은 거의 없네. 자네들도 알다시피 호시노 백화점은 외줄타기를 하고 있는 상황이지 않나. 그런데 내가 병으로 죽어간다는 게 세상에 알려지면 여러모로 영향이 클 걸세. 그래서 거의 칩거하고 있네만, 어떻게든 자네들을 만나 이야기를 나누고 싶었네. 그렇다고 손님을 병원으로 부를 수도 없고 해서 이렇게라도 나왔으니 이해해주게."

웃는 얼굴로 가슴께에 손을 가져다 댄다.

"사실은 좀 더 일찍 자네들을 만나보고 싶었는데 몸이 말을 듣지 않아서 말이지. 오늘까지 오고야 말았어. 그리고 아마 오늘 밤이 실제로 자네들을 만나는 마지막 기회일 걸세."

노인 가네다 사장은 담담하게 말하며 두 사람에게 손으로 앉으라는 시늉을 했다.

"요리는 내 마음대로 시켰네. 자기 가게를 자랑하는 건 좀 그렇지만 아마 다 맛있을 걸세. 난 먹지 못할 테니 내 몫까지 맛있게 즐겨주면 좋겠네."

기분이 좋은 듯 이야기를 이어가는 가네다의 손에는 얼마나 많이 읽었는지 닳아빠진 『4월의 물고기』가 들려 있었다. 색 바랜 표지는 둥글게 말려 있었다. 잇세이가 책을 응시하는 것을 알았는지 가네다가 싱긋 웃었다.

"자네가 그 츠키하라 잇세이로군? 이 책을 히트시킨 주인공 말이야."

"아, 네."

노인이 흐뭇하게 웃었다. 팔짱을 끼고 손자를 지켜보는 것 같은 눈빛이었다.

"정말 좋은 책이었네. 이 책을 발견해 팔 생각을 하다니 정말 대견하군. 고맙네. 나도 이 책으로 구원받았네. 이런 책을 읽게 되어서 정말 다행이었어."

밝지만 어딘가 마음에 걸리는 목소리였다. 아주 희미하게 눈물을 느끼게 하는 파장. 잇세이는 갑자기, 이분도 이 책을 읽고 우셨을까, 하는 생각이 들었다.

"감사합니다."

잇세이는 고개 숙여 인사했고, 가네다는 유쾌하게 다음 말을 이었다.

"그럼 여기 큰 덩치는 긴가도 점장 야나기타 로쿠로타겠군."

"네."

큰 덩치, 하고 중얼거리며 야나기타가 잇세이 옆에서 정중하게 인사를 했다.

"긴가도 서점 점장, 야나기타 로쿠로타입니다. 오랫동안 서점을 맡겨주셔서 감사합니다."

"자네는 기억하지 못하겠지만 자네가 대학생일 때 서점에서 만난 적이 있다네. 세상에, 그때보다 옆으로 더 자란 것 같군그래?"

가네다는 갈라진 목소리로 즐거운 듯 웃었다.

"야나기타, 오랫동안 서점을 맡겨두기만 해서 정말 미안하게 생각하네. 불황이 길어지고 출판 경기도 나쁜데 젊은 자네의 어깨에 서점 하나를 짊어지게 했으니 그동안 얼마나 불안하고 힘들었겠나. 그래도 자네가 잘 운영해주어서 아마 내가 맡은 것보다 훨씬 잘해냈으리라고 생각하네. 진심으로 고맙네. 가능하다면 앞으로도 긴가도 서점을 잘 부탁해."

그러고는 탁자에 손을 얹고 고개를 숙였다.

"네. 아니, 아이고, 왜 이러세요."

고개 드세요, 하며 야나기타는 가네다 옆에 같이 엎드렸다.

"저는 정말 즐겁게 일했습니다. 그야 당연히 불안할 때도 있었지만 사장님께서 뒷짐 지고 나 몰라라 하시니까, 아니 제 말은 그게 아니라, 저를 믿고 맡겨주셔서 하고 싶은 대로 다 할 수 있었다는 말씀입니다. 긴가도는 정말 좋은 서점이어서 이렇게 못난 저에게 맡겨주신 것만으로도 저는 행복합니다. 그리고 앞으로도 맡겨주신다면 이보다 영광이고 행복한 일은 없을 겁니다."

"고맙네."

가네다는 앙상한 손으로 야나기타의 손을 잡았다.

"사과할 일이 또 있네."

가네다는 야나기타와 잇세이에게 연거푸 고개를 숙였다.

"봄에 말이야, 도난 사건과 그 후에 많은 일들이 일어났는데 나는 오늘까지 아무것도 한 게 없네. 변명할 생각은 없네만 그때는 몸 상태가 안 좋아서 의식이 거의 없었다네. 나중에 사건에 대해 듣고는 내가 그 자리에 있었어야 했는데, 하고 어찌나 속이 상하던지. 적어도 츠키하라를 그만두게 하지는 않았을 걸세. 정말 미안하게 됐어."

잇세이 역시 고개를 숙였다. 자신은 이미 행복하다고 생각했지만 지금의 이 한마디에 모든 것을 치유받은 느낌이 들었다. 마음속에 마지막까지 남아 있던 작은 얼음 조각이 녹아내리는 것만 같았다. 가네다는 자조하듯 어깨를 움츠렸다.

"내가 알았을 때는 『4월의 물고기』는 이미 베스트셀러가 되어 있었고 호시노 백화점도 도왔다고 하더군. 나도 돕고 싶었는데 백화점이 대신했다면 그나마 다행이라 생각했네. 호시노 집안도 뭔가를 아는군그래. 안심했어."

술은 잇세이가 듣도 보도 못했던 브랜드의 사케가 연이어 들어왔다. 술에 정통한 야나기타가 매번 환성을 지르는 바람에 대단한 술들이라고만 짐작했다. 요리는 잇세이도 아는 것들이었다. 작은 그릇에 하나씩 아름답게 담긴 전채 요리에서 시작해, 생선회에, 닭과 동과로 만든 차가운 수프도, 잠두콩과 구운 방어와 중국의 대표 술인 사오싱주 소스를 곁들인 소고기 요리도, 모두 맛이 훌륭했다.

"여름에는 갯장어지. 이 가게는 이게 제일 맛있어. 예전에는 여름마다 먹었는데."

유리그릇에 담긴 투명한 얼음 위에 놓인 얇게 저민 장어는 매실 장아찌의 붉은색과 짙은 향의 푸른 소엽이 더해지자 그 아름다움이 한층 빛을 발했고, 진한 감칠맛이 돌았다. 가네다 앞에도 요리가 놓여 있었지만 그는 젓가락을 들 생각도 안 하고 두 사람에게 연신 술과 요리를 권하며 흐뭇하게 미소 짓고 있을 뿐이었다. 후식으로 양갱과 따뜻한 음료가 나오자 가네다는 자세를 바르게 고쳐 앉으며 말했다.

"그래서 말인데, 나는 긴가도 서점을 위해 한 일도 없고 앞으로도 그럴 것 같으니 마지막으로 제안을 하나 하려 하네. 그다지 나쁜 조건은 아니라고 생각하는데, 들어보겠나?"

잇세이와 야나기타는 그의 말에 귀를 기울였다. 지금부터 듣게 될 말이 오늘 밤 회식 자리의 목적일지도 모른다고 생각하며.

"오후도 서점이 긴가도 서점 산하로 들어오면 어떻겠나? 그러니까 긴가도 서점의 오후도 지점이 되어서 경영을 계속하면 어떻겠느냐는 말일세."

잇세이도 야나기타도 할 말을 잃었다. 가네다는 놀라는 두 사람을 찬찬히 보더니 말을 이었다.

"나쁜 조건은 아니라고 생각하네. 그 산골짜기 마을에 있는 작은 서점 혼자서는 불리할 때도 많을 걸세. 베스트셀러나 신간의 배본 상황도 변변치 않을 테니 고생이지 않나?"

"그렇기는 한데요."

잇세이는 고개를 떨구었다. 그건 맞는 이야기였다. 하지만,

'오후도 서점이 사라지는 게 아닐까?'

지점이 된다. 즉 체인점이 된다는 것은 독자성을 잃게 되는 건 아닐

까. 지금까지 지켜온 서점의 정신이 사라지고 마는 게 아닐까?

"저기, 감사한 말씀이지만."

잇세이는 고개를 숙인 채 작은 소리로 말했다.

"이렇게 중요한 일을 제가 결정할 수는 없습니다. 일단 돌아가서 서점 주인과 의논을 좀……."

"당연하지. 일단 내 말을 듣고 좋다고 생각한다면 그것을 오후도 서점 주인과 의논하길 바라네. 자네가 납득한다면 말이지. 그것만으로도 족하네."

가네다는 말을 이었다.

"오후도 서점이 긴가도 서점의 지점이 된다면, 필요한 책은 긴가도에서 한꺼번에 입고해 오후도에 보낼 수 있게 되지. 홍보물도 보낼 수 있고. 지금은 모두 살아남는 데 필사적이라 출판사들도 영업을 줄이고 책이 팔리는 대도시를 중심으로 일하고 있지 않은가. 가령 오후도에는 가지 못하는 출판사라도 긴가도에는 아직 오고 있으니까. 정보를 오후도와 공유하는 일도 가능하지 않겠나?"

야나기타가 가네다에게 물었다.

"저기 혹시 체인점이 된다면 오후도 서점이 부담해야 할 조건 같은 것도 생각하고 계신가요?"

"그런 건 없네."

가네다는 시원스레 대답했다.

"서점 이름을 그대로 두어도 괜찮고, 경영도 내가 이런 상황이니 오후도 서점 주인과 츠키하라에게 일임해야겠지. 야나기타가 좀 도와주게나. 제안을 받아들인다면 자세한 건 나중에 정하도록 하지. 내가 저세상으로 가더라도 성가신 일이 생기지 않도록 뒷일은 확실히 해두겠네."

"감사합니다."

잇세이가 아무 말도 못 하고 있는 사이, 야나기타가 큰소리로 대답하고는 눈물을 글썽이며 정좌를 한 채 무릎을 꽉 잡고 깊이 고개 숙였다. 잇세이가 두 사람을 향해 물었다.

"정말 고마운 말씀인데요, 오후도 서점을 체인점으로 만들었다가 자칫 오후도의 경영 상태가 나빠지면 긴가도 서점도 영향을 받을 텐데요?"

경영 상태가 불안정한 점포나 업종을 끌어안고 계열사로 만들었다가는 모회사가 그 적자를 메우다 함께 쓰러질 수도 있다. 의외로 자주 듣는 이야기였다.

'자칫하면 오후도가 긴가도 서점의 부담스러운 짐이 되고 만다.'

가네다가 보유한 자산이 얼마나 되는지는 모른다. 작은 시골 서점에 힘을 보태도 될 만큼 자산가일지도 모른다. 그렇다 하더라도 자신의 서점이라고도 할 수 있는 오후도 서점이 이 친절한 사람과 소중한 긴가도 서점에 부담이 되는 건 견딜 수 없었다. 잇세이는 고개를 들었다.

"저는 당연히 오후도 서점의 경영 상태가 좋아지도록 노력할 생각입니다만, 솔직히 아직 인생 경험도 적은 애송이에 불과합니다. 게다가 서점을 맡게 된 것도 처음이라 아직 시행착오를 거듭하고 있습니다. 제안을 받아들여야 할지 어떨지 아직은……."

"하겠다고 해."

야나기타가 귀에 대고 속삭였다. 아니 속삭이려 했지만 안타깝게도 그 소리는 절대 작지 않았다. 그는 얼큰하게 취해 달아오른 손으로 잇세이의 등을 툭 쳤다.

"이런 걸 두고 호박이 넝쿨째 굴러들어왔다고 하는 거야. 굴러들어온 호박을 제 발로 차겠다는 거야? 오후도에 모처럼 굴러들어온 행운이라고."

"하, 하지만…….."

갑자기 사레가 들리는 바람에 눈가에 눈물이 맺혔다.

"괜찮을 거야. 나하고 긴가도 식구들이 있잖아. 해보자고."

뭔가 신나겠는걸, 하며 야나기타가 빙그레 웃었다. 이렇게 웃는 야나기타는 산타클로스를 닮았다. 기분 좋게 웃는, 자신에 찬 산타클로스다. 잇세이의 얼굴에도 살며시 미소가 피어났다. 그러고는 가네다를 향해 깊이 고개 숙여 인사했다.

"지금 잠시 오후도 서점의 경영을 맡고 있다고는 해도 제가 주인은 아닙니다. 어떻게 할지는 서점 주인이 판단해야 할 일이라고 생각해요. 말씀하신 제안은 감사하는 마음으로 전하겠습니다."

넝쿨째 들어온 행운이다. 꿈같은 이야기다. 하지만 조금씩 실감이 나기 시작하면서 오후도 서점 주인이 기뻐하는 모습이 보이는 것만 같았다. 그렇다. 그분은 아마 기뻐해주실 것이다. 그렇다면 좋은 소식을 전하러 가는 비둘기처럼 사쿠라노마치에 돌아갈 일이 고대된다.

'분에 넘치게 감사한 제안이지만 그만큼 내가 열심히 하면 된다. 서점을 지키며 책을 많이 팔면 된다. 고마운 이들에게 짐이 되지는 말아야지.'

가능하다면, 언젠가 긴가도 서점의 매출에도 도움을 줄 수 있는 서점이 될 수 있기를.

"오후도 사장님께 잘 말씀드려주게. 필요하다면 참고가 될 만한 서류를 만들어 보내겠네. 내가 직접 편지를 쓸 생각도 있네."

가네다가 웃으며 그렇게 말했다.

"아 참, 한 가지 더 부탁해도 되겠나? 부디 서점 문을 닫지 말아주게. 힘들다면 자금을 대줄 테니 서점의 불빛을 꺼뜨리지 말아줘. 서점에 오는 손님들을 위해. 책을 읽고 인생이 달라지는 사람들이 분명히 있다네. 책에는 그런 힘이 있지. 그러니 서점은 마을에 계속 있어야만 해."

그 말을 하는 것만으로도 노인은 힘에 부쳤는지 마지막 말은 속삭이는 것 같았다. 하지만 잇세이를 바라보는 눈빛만은 강렬해, 노환으로 흐릿해진 눈동자 깊숙이 작은 불꽃이 이는 것만 같았다. 갈망과도 같은 바람이 그곳에 있었다.

"저기……."

야나기타가 작은 소리로 끼어들었다. 술에 얼큰하게 취해 그런지 눈 주위가 벌겋다.

"……고마운 말씀이죠. 츠키하라에게는 정말 고마운 말씀이라고 생각해요. 감사합니다. 하지만 하나만 여쭤볼게요. 그렇게 서점을 소중하게 여기시면서 왜, 왜 긴가도의 일곱 개나 되는 지점을 모두 없애신 겁니까? 그 지점들마다 단골손님들이 계셨는데 말이죠. 모두 안타까운 마음에 손님이고 직원이고 울고불고하면서 문을 닫았다고요……."

말을 하다 말고 갑자기 퍼뜩 술이 깼는지 야나기타가 엎드렸다.

"죄송합니다. 철없는 소리를 해서."

"괜찮네."

인자한 목소리로 가네다가 말했다.

"지금 내 제안이야말로 철없는 감상에서 비롯된 건지도 몰라. 솔직히 경영하는 사람이 내릴 판단은 아니지. 자기만족. 그래, 심하게 들릴지 모르겠지만 이건 내 만족을 위한 거라 생각하네. 지금까지 한눈팔지 않고 열심히 장사해온 인생 마지막에 한 번쯤은 즐거운 일에 돈을 써도 좋지 않을까, 하는 생각이 들었네.

이보게, 야나기타, 그리고 츠키하라. 나는 이제 일본의 서점은 앞날이 그리 밝을 것 같지가 않아. 아니, 오래된 대형 서점이나 시대에 적응해 유연하게 변화를 거듭하는 대규모 체인점은 살아남겠지. 덧붙이자면 소규모 셀렉트숍 타입의 서점일 거야. 서점에 있는 모든 책을 감각과 재능을 갖춘 서점 직원이 잘 파악해서 행사도 기획하며 항상 스스로 화제의 중심에 서서 사람을 부를 수 있는 서점 말일세. 하지만 긴가도와 오후도처럼 지역에 뿌리내린 오래된 동네 서점은 고전을 면치 못할거라 생각하네. 동네에서 잡지와 문고와 문예서, 문구류도 조금 구비해놓고 어른, 아이 할 것 없이 다양한 연령층의 손님이 가볍게 들러 책을사 가는, 책과 세상의 만남의 장소가 되는 그런 옛 정서가 깃든 서점은그리 쉽게 살아남진 못할걸세.

종이책을 읽는 인구는 점점 줄고 있지 않나. 나처럼 오랫동안 활자에 익숙해 책을 읽어온 노인들은 수명이 다해 저세상으로 가면 책을 읽을 수 없겠지. 기대하고 싶은 차세대 아이들과 청년은 인터넷으로 책을 사고 전자책을 사지. 물론 이해는 가. 읽고 싶을 때 스마트폰으로 바로 살 수 있으니까. 사러 가봐야 어차피 동네에 있는 작은 서점에 재고가 있을지 알 수 없는 노릇이고. 주문한다 쳐도 며칠을 기다려야 하는데다 자칫 입고가 안 될 수도 있으니까. 인터넷 서점에 대항할 수 있는 건 대량의 재고와 전국에 많은 지점을 가진 내셔널 체인밖에 없는 상황에서, 반대로 대형 서점이 진출한 동네에는 인터넷 서점과 대형 서점의 고래 싸움에 오랫동안 자리를 지켜온 현지 자본의 동네 서점이 손님을 빼앗겨 문을 닫고 말지."

가네다는 가슴을 쥐고 가쁜 숨을 몰아쉬었다. 잇세이가 도우려 하자 그는 웃는 얼굴로 손을 저으며 쉰 소리로 말을 이었다.

"또 하나. 계속된 불황으로 많은 기업들이 여유가 없는 상황이 되고부터는 그때까지 영업을 하고 있던 복합 상업 시설에서 서점이 쫓겨나는 일이 있다는 말도 자주 듣네. 제대로 매출을 올리고 있는 서점까지 쫓아낸다니. 손님이 더 많이 오는 가게를 들이기 위해서라는데, 피도 눈물도 없는 말 같지만 그 입장이 되면 어쩔 수 없을지도 몰라. 서글픈 얘기지. 그렇게 동네 서점이 불리한 상황 속에서, 그래도 나는 긴가도 서점 본점을 지켜왔네. 오히려 서점을 지키려고 다른 장사를 더 열심히 했다고 할 수 있지. 본점이 소중했기 때문에, 다른 일곱 개의 지점은 문을 닫을 수밖에 없었네. 가자하야에서는 더 이상 긴가도 서점을 여덟 개나 유지할 수 없다고 생각했지. 미안하지만 어쩔 수 없는 결단이었네. 하지만 자꾸 생각나더군. 정말 폐점해야만 했을까 하고. 죽을힘을 다해 궁리해서 일단 시행착오를 거치다 보면 어딘가 미래로 이어진 길이 있지 않았을까 하고. 일곱 개의 지점에서 일하는 사람들은 일자리를 잃지 않고, 동네에서는 서점의 불이 꺼지지 않고, 손님들이 슬퍼하지 않아도 되는, 그런 미래도 있지 않았을까 하고. 줄곧 후회하며 살았네. 특히 죽을 날이 가까워오면 자신이 지켜온 것은 무엇이었을까? 앞으로 내가 죽고 나서 세상에 남길 수 있는 게 있을까, 생각을 하게 되더군. 병원에 있으면 생각하는 것밖에 할 일이 없거든. 그러던 중에 츠키하라와 오후도 서점 이야기를 듣게 되었고 『4월의 물고기』를 읽었네. 이렇게 훌륭한 인재가 우리 서점에 있었는데도 제대로 지켜주지 못했다고 후회하고 자책했다네. 그래서 생각했지. 이 젊은이에게 서점을 맡겨보고 싶다고. 이 젊은이가 지키고 싶어하는 것을, 이 젊은이가 미래에 남기고 싶어하는 것을 남길 수 있도록 힘을 실어줄 방법은 없을까 하고. 그것이 이 세상에 먼저 태어나 먼저 죽는 사람이 남길 수 있는 유산이 아닐까 하고."

말을 끝낸 뒤 가네다는 지친 듯 눈을 감았다. 사방침에 기댄 가네다는 그저 평범한 어느 노인의 모습이었다.

잇세이와 야나기타가 슬슬 돌아가야 할 것 같다는 의미의 눈빛을 주고받고 있는데, 가네다가 조용히 눈을 떴다.

"옛날이야기 같은 추억이 있지. 아니 그냥 옛날이야기라고 생각해주게."

쉰 소리로 나지막이 말을 꺼냈다. 그렇게 시작된 길고 긴 이야기를 잇세이는 그 후에도 이따금씩 떠올리곤 했다. 이야기를 들려준 이가 세상을 떠나고, 그리고 또 긴 세월이 지난 뒤에도.

"옛날 옛날에, 수십 년도 더 된 옛날에 말이야. 일본이 큰 전쟁을 벌이기 전이지. 홀몸이 아닌 한 여자가 한반도에서 바다를 건너 일본에 왔다네. 돈을 벌어 돌아오겠다며 일본으로 건너간 남편이 돌아오지 않자 찾으러 나선 걸세. 여자는 남편을 수소문했지만 찾지 못하고 결국 어느 마을의 작은 교회당 옆에서 쓰러지고 말았네. 때마침 일요일이라 예배를 드리러 온 한 가족이 여자를 발견하고는 가여운 생각에 집으로 데려갔다네.

마을에서 가장 큰 포목점을 하는 집이었어. 마침 부엌일을 도와줄 사람도 필요했던 참이어서 여자는 그곳에서 먹고 자며 일하게 되었다네. 그 집에는 그 여자 말고도 그렇게 일하게 된 사람들이 많았어. 워낙 크고 대단한 포목점이었으니까. 여자는 요리도 잘했고 밝은 성격에 똑똑해 일도 잘하니 포목점 사람들도 이 여자를 귀하게 여겼다네.

얼마 후 태어난 아들도 사람들에게 사랑받으며 자랐지. 일하는 사람들에게서만이 아니라 그 주인 내외에게서도. 주인집 아이들과는 마치 친형제처럼 자랐다네. 나이 차가 나는 가장 어린 사내아이는 정말 귀여워했지. 놀아주고 글자나 셈도 가르쳐주었어. 책이 많아서 여자의 아들은 주인집 아이들과 함께 책을 읽으며 자랐어. 포목점 주인은 독지가였다네. 여자의 아들이 현명하다는 걸 알아본 주인은 아이를 학교에도 보내주었어. 학비를 대주면서, 세상을 위해 뭐라도 좋으니 전문적인 것을 배우라고 말이야. 아무 대가도 바라지 않았네. 여자의 아들은 포목점 주인의 뜻대로 열심히 공부했고, 드디어 경제학을 공부하게 되었다네. 말은 하지 않았지만 언젠가 포목점에서 일하며 주인아저씨의 오른팔이 되겠다는 꿈을 꾸면서 말이야.

그 무렵 포목점 근처에는 작은 헌책방이 있었어. 헌책방 주인도 여자의 아들을 무척 예뻐했다네. 2층짜리 목조건물이었던 작은 서점 붙박이 서가에 헌책이 빽빽하게 꽂혀 있었지. 여자의 아들은 포목점 주인에게 받은 용돈으로 헌책을 조금씩 사서 다 외울 정도로 읽었다네. 닥치는 대로 읽었지. 경제학 책은 당연하고 동서고금의 시나 소설, 희곡이나 에세이 같은 책도. 헌책방 주인은 다리가 불편했는데 무척 무뚝뚝한 양반이었어. 그래도 책 이야기만 나오면 신이 나서 이야기 상대가 되어주는,

그런 사람이었네. 아주 옛날이라 한반도에서 건너온, 아비도 없는 학생을 곱지 않은 눈으로 보는 사람들도 많았어. 하지만 포목점 사람들과 헌책방 주인만큼은 달랐지. 상점가 아이들과는 서로 싸우다가도 금방 다시 친하게 지냈고, 어른들에게도 사랑받는 아이였다네.

하지만 그 시기는 일본이 전쟁에 참가하려 하던 때이기도 했어. 대학생이 된 여자의 아들은 전쟁이 끝나갈 무렵, 그때는 그것도 몰랐지만, 학업을 중단하고 전쟁에 끌려가게 됐어. 이른바 학도병이었지. 그렇게 기초 훈련을 받은 뒤 특공대에 배치됐다네. 그래, 가미카제 특공대 말이야. 살아서는 돌아올 수 없다고 생각했지. 공부를 계속할 수도, 세상을 위해 할 수 있는 일도 사라진 거야. 그래도 여자의 아들은 생각했다네. 전쟁은 언젠가 끝난다. 일본은 전쟁에서 질 것이다. 하지만 자기와 같은 학생들이 이렇게 비참한 죽음을 맞음으로써, 막대한 피해를 입은 적도 자신과 다른 문화의 무서움을 알게 될 것이다. 일본이라는 국가 역시 이렇게 슬픈 죽음을 맞아야 하는 젊은이들의 희생이 있기에 국가의 잘못된 선택을 깨닫고 평화를 향해 움직여줄지도 모른다는 꿈을 꾸었네. 그렇게 된다면 혹시라도 패전국이 된 일본을 대하는 세상의 태도가 조금은 나아질지도 모른다, 그렇다면 죽음이 헛되지 않다고 생각했네.

그런데 여자의 아들은 타려던 전투기가 고장 나 출격하지 못했고, 다음 차례를 기다리던 중 전쟁이 끝났어. 동기들이 많이 죽었다네. 그나마 그는 포목점이 있는 마을로 돌아갈 수 있어 기뻤어. 가자하야로 돌아왔으나 그를 기다리고 있던 건 잿더미가 되어버린 마을이었네. 그가 살았던 마을은 공습으로 모두 불타버렸지. 어릴 때 뛰어놀던 상점가는 더 이상 그곳에 없었네. 포목점도, 작은 헌책방도, 그곳에 있어야 할 사람들도, 어머니까지. 송두리째 사라지고 없었다네.

살아 돌아왔지만 이제 더 이상 학교에 갈 수도 없었고, 그가 지켜야 할 것들도, 그의 재능을 바칠 것도 지상에는 더 이상 존재하지 않았지. 얼마 동안 여자의 아들은 미친 듯이 방황했네. 싸움을 잘하는 건 아니었지만 몸을 사리지 않았다네. 죽고 싶었던 게지. 아픔과 공포를 버리면 인간은 더없이 강한 존재라네. 일본인을 학대하는 미군에게 덤볐고, 거칠게 구는 폭력배들에게 맞서기도 했고, 그러다 마음이 맞으면 의형제를 맺는, 그렇게 방황하는 날들을 보내던 어느 날, 포목점의 막내와 재회했다네. 그래, 그 친동생처럼 예뻐했던 막내. 혼자 살아남은 그 아이가 여자의 아들에게 말했네. "다시 한번 마을에 빛을 밝히고 싶어. 도와줘." 그 말을 듣지 않을 이유가 어디 있겠나? 다시 한번 살아갈 이유를 준 것에 대해 감사하지 않을 이유가 어디 있겠느냐고. 어릴 때 그 작은 손을 잡고 글자와 셈을 가르쳐주었던 사내아이가, 훌륭하게 성장해 꿈을 이야기하고 도와달라고 부탁하러 온 걸세. 곁에서 함께 일하고 싶었던 돌아가신 은인의 아들이고, 친형제처럼 사이좋게 자란 죽은 누이들의 단 하나 남은 동생, 그에게 힘이 되어주지 않을 이유가 없었네. 여자의 아들도 되돌리고 싶었네. 자신의 고향 마을을. 그리고 다시 태어났지. 포목점 아들과 상점가에 살아남은 다른 아이들을 모아 다시 한번, 잿더미로 변한 마을을 빛나는 마을로 만들기 위해 모두의 형이 되어 이끌었네. 화염에 휩싸여 사라진 아름다운 것들을 되찾기 위해. 더 아름다운 마을을 이 세상에 만드는 것. 그것이 그와 아이들의 소원이었고, 그가 진심으로 원하는 것이었네.

책이 필요했어. 지식의 근원이 되고, 사람답게 살 수 있도록 모든 바탕이 되어주는 활자. 공상의 세계로 날아가, 피곤한 몸을 치유해주고 고독할 때는 친구가 되어주는 책. 그것들을 모아놓고 사람들에게 나눠 줄 곳, 바로 서점이었지. 일본에서 제일가는 서점을 이곳에 만들기로 했네. 이 마을 사람들을 위해. 다시 살아난 마을에 태어날 아이들을 위해."

가네다는 미소 지었다. 깊은 숨을 내쉬더니 말을 이었다.

"그리고 그와 전쟁고아들은 예전에 상점가가 있던 곳에서 다시 마을을 일으켰네. 이윽고 그 중심에 백화점을 세웠고, 일본에서도 둘째가라면 서러워할 면적과 서가를 자랑하는 서점이 본관 6층에 문을 열었어. 그리고 오랫동안 그 서점은 일본에서도 유수의 서점으로 마을의 자랑이었지. 아직 일본인이 책을 많이 읽고 서점에서 책을 사던 시절이었어. 백과사전과 철학책, 고전이 많이 팔리던 시절이었지. 백화점 이름은 호시노 백화점. 서점 이름은 긴가도 서점이라고 하네. 아주 먼 옛날 이야기지."

먼저 가보라는 가네다의 말에 두 사람은 일식당을 나왔다. 이미 늦은 시각이라 현관 등은 이미 꺼져 있었다. 밤바람을 맞으며 야나기타와 함께 한적해진 상점가를 걸었다. 길 양쪽으로는 버드나무 가지가 바람에 흔들리고, 사방에서 꽃과 신록의 향기가 넘쳐났다. 이 시간이 되면 큰 길에는 지나는 차량이 드물지만, 이따금씩 지나는 차들은 하얀 빛줄기를 달고 어딘가로 천천히 달려가고 있었다.

거리에는 아직 불빛이 남아 있었고, 호시노 백화점이 마을을 지키는 거대한 성처럼 빛나고 있었다. 이 백화점은 폐점한 뒤에도 불을 완전히 끄지 않는다. 위령의 불빛이라고 잇세이는 학창 시절에 들은 적이 있다.

야나기타 점장이 불쑥 말을 꺼냈다.

"가네다 사장님과 긴가도에 대한 얘기는 주워들어 알고는 있었지만 본인 입으로 직접 들으니 좀 다른 느낌이군."

귓가에 노인의 목소리가 아직 남아 있는 것 같았다. 노인의 눈빛도 눈에 선했다. 잊지 못할 것 같았다.

예상한 대로 사쿠라노마치까지 가는 열차는 이미 끊기고 없었다. 역 근처 호텔에 묵을 생각이었지만 야나기타가 자기 집까지 버스로 얼마 걸리지 않으니 묵고 가라고 끈질기게 설득하는 바람에 그러기로 했다. 터미널을 향해 밤거리를 걸으며 잇세이는 한숨을 쉬었다.

"이렇게 운이 좋아도 되는 건지 모르겠어요. 오후도 서점을 맡게 된 데다, 이번에는 긴가도 서점의 체인점이 되어달라는 고마운 제안도 받고. 전 아무것도 한 게 없는데 이래도 되는 건지."

복이 제 발로 굴러들어왔다. 호박이 넝쿨째 굴러들어왔다고 해야 하나. 아니 어쩌면 돼지 목에 진주 목걸이일 수도 있다. 만약 이것이 소설이고, 주인공에게 이렇게 연이어 행운이 찾아와 사람들에게 도움받는 에피소드의 연속이라면,

'아무리 그래도 어떻게 이렇게 다 좋을 수 있느냐고 독자들은 분명 비웃겠지.'

가볍게 한숨을 내쉬자 야나기타가 웃었다.

"운이 찾아오는 것도 재능 아닐까? 그뿐인가? 매력도 재능이라고."

"매력요?"

"사랑받는 행동을 한다는 뜻이야. 진지하게 하는 말인데, 서비스업에는 필요한 성격이라고. 다른 사람이 아니라 굳이 이 사람한테 물건을

사고 싶다거나 그 사람이 있는 곳에서 사고 싶게 만드는 재능이기도 하거든."

야나기타가 멈춰 서더니 뒤돌아 잇세이를 바라보았다. 웃고 있지 않았다. 그대로 한마디 툭 던진다.

"잇세이, 자네는 정말 자신이 아무것도 한 게 없다고 생각해?"

"……네."

"폐점하는 길밖에 없었던 오후도 서점을 도와 서점 주인에게 서점을 맡겠다고 약속한 건 누구지? 『4월의 물고기』를 찾아내 기획한 사람이 누구였더라?"

"제, 제가 그러기는 했는데, 그건 그냥 곤란에 처한 서점을 본 서점 직원이라면 누구라도 돕고 싶었을 거예요. 『4월의 물고기』는 명작이고. 제가 팔자고 하지 않아도 누군가 분명히 같은 일을 했을 거예요."

"근데 그때 사쿠라노마치에 있었던 건 자네이고, 『4월의 물고기』를 자네한테 듣지 않았다면, 나도 긴가도 식구들도 그 존재를 몰랐을 수도 있어. 아마 그대로 묻혀버리고 말았을걸. 엄청나게 들어오는 다른 문고들에 섞여서 말이야. 츠키하라, 자네가 한 거야. 아무것도 안 한 게 아니야. 자네가 직접 손을 내밀어 그 책과 오후도 서점을 지킨 거라고. 그래서 자네에게도 그 행운의 손길이 와준 거야. 뭐 그리 희한한 일도 아니지. 착한 일을 하면 그만큼 복을 받는 건 당연하지 않겠어?"

그러던 중 화제는 자연스레 『검푸른 바람』으로 이어졌다. 긴가도 서점에는 전날 입고되니 일단 다섯 부를 바로 오후도로 보내주겠다고 약속했다.

'다행이다. 출간일에 진열할 수 있겠어.'

잇세이는 밤하늘을 올려다보았다. 도시의 불빛으로 흐릿한 밤하늘에, 순간적으로 반짝이는 별이 보였던 것 같다.

야나기타의 집에서는 고양이들과 야나기타 부인(긴가도의 만화 담당이다)이 반갑게 맞아주었고, 손님방에 깔아놓은 이불 속으로 들어가자 고양이들이 우르르 몰려와 함께 누웠다. 피곤해서인지, 권하는 대로 마신 사케 때문인지 금방 잠이 쏟아졌다. 까무룩 잠이 들었나 싶었는데 트위터가 울렸다. 호시노카케스였다.

어찌 된 일인지 잇세이가 오랜만에 긴가도 서점에 갔었다는 사실을 이미 알고 그 일에 관한 일들이 적혀 있었다. 소문 빠르군. 누구에게 들은 걸까? 잠이 쏟아졌지만 마음속에 소화되지 못한 부분을 호시노카케스에게 전했다. 야나기타 점장에게 했던 말들이었다. 자신이 이렇게 행복해져도 되는지, 하는 말들.

빛의 속도로 답장이 날아들었다.

"걱정도 팔자군. 그건 긴가도 서점 입장에서도 고마운 일이죠. 홍보도 되고. 사장은 거기까지 다 생각하고 한 말일 거예요."

홍보? 잇세이는 비몽사몽간에 생각했다. 홍보라고? 무슨 홍보? 호시노카케스의 메시지는 계속됐다.

"『4월의 물고기』와 서점에서 사라진 직원에 대한 일화는 책을 좋아하는 사람들 사이에서는 비극적인 이야기로 유명해요. 왜 그 직원을 지키지 못했느냐, 그만두게 했느냐, 하고 긴가도 서점과 호시노 백화점을 탓하는 목소리도 있었을 정도니까요."

그건 잇세이도 알고 있었다. 고마운 일이라고 생각하면서도 어딘가 복잡한 마음이었던 건, 같은 '정의'의 탄환이 잇세이 자신을 힘들게 만들었던 사실을 떠올렸기 때문이다.

사람은 정의를 동경하다 보면 선의로 누군가를 탓하게 된다. 자신도 그런 마음이 없다고는 장담할 수 없었다. 그런 생각을 하고 있자니 사람이라는 존재의 슬픔과 친절과 어리석음이 사랑스럽게 여겨졌다. 세상에 제대로 된 정의가 살아 있기를 바라는 마음에 생겨난, 슬픈 폭력이라는 생각이 들었다.

"그래서 말인데, 여기서 그 비극의 서점 직원이 지금은 산골짜기 작은 서점을 지키고 있다는 것, 그 서점을 살리기 위해 긴가도 서점이 발 벗고 나섰다고 하면 '스토리텔링'이 되는 거라고요. 그렇게 되면 어떤 일이 일어날 것 같아요?"

어떤 일? 뭘까? 졸음이 쏟아져 정리가 안 된다.

"지금까지 그 사건에 마음 아파하고 화가 났던 사람들의 슬픈 마음이 치유되고, 그 마음이 찾아갈 곳이 생기는 거죠. 잘됐다, 하고. 이봐요, 츠키하라 씨. 슬픈 사건을 나중에 알았을 때 사람은 자신의 무력함에 화가 나죠. 끝나버린 슬픈 '스토리텔링'에 자신이 함께할 수 없었던 것을 슬퍼한다고요. 왜 자신은 아무것도 해줄 수 없었을까, 뭔가 해주고 싶었는데. 하지만 만약 그 '스토리텔링'이 끝난 게 아니라 계속 이어지면서 비극이 구원받았다는 걸 알게 되면 당연히 기쁘겠죠? 그리고 자신도 현재진행형인 '스토리텔링'에 참가하고 싶어진 손님은, 이번에야말로 자신도 함께할 수 있다고 생각해 두 서점에 책을 사러 와줄 수 있다고요. 좀 멀리 사는 사람에게도 좋은 인상을 줄 수 있죠. 좋은 인상은 앞으로 긴가도 서점, 그리고 호시노 백화점에 새겨지게 되고요. 서점 이름이 사람들 입에 오를 때마다 떠올리게 될지도 몰라요. 이미지를 돈으로 살 수는 없으니까. 정말 고마운 일이죠. 이미 알고 있겠지만, 요즘 물건을 산다는 것은 '이야기'를 산다는 것과 같으니까요. 전국에서 파는 책, 게다가 어디서든 같은 가격으로 살 수 있는 책을 일부러 이 서점에서 사고 싶게 만드는 동기, 바로 그런 동기가 이번 일로 생겨난 거예요. 두고 보라고요. 앞으로 분명히 서점이나 신문과 뉴스에서 화제가 될 테니까요. 일단 호시노 백화점의 광고부가 움직이겠죠. 좋은 홍보가 될 거예요. 긴가도 서점과 호시노 백화점만이 아니라 오후도 서점도, 츠키하라 잇세이라는 서점 직원에게도요. 혹은 서점 그 자체에도 '유익한 스토리텔링'이 될지 몰라요. 오랜만에 동네 서점에 들러보려는 사람들이 생길지도 모른다고요. 츠키하라 씨는 당당해져도 된다고 생각해요. 실제로 봄에 긴가도 서점과 호시노 백화점은 츠키하라 씨를 지키지 못했잖아요. 사과를 받아준 셈 치면 어때요?"

이불 속에서 고양이들과 졸며 잇세이는 어렴풋이 생각했다. 입가에는 미소가 떠오른다. 맞아, 가네다라는 노인이라면 거기까지 생각하셨을 거야.

'그렇긴 해도 어쩐지.'

마음이 편해지는 것도 같았다. 호락호락한 노인이 절대 아니다. 그렇다면 분명 긴가도 서점은 괜찮을 것이다.

'스토리텔링이라……'

사람은 항상 이야깃거리를 찾는다. 일상에서 조금 벗어나 꿈꿀 수 있는 계기를. 잠시라도 좋다. 자신이 주인공이 되어 살 수 있는 멋진 시간이라면. 무의식 속에서 그 갈망은 쇼핑으로 해결되기도 한다. 서점뿐 아니라 지금 물건을 파는 곳에서는 다양한 형태로 매장에 '스토리텔링'을 만들어내려 하고 있다. 손님이 모이기 때문이다. 손님은 이야기에 돈을 지불하니까.

"스토리텔링이라."

좀 더 진지하게 생각해보자고 다짐하며 잇세이는 잠을 청했다.

이튿날에는 날이 밝기 전에 점장의 집을 나와 사쿠라노마치로 돌아왔다. 서점에 도착해 앞치마를 걸친 건 이미 정오가 지나서였다. 퇴원한 서점 주인에게 가네다 사장으로부터 들은 제안을 설명했다. 돌아오는 길에 메일로 대충 설명했기 때문에 이야기는 금방 끝났다. 서점 주인은 "정말 고마운 이야기네요"라는 말만 여러 번 되풀이했다. "정말 기쁜 소식이네요" 하는 말과 함께. 앞치마를 두른 서점 주인은 건강이 많이 회복된 듯 웃는 얼굴로 문고의 신간 평대를 정리하고 있었다.

"잇세이, 내일은 아침 일찍 엔드를 비워두어야 할까요? 푸른색 천이라도 깔아볼까요? 소품도 진열하고. 설레는군."

'엔드'는 평대 앞쪽의 양끝 자리를 말하는데, 이곳에 진열한 책은 금방 눈에 띄어 잘 팔린다. 그래서 화제의 책이나 특별히 추천하고 싶은 책을 두는 경우가 많다. 잇세이가 웃었다.

"손님들이 정말 좋아하시겠죠?"

『검푸른 바람』을 출간일에 입고할 수 있어 다행이었다. 서점 주인이 고개를 끄덕이며,

"우리 서점에 『검푸른 바람』의 신간이 출간일에 열 부나 진열되는 날이 올 줄은 생각지도 못했다오. 모두 잇세이 덕분이라 감사해요. 정말 고마워요."

"열 부요?"

긴가도 서점에서 도착할 책은 다섯 부로 알고 있다. 그건 서점 주인에게도 이미 말했는데. 서점 주인이 깜짝 놀란 듯 턱으로 잇세이의 어깨 너머를 가리켰다.

"아까 도착한걸요? 다섯 부. 여기에 내일 도착할 긴가도 서점에서 보낸 다섯 부를 합하면 열 부잖아요?"

계산대 옆에 작은 박스가 있다. 이제 막 뜯은 것 같았다. 대형 출판사 이름이 인쇄된 박스였다. 설마 하고 생각한 잇세이는 몸을 숙이고 박스 안을 살폈다. 종이에 싸인 『검푸른 바람』 신간이 다섯 부 들어 있다.

"이건?"

"잇세이도 몰랐나요? 편지 같은 것도 없어 급하게 보낸 건가 했는데?"

보낸 사람 이름을 확인했다. 긴가도 서점에 다닐 때 인사를 나눴던 그 영업 사원의 이름이었다. 그가 보낸 것이구나. 하지만 메모는커녕 배본 전표 하나 없어서 팔아도 되는 건지 아닌지 감이 잡히질 않는다. 연락해봐야겠다고 생각하고 전화기에 손을 뻗는데, 서점 현관에 인기척이 느껴졌다.

인자한 분위기를 가진 남자였다. 눈빛과 입가에 새겨진 주름이 부드러운 미소를 자아내고 있었다. 반가운 마음이 든 것은 어딘가에서 만난 적이 있는 사람이어서일까.

'어디서 뵀더라?'

분명 아는 얼굴인데 갑자기 생각이 나질 않았다. 새털 장식을 한 모자를 쓰고 주머니가 많은 조끼를 걸치고 등에는 배낭을 멨다. 낡은 등산

화라……. 등산가인가? 이마에 솟은 땀을 손수건으로 닦으며 그는 잇세이와 서점 주인에게 고개 숙여 인사했다.

"다카오카 겐이라고 합니다. 죄송합니다, 갑자기 찾아와서."

서점 주인이 "다" 하고 외마디를 지른 후 말을 잇지 못했다.

"지, 진짜 다카오카? 자, 작가 다카오카?"

잇세이를 바라본다. 잇세이가 고개를 끄덕였다. 분명 긴가도 서점에서 한 번 만난 적이 있는 그 저자였다. 신문 광고나 출판사에서 보내온 홍보물에서 본 적이 있는 그 웃는 얼굴과 같은 사람이었다.

"네."

다카오카가 넉넉한 웃음을 지었다.

"젊었을 때부터 등산을 좋아해서요. 늦은 휴가를 보내려고 어제부터 묘온산에 등산을 왔어요. 이왕 묘온산에 온 김에 츠키하라 씨가 여기로 옮기셨다는 말을 듣고 한번 인사차 들르고 싶었거든요."

하하하, 하고 웃었다. "좋은 곳이네요" 하면서.

"네."

잇세이도 웃는 얼굴로 고개를 끄덕였다.

"먼 곳까지 일부러 와주셔서 감사합니다."

"이 정도는 먼 것도 아니죠."

다카오카가 여유롭게 웃었다

"또 오고 싶은데요? 좋은 온천도 있다면서요?"

"네, 마을에서 운영하는 온천이……."

설명을 하면서도 잇세이는 마치 꿈만 같았다. 세상에, 베스트셀러 작가가 지금 이곳에 있잖아? 온천 얘기를 하고 있는 거 맞지? 또 오고 싶다고 했다고, 지금.

"꿈만 같군요."

같은 생각을 서점 주인이 말했다.

"이 서점에 살아 있는 작가가……, 아니, 그게 아니고 작가가 인사차 들러주시다니, 그게 그러니까, 저도 처음이라."

"그래요? 이거 영광이군요. 그럼 제가 이곳에 온 최초의 작가가 되는 셈이군요."

때마침 밖에서 놀던 도오루가 돌아와서는 다카오카에게 인사했다.

"뭐라도 마실 걸 내올까요?"

"고맙구나."

다카오카는 살짝 몸을 굽혀 도오루에게 미소 지어 보였다. 도오루가 돌아온 걸 알았는지 고양이 앨리스가 부엌에서 얼굴을 빼꼼 내밀었다.

"여어, 귀여운 야옹이가 있었네."

고양이에게는 그런 말이 통하는지, 앨리스는 뽐내듯 수염을 세웠다. 도오루는 다카오카에게 무엇을 마실지 묻고는 부엌으로 달려갔다. 서점 주인은 당황한 듯이,

"저어, 다카오카 선생님. 만약 괜찮으시다면 사인 한 장 부탁드려도 되겠습니까? 당장 문구점에 달려가 사인지를 사 오겠습니다. 바로 근처예요. 바로 저기, 신간도 나왔으니 만약 선생님의 사인지가 있으면 손님들이 얼마나, 얼마나 좋아할지……."

마지막에는 감정이 북받쳐 말을 잇지 못했다.

"그럼요, 뭐든 하겠습니다."

다카오카가 배낭을 내려놓으며 말했다.

"펜은 갖고 있어요. 혹시 전에 나온 책도 있나요? 괜찮으시다면 사인 해드릴게요. 아, 물론 그래도 괜찮으시면요."

인자한 목소리로 다카오카가 덧붙였다.

서점에 있는 책은 도매상을 거쳐 출판사에서 빌려온 책이다. 빌린 책을 진열해놓고 파는 것이다. 예외는 있지만 팔리지 않으면 반품할 수 있다. 이 시스템 덕분에 전국의 어떤 서점이든 많은 책을 마음껏 진열할 수 있다.

하지만 책은 그것이 설령 저자의 사인이라 할지라도 낙서가 있으면 반품할 수 없다. 다시 말해 사인본은 한번 만들면 팔지 않으면 안 되는 책이 되어버리는 것이다. 그래서 작은 서점이나 인구가 적은 마을에 있는 서점일 경우 사인본은 받고 싶긴 하지만 '받을 용기가 필요한 책'이다. 그래도 그 책과 저자를 밀고 싶은 의지가 있거나 팔릴 것 같은 조짐이 보이면 서점 직원은 사인본을 서점에 진열한다. 서점에 오는 손님에게 귀중한 책을 직접 전하고 싶을 때에도.

"사인본도 부탁드려요."

가게 주인이 고개를 숙이며 말하고는 문고 코너로 달려가 다카오카 겐이 쓴 저서를 있는 대로 안고 돌아왔다. 긴 탁자에 책을 쌓아놓고 다카오카를 불렀다.

"선생님, 지금 남아 있는 책이 이것뿐이라 죄송합니다. 선생님 책은 금방 팔려서요. 손님 중에 선생님 소설을 좋아하는 분이 많거든요. 이번 신간도 다들 고대하고 있어요. 이번 신간에도 사인 부탁드립니다."

다카오카가 갑자기 시선을 돌렸다. 시선 끝에 출판사 이름이 적힌 박스가 머물렀다. 입가에 흐뭇한 미소가 번졌다.

"신간이 제때 도착했군요."

잇세이가 깜짝 놀라 물었다.

"알고 계셨어요?"

오후도 서점에 오늘『검푸른 바람』이 도착할 줄을.

"그럼요. 제가 보내달라고 했는걸요."

다카오카가 시원스레 대답했다.

"선생님께서요?"

"얼마 전에『검푸른 바람』의 사인본을 만들러 출판사에 갔었거든요. 그때 츠키하라 씨와 오후도 서점 이야기가 나왔어요. 얘기를 들어보니 오후도 서점에는 배본 예정이 어떻게 잡혀 있는지도 모르고 있고 어쩌면 없을 수도 있다고 하더군요. 그래서 제가 보내달라고 부탁드렸어요. 츠키하라 씨가 일하는 서점에『검푸른 바람』신간이 없다면 말도 안 되잖아요?"

다카오카는 소매를 걷어올리고는 탁자 앞 의자에 앉았다.

"그래서 만약 배본이 겹치면 제가 오늘 사서 돌아가려고 들렀어요. 그런데 안 그래도 되겠죠?"

잇세이는 아무 말도 못하고 고개를 끄덕였다. 눈물이 핑 돌았다.

"이렇게 신경 써주셔서 감사합니다. 그런데 어째서……."

저 같은 사람을 위해 이렇게까지 해주시는 겁니까, 하고 묻고 싶었지만 말을 이을 수가 없었다. 다카오카는 익숙한 손놀림으로 사인을 하며 말했다.

"츠키하라 씨가 저에게는 은인이거든요. 책을 팔아주는 것도 그렇지만, 예전에 인상에 남았던 일도 있어요.『검푸른 바람』7권이 나왔을 때의 일인데요. 제가 처음으로 슬럼프에 빠져 있을 때였죠. 갑자기 원고를 쓸 수가 없었어요. 아무리 써도 재밌는 글을 쓸 수가 없었어요. 그때까지는 별 탈 없이 원고를 써왔는데, 막상 그런 순간이 오니 어떻게 해야 할지 모르겠더라고요. 아마도 오랜 시간 무명작가로 살다 이 시리즈로 갑자기 인기 작가가 되다 보니, 글이 안 써지는 게 처음이어서 무척 당황했던가 봐요. 담당 편집자에게 의논도 할 수 없었어요. 말을 했다가는 잘리는 게 아닐까 두려워서요. 맞아요, 나이만 많았지 신인 작가나 마찬가지였으니까요. 약속한 마감 날짜는 다가오고, 저는 회사에도 다니고 있었기 때문에 직장 업무까지 소홀히 할 수 없다고 스스로를 다그칠 때였어요. 꿈에 그리던 인기 작가가 되느냐 마느냐 하던 시기였기 때문에 더욱 초조했던가 봅니다. 이렇게 괴로운 일이라면 차라리 글 따위는 쓰지 말자는 생각까지 들더라고요.

어느 일요일, 집에서 컴퓨터 앞에 앉아 있는 게 몹시 괴로워 무작정 거리로 나와 걷다가 문득 긴가도 서점에 가보고 싶다는 생각이 들었어요. 서점에 가면 뭔가 참고가 될 만한 책을 찾을 수 있을지도 모른다고요. 지푸라기라도 잡는 심정이었죠. 집에서 좀 먼 곳이라 그날이 긴가도 서점에 처음 가는 날이었어요. 맞아요, 정식으로 서점에 인사를 하러 들르기 훨씬 전의 일이죠. 『검푸른 바람』을 찾아보니, 세상에, 서가와 평대에 멋지게 진열되어 있었고 이해하기 쉬운 글로 정확하게 내용을 소개한 POP까지 붙여놓았더군요. 책들이 모두 당당하고 행복한 듯 보였어요. 저는 감동해서 한동안 서가 옆에 서 있었답니다.

그때 서점 직원이 손님을 모시고 내 쪽으로 다가오더군요. 놀라서 서가 뒤쪽으로 숨었죠. 왠지 창피했어요. 손님은 『검푸른 바람』에 관심이 있는 것 같았고, 함께 온 사람은 문고 담당인 젊은 서점 직원, 맞아요, 츠키하라 씨, 당신이었어요. 츠키하라 씨가 그 손님에게 책이 진열된 위치를 알려주고『검푸른 바람』이 얼마나 재미있는지 담담하게, 하지만 마음을 담아 진심으로 설명했어요. 손님은 흥미로운 표정으로 얘기를 듣더니 구간을 모두 사서 계산대로 가더군요. 그러자 젊은 서점 직원이 어떻게 했는지 아세요? 그 손님의 등에 대고 목례를 했어요. 고개를 깊이 숙여, 감사합니다 하고. 그러고는 한동안 손님의 뒷모습을 바라보고 있더라고요."

잇세이는 생각이 나지 않았다. 그런 일이 있었던가. 특별할 것도 없이 평소에도 늘 하던 행동일 뿐이었다. 그에게는 너무도 당연한 일이었기 때문에. 자신이 좋아하고 추천하는 책을 사 가는 손님에게 고개 숙여 인사 정도는 하고 싶고, 계산대로 향하는 모습을 지켜보고 싶다. 서점 직원으로서 당연한 일이라고 생각한다. 다카오카는 말을 이었다.

"그 모습을 보고 생각했어요. 내가 쓰는 원고는 책이 되어 나온 것으로 끝난 게 아니었구나. 책을 읽고 싶어하는 이에게 이렇게 전하는 사람들이 있다. 원고를 쓴 내 마음까지 담아, 감사합니다, 하고 말하며, 책을 손에 든 독자에게 고개를 숙이는 사람이 있다. 혼자가 아니라는 걸 깨달았어요. 혼자서 원고를 쓴다고 생각했는데, 그 뒤에서는 당신들처럼 서점 직원들이 양팔을 벌리고 기다리고 있었구나 하고. 완성한 책을 독자들에게 전하기 위해. 그래서 생각했어요.『검푸른 바람』이 베스트셀러가 된 것도 전국의 서점 직원들이 각자 일하는 서점에서, 이 책은 재미있다, 팔고 싶다, 하고 말해주었기 때문이라는 것을요. 팔리지 않는 작가, 사라진 작가라고 불려왔던 저의 책을 발견해준 건 당신들, 서점 직원들이었던 거예요.

이상하게도 집에 돌아가자마자 원고가 술술 풀리더군요. 그것도 아주 신나게. 내가 그동안 쓰고 싶었던 따뜻한 마음이나 사람의 정, 피식 웃음이 나오는 사랑스러운 농담, 가슴이 후련해지는 칼싸움 장면, 은근한 연정, 뜨거운 우정이나 정의, 수수께끼, 그런 것들이 멈추지 않고 마구 떠올랐어요. 원고를 쓰는 일이 즐겁다는 생각을 오랜만에 했죠. 이 작품을 빨리 완성해서 책으로 출간해 신간을 기다리는 독자들이 읽을 수 있었으면 좋겠다고. 긴가도 서점의 그 직원이 손님에게 자신 있게 권할 수 있는 책을 얼른 세상에 내놓아야겠다고 말이죠."

다카오카는 책에 쓱쓱 사인을 했다. 그러다 불쑥 고개를 들어 잇세이를 보았다.

"아무도 모르는 얘기예요. 지금까지 아무에게도 말한 적이 없거든요. 그래서 『검푸른 바람』은 하마터면 6권으로 끝날 뻔했죠. 츠키하라 씨, 당신은 이 시리즈의 은인이에요. 다시 한번 감사드려요."

그래서였구나, 잇세이는 미소와 함께 눈꼬리에 맺힌 눈물을 닦으며 그날을 떠올렸다.

서점에 인사하러 왔던 그날 다카오카 씨의 악수는, 힘주어 잡았던 그 손에는 그런 사연이 있었구나. 밝은 목소리로 다카오카가 말을 이었다.

"츠키하라 씨, 있잖아요. 만약 제 책에 관해 곤란한 점이 있거나 도움이 필요하면 언제든 연락주세요. 저는 츠키하라 씨에게 꼭 도움이 되고 싶어요. 특히 『검푸른 바람』에 관해서는요. 저는 쉽게 화내는 성격은 아닌데, 그 젊은 영업 사원이 좀 심했더군요. 저도 오랫동안 영업 일을 해서인지 벌컥 화를 내고 말았어요. 서점을 더 소중히 생각해야 한다고요. 손으로 직접 책을 진열하고 팔아주는 사람은 서점 직원들이니까요. 장사도 당연히 중요하지만 서점 규모나 장소로 차별하면 어떻게 하느냐고. 아무리 대형 출판사라고 오만해져서는 안 된다고요. 작긴 해도 디자인 회사에 근무하다 보니, 이쪽과 관련도 있고 해서 더 화가 나더라고요."

잇세이는 그만 웃음이 터져나왔다. 그랬구나, 출판사에서 보낸 『검푸른 바람』에 아무런 메모가 없었던 건 그런 이유에서였구나. 그 출판사 영업 사원은 아마도 지르퉁해서 책을 발송하지 않았을까. 베스트셀러 작가의 부탁이니 무시할 수도 없고, 속으로는 질책받은 일에 화가 나서.

"그런데요…….."

잇세이가 물었다.

"이렇게 해주신 건 정말 감사한데, 출판사에 무리하게 부탁해서 선생님께 해가 되지는 않을까요? 예를 들어 관계가 틀어진다든가."

『검푸른 바람』은 베스트셀러이니 저자에 대한 처우가 그다지 나쁘지는 않겠지만, 미운털이 박혀 불편해지지는 않을까 걱정이 되었다.

"츠키하라 씨, 출판사가 어디 그곳 하나뿐인가요?"

다카오카는 태연스럽게 대답했다.

"그 출판사와 관계가 안 좋게 끝난다 하더라도 제가 좋은 글을 쓰면 괜찮을 거예요. 그렇게 믿고 꾸준히 새 작품을 쓰면 돼요. 저는 무명 시절이 길었으니까요. 다시 처음부터 시작하면 돼요. 아무 문제 없어요. 처음으로 돌아가는 것뿐이니까. 좋은 글을 써서 책으로 내게 되면, 츠키하라 씨 같은 서점 직원이 또 팔아주겠죠?"

하며 빙긋 웃었다.

"그럼요."

잇세이는 힘차게 고개를 끄덕였다.

"근데 그전에 『검푸른 바람』을 팔아야겠죠. 이번 신간도 베스트셀러로 만들어야죠."

잇세이는 박스에서 막 도착한 신간을 꺼내 다카오카 앞에 늘어놓았다. 이 다섯 부와 나중에 도착할 다섯 부. 모두 사인본으로 만들어도 좋을 것이다. 반드시 모두 팔겠다고 다짐했다.

막간 2

켄타우로스와 차 한 잔을

살짝 열린 커튼 사이로 햇살이 비추고 있는 것이 어렴풋이 느껴진다. 창문 너머 매미 소리.

'아아, 여름이구나.'

침대 위에서 담요를 두른 채 사와모토 구루미는 생각했다. 작은 새들이 지저귀는 소리가 들려왔다. 창을 열면 아마 시원한 바람이 불어오겠지. 마리노 언니가 이 마을에서는 1년에 한두 번, 아주 무더운 하루이틀을 빼면 에어컨을 켤 일이 없다고 말했다.

"아주 멋지고 살기 좋은 마을이야. 구루미, 너도 분명 이곳을 좋아하게 될 거야."

그러니 이곳으로 오라는 언니의 말에 마지막 기력을 다해 내려왔다. 도쿄에서 그리 먼 곳도 아닌데 땅끝까지 가는 것처럼 멀게 느껴졌다. 대학생치고는 작고 말라서 마치 중학생으로 보이는 구루미에게는 큼지막한 여행 가방을 짊어지고 혼자 떠난 여행이야말로 고생길이었다. 원래

집 밖으로 나가는 걸 즐기지 않는 타입이라 여행을 떠나고 싶다는 생각을 해본 적도 없었고, 오랫동안 바깥출입을 하지 않았기 때문에 여름 햇살에 주저앉을 뻔했다.

차창에 비친 자신의 모습이 초라했다. 어린 요괴 같다며 놀림받던 바가지 머리는 땀으로 엉겨붙어 있었고, 요즘 통 먹지를 못해서인지 얼굴은 퉁퉁 부은 데다 쌍꺼풀 없는 눈 밑에는 거무스름한 그늘이 생겼다. 요괴보다는 머리카락이 자라는 저주받은 일본 인형 같다고 생각하며 피식 웃었다. 생기가 없고 불길한 느낌. 저주를 받을 것만 같다.

'그 여행이 끝난 게 며칠 전일까? ……모르겠다.'

머릿속이 뿌옇고 아무것도 생각나지 않는다. 하긴 오늘이 며칠인지 무슨 요일인지도 모르는데.

산속 작은 역까지 열차를 타고 온 후에 걸어서 산을 내려갔을 것이다. 30분이면 갈 수 있는 길이지만, 헤매거나 넘어지는 바람에 한밤중이 되어서야 사쿠라노마치에 도착한 것 같다.

불안하고 무서워서 그대로 조난당할지도 모른다고 생각해 스마트폰의 액정 화면을 바라보며 기도했다. 구루미가 '신'으로 여기는, 누가 그렸는지도 모르는, 여신처럼 보이는 여자 그림이다. 초여름이던가, 트위터에 돌아다니는 것을 발견한 뒤로 저장해두고 보물처럼 여겨왔다. 너무나도 아름다운 그림이라 볼 때마다 기도를 올렸다. 나중에 생각해보니 기도하기 전에 전화로 누군가에게 도움을 청했어야 했는데, 기도를 하고 나서야 마을이 눈에 들어온 것이다.

벌레 우는 소리로 가득한 언덕 위에서 내려다본 마을은, 은빛 모래를 깔아놓은 듯한 밤하늘 아래 상점가로 보이는 거리에 불빛 몇 개가 마치

오일파스텔로 그린 그림처럼 부드럽고 따뜻하게 빛나고 있었다.

'판타지 세계에 나오는 마을 같았어.'

게임에 나오는, 착한 사람들이 사는 마을. 예배당과 조용히 쉴 수 있는 민박집이 있을 것만 같은.

'해상도가 낮거나 CG로 그린 것만 같은, 그런⋯⋯.'

편안한 음악이 흐르는 곳. 가로등도 없는 캄캄한 시골길을 별빛과 상점가의 불빛에 의지한 채 울음이 터질 것만 같은 마음으로 구루미는 언니가 있는 오노다 문구점을 찾아 걷고 또 걸었다. 넘어지는 바람에 긁힌 팔꿈치와 무릎 때문에 몇 번이나 걸음을 멈추고 흐느끼면서. 어디서인지 모를 곳에서 작은 요괴가 소곤대는 것 같은 소리가 캄캄한 암흑을 흔들듯 묘하게 입체적으로 들려와 소름이 끼쳤다. 그 소리와 함께 샛강인지 시냇물인지 물 흐르는 소리가 들렸는데 그것도 편안하게 들리기보다는 조금 섬뜩했다. 불빛을 밝히고 있는 언니 가게에 도착해서는 그 이야기를 했더니 언니는 "개구리 소리야" 하며 웃었다.

"비가 오기 전날에는 그렇게 모두 모여 합창을 하지. 귀엽지 않았어?"

언니는 어릴 때부터 살아 있는 모든 생명을 사랑하는 사람이었다. 구루미와는 다르다. 구루미도 살아 있는 것을 좋아하지만 조금은 무섭다. 멀리서 보는 것은 좋아하지만. 그건 동물만이 아니다. 사람도 마찬가지인 것 같다.

문구점은 할머니의 언니인 큰할머니가 운영하던 가게로, 슬하에 자녀가 없는 큰할머니 뒤를 마리노 언니가 잇고 있었다.

마리노는 구루미와 달리 일본 전국 어디에 가더라도 금방 적응하는 타입으로, 어느 사이에 낯선 마을에 적응해 즐겁게 살고 있었다. 언니의 본업은 염색가다. 미대를 졸업한 뒤 여러 스승에게 배우고 지금은 독립해 본인 말로는 '그럭저럭 유명한' 아티스트가 되어 있다.

실도 뽑고 천도 짜는데, 베틀이나 물레, 염색 도구를 들여놓을 수 있는 곳을 찾고 있었다. 큰할머니 댁은 시골집답게 넓었고, 언니와 비슷해서 사람들과 어울리는 것과 예쁜 것을 좋아하는 큰할머니가 언니를 불러들였다. 그 후 얼마 안 되어 큰할머니는 돌아가셨지만, 두 사람에게도 함께 살았던 시간은 좋은 추억이었으리라 생각한다.

사쿠라노마치에서는 목장에서 양이나 염소도 키우고 있어 털실 재료를 쉽게 구할 수 있다고 한다. 마리노 언니는 문구점을 하며 틈틈이 실을 뽑고 천을 짰다. 실과 천을 염색하여 토산품 가게나 인터넷에서 판매한다. 마을 친구도 많이 생긴 것 같았다.

'언니는 정말 대단해.'

언니의 10분의 1이라도 좋으니 사람들과 어울리는 능력이 있었으면 하고 바랐다. 어릴 때부터 구루미는 항상 언니 뒤에 숨어 있었다. 명랑하고 인상 좋은 언니는 부끄러워하는 구루미 대신 인사를 건네거나 말을 전해주었다. 구루미는 언니를 무척 좋아하고 동경했지만, 언니 같은 사람이 될 자신은 없었다. 구루미의 친화력은 한 자릿수이거나 어쩌면 마이너스이리라. 태어날 때 신이 뭔가 빠뜨린 게 틀림없다. 죽었다 깨어나지 않는 한 마리노 언니처럼 될 수는 없다고 생각했다.

'그래도 혼자서 잘해왔다고 생각했는데.'

큰 도시에서 혼자 학교도 다녔고, 외국으로 전근 가신 부모님 대신 혼자서 집을 지키며 나름 즐겁게 살아왔다고 생각했는데. 동경하던 직업인 만화가가 될 기회가 찾아와 나도 될 수 있다며 뿌듯해했었는데.

'이젠 만화도 그릴 수 없고, 학교에도 갈 수 없어.'

역시 나에게는 버거운 일이었나 보다.

그저 화초처럼 마리노 언니 뒤에 숨어 있는 게 제격이었다. 나이를 먹어도, 스무 살이 넘어도, 나는 형편없는 사람이니까. 겁쟁이에 예쁘지도 않고. 처음부터 재능 따위는 없었을 거야. 만화만큼은 잘 그린다고 생각했는데, 그건 착각이었어. 내 주제를 몰랐던 거야.

이미 수백 번은 했던 생각을 다시 곱씹으며 구루미는 담요를 뒤집어썼다. 눈을 감고 있으면 현실에서 벗어날 수 있었다.

얼마 지나지 않아 너무 더워 잠에서 깼다. 땀이 난 두 팔을 담요 밖으로 내밀고 천장을 바라보았다. 오래된 시골집의 낮은 천장에는 유행이 한참 지난 전등이 달려 있다. 하고 싶은 것도, 할 수 있는 것도 없었기 때문에 언니가 부르는 대로 이 마을로 왔다. 어릴 때처럼 "언니" 하며 울면서 매달리고 싶었는지도 모른다. 머리를 쓰다듬으며 괜찮다고 말해주길 바랐는지도. "구루미가 잘못한 게 아니야"라는 말을 듣고 싶었는지도. "애썼어" 하면서.

힘든 여정 끝에 오노다 문구점에 도착했다. 여기까지는 어떻게든 할 수 있었지만, 정말 모든 것을 다 쏟아부어버린 걸까, 방에서 한 발짝도 나갈 수가 없었다. 가끔 침대에서 일어나는 것도 힘에 겨웠다. 이제 평생 달팽이처럼 이 침대에 붙어살게 될 것 같다는 생각마저 들었다.

창을 닫고 에어컨도 켜지 않은 방에는 축축하고 어두운 공기가 묵직하게 고여 있는 듯해서, 미지근한 젤리 속에서 숨을 쉬고 있는 것만 같았다. 제아무리 시원한 사쿠라노마치라도 금세 곰팡이가 피어나겠지. 미세한 포자가 방에 가득 차서, 구루미의 얼굴과 몸에도 푸른색, 흰색,

검은색의 갖가지 곰팡이 균이 아라베스크(아라비아에서 시작된 장식 무늬―옮긴이)처럼 피어날 것이다, 틀림없이.

어젯밤부터 아무것도 먹지 않았다. 배가 고픈데도 아무것도 입에 대고 싶지 않다. 목도 마르지 않다. 이대로 죽어버리는 것도 나쁘지 않다고 생각했다. 아니, 죽고 싶었다. 문을 열고 계단을 내려가면 부엌에 맛있는 음식이 차려져 있다는 것을 알고 있다. 요리를 잘하는 언니는 구루미가 좋아하는 것을 잔뜩 차려놓았을 것이다. 조금이라도, 아니 한 입만이라도 먹어주길 간절히 바라며.

참치와 양파에 마요네즈와 요구르트를 섞어 만든 샌드위치, 도시의 전문점에서도 보기 힘든 폭신폭신한 팬케이크. 과일도 있을 것이다. 너무 차갑지 않게 시간에 맞춰 냉장고에 넣어놓은 복숭아와 먹기 좋게 잘라놓은 수박. 냉장고에는 직접 만든 아이스크림이 있을지도 모른다. 알고는 있지만 침대 밖으로 나갈 수가 없다. 먹지 않으면 마리노 언니가 슬퍼할 거라는 사실을 알면서도. 마리노 언니는 구루미를 탓하지 않는다. 그저 아주 부드럽게, 걱정하는 눈으로 구루미를 바라보기만 할 뿐이다.

눈을 감고 있자니 삐걱이는 소리가 들려왔다. 경쾌한 발소리는 침대 주위를 돌아 머리맡에서 멈췄다. 들꽃과 풀 냄새가 난다. 길고 부드러운 머리칼이 구루미에게 닿았다. 귓가에 다정하게 속삭인다.

"밥 안 먹을래? 언니가 너를 위해 맛있게 만들었는데도?"

눈을 뜨지 않아도 알 수 있다. 그곳에는 옅은 갈색을 띤 긴 곱슬머리와 푸른 눈동자를 가진 '켄타우로스 아가씨'가 천진난만한 표정으로 구루미를 바라보고 있을 것이다. 옅은 갈색 머리칼에는 들꽃으로 만든 화관. 그녀는 숲에 살고 있다. 긴 머리칼을 바람에 나부끼며 푸른 숲을 달리면서 노래한다. 그런 그녀는 인간이 만든 홍차를 좋아하고, 단것도 좋아해서 인간 소녀를 찾아오는 것이다. 자신의 친구를.

문을 두드리며,

"차 한 잔 마시지 않을래?"

손에는 선물로 가져온 숲에 핀 꽃과 아침에 딴 과일. 산딸기와 오디, 그리고…….

구루미는 침대에서 몸을 일으켰다.

꿈이었다. 커튼을 닫아놓은 방에는 자신 말고는 아무도 없었다.

"바보 같으니라고."

현실 세계에 켄타우로스 아가씨 같은 건 없다. 그런 건 알고 있다. 단지 조금 피곤해서 헛것이 보인 것뿐이다. 애초에 그 아가씨도, 그녀가 사는 숲도 이 세상 어디에도 없는 게 당연하다. 구루미가 그린 만화 『켄타우로스와 차 한 잔을』에 나오는 캐릭터니까.

"……바보 같으니라고."

또다시 그렇게 중얼거리고는 얼굴을 감싸고 울었다. 그 아가씨는 구루미가 그린, 데뷔작이 될 뻔했던 만화의 주요 캐릭터였다. 원래는 동인지에 정성껏 그려 정리해두었던 것이다.

홍차를 좋아하는 켄타우로스와 그림 그리기를 좋아하는 여고생이 친구가 되어 차를 마시며 간식을 먹고, 때때로 별세계의 숲을 산책하거나 인간 세상의 야경을 즐기기도 한다. 그냥 그뿐인 만화였지만, 그것만으로도 충분했다.

친구들 사이에서도 인기가 좋았다. 어릴 때부터 만화가가 되는 것이 꿈이긴 했지만, 좀 더 열심히 그려 실력을 닦은 후에 도전할 용기가 생기게 되면 그때 하리라 생각하고 있었다. 적어도 『켄타우로스와 차 한 잔을』으로 데뷔할 생각은 없었다. 그 작품은 어디까지나 취미로, 정성껏 그려온 이야기였으니까.

그런데 어느 날, 행사장을 방문한 청년 만화 잡지의 편집자가 구루미의 책을 발견하고는 자신의 잡지에 그림을 그려보지 않겠느냐고 의향을 물어온 것이다. 깜짝 놀란 구루미보다, 행사장에 함께 있던 친구들이 더욱 신이 나 들썩거렸다. 멋지다, 잘됐어, 하며 함께 기뻐해주었다.

구루미는 솔직히 머리가 좋은 편은 아니다. 마리노 언니의 반 정도밖에 안 되는 것 같다. 그래서 하나를 생각하는 데에도 시간이 많이 걸린다. 뭔가를 결정할 때도 한참 동안 고심하고 주저한다. 마리노언니의 표현에 의하면,

"머리가 나쁜 게 아니라 언어로 생각하는 타입이 아니어서 그럴 거야. 구루미는 그림과 상상의 세계에 사는 사람이니까."

그래서 그때도 그 편집자가 하는 말의 뜻을 이해하는 데 시간이 걸렸다. 하지만 그때는 이렇게 친구들이 기뻐해주는 일이니 이번 일은 하는 게 좋겠다고 생각했다. 잘은 모르겠지만 그렇게 하는 게 좋을 것 같았다. 모두 제 일처럼 기뻐해주니까. 게다가 무엇보다 눈앞에서 환하게 웃고 있는 편집자에게 구루미가 그린 만화가 재미있고, 게다가 그림도 잘 그린다고 칭찬을 받았다. 진심으로 기뻤고 고마웠다.

그 담당 편집자는 행사가 끝나자마자 열정적인 메일와 함께 자신

이 담당하고 있는 만화가 게재된 잡지를 보내주었다. 이름은 들어본 적이 있었지만 직접 보는 건 처음이었다. 조금 야한 잡지였는데, 실려 있는 만화도 폭력적이거나 노골적이어서 구루미는 무서운 느낌이 들었다. 평소에 부드럽고 따뜻한 느낌의 만화만 읽어온 구루미는 당혹스러웠다. 담당 편집자는 이 잡지에 『켄타우로스와 차 한 잔을』을 연재하고 싶다는 메일을 보내왔다. 하지만 이대로는 매력이 좀 부족해 연재하기가 어려우니 다시 그려서 새로운 작품으로 만들면 어떻겠느냐고 제안했다. 그 작품을 기획 회의 때 논의해보고 싶다고. 열여섯 매짜리 단편을 부탁해왔다. 인기를 얻게 되면 그대로 연재할 수 있도록 무조건 캐릭터를 '예쁘게' 그려달라고도.

'예쁘게, ……예쁘게 그리라는 게 무슨 뜻이지?'

거기서부터 삐걱이기 시작했다. 스케치북에 수없이 켄타우로스와 주인공의 그림을 그려봤지만, 예쁘게 그려진 것 같지 않았다. 평소에는 손이 가는 대로 그렸다. 머릿속에 이미 완성된 그림이 있었고, 그것을 종이 위에 옮겨 그린다는 기분으로. 하지만 평소처럼 그려서는 안 될지도 모른다고 생각했다. 지금보다 훨씬 예쁘게 그리라고 했으니까.

'혹시 미소녀 캐릭터를 말하는 걸까?'

자신이 그릴 수 있을까 하는 생각이 들었다. 하지만 해보는 수밖에 없다. 자신의 스타일은 아니지만 못 그릴 것도 없다고 생각했다.

그 이후 메일과 문자가 수없이 왔다. 전화도 자주 걸려왔다. 전화는 언제 걸려올지 몰랐다. 편집 일이 무척 바쁜지, 한밤중에도 전화가 걸려오는 일이 있었고, 반대로 밤새 일했다며 아침 일찍 울리는 일도 있었다.

구루미는 대학 수업이 없는 날은 집에서 쿠키를 굽거나 홍차를 마시며 만화나 그림책을 읽는 것을 좋아했다. 음악을 들으며 그림을 그리거나 스토리를 생각하는 것도 좋아했지만, 언제 전화벨이 울릴지 몰라 항상 조마조마해서 집중할 수가 없었다. 밤에도 잠을 잘 수 없었고, 어쩌다 깜박 잠이 들더라도 이른 아침 전화 소리에 잠을 깼다.

"연애 요소를 넣죠."

어느 날 밝은 목소리로 담당 편집자가 말했다.

"이건 여고생일 필요가 없잖아요? 남학생으로 하죠. 조금 야한 장면도 아슬아슬하게 넣는 느낌으로."

"……그런 건 그려본 적이 없어서요."

눈앞이 캄캄해졌다.

"간단해요. 남학생이 넘어질 뻔하는 바람에 순간적으로 켄타우로스 아가씨의 가슴에 손을 댔다든지, 뭐 그런 거죠. 아 참, 가슴은 좀 크게요."

젖꼭지가 잘 보이도록, 그런 말도 덧붙였다. 농담을 하는 건지 웃으면서 말했다. 등골이 오싹하고 소름이 끼쳤다. 하지만 그럴 수밖에 없다고 생각했다. 시키는 대로 열심히 그려야만 데뷔할 수 있으니까. 빨리 만화가가 되고 싶었으니까.

어릴 때 초등학교 근처에 할머니 한 분이 경영하는 작은 서점이 있었다. 지금도 있는 그 서점은 담배 가게와 과자 가게도 겸하고 있었는데 삼색 고양이를 기르고 있었다. 그 서점 이름은 참새 서점. 낡은 간판에 귀여운 참새 그림이 그려져 있었다. 할머니는 구루미를 무척 귀여워해주었다. 책도 안 사면서 그냥 서서 읽고 있어도 혼내지 않았다. 용돈으로 잡지나 단행본을 사러 가면 무척 반겨주었다.

구루미는 1학년 때부터 다른 아이들보다 훨씬 작았고, 학교를 별로 좋아하지 않아서 어두운 얼굴을 하고 있었을 테니 어쩌면 일부러 신경을 써준 게 아닐까 싶다. 다른 아이들한테는 비밀이야, 하고는 종이비누나 과자를 주기도 했다.

"구루미는 만화를 좋아하는구나?"

그러면서 머리를 쓰다듬어 주곤 했다.

"만화 속으로 빨려 들어갈 것처럼 열심히 읽는 걸 보니."

언제부터 좋아했는지 기억이 나지 않을 정도로 만화를 좋아했다. 부모님이 만화를 좋아해서 집에도 항상 만화가 있었기 때문에 처음에는 그것부터 읽기 시작한 것 같다. 말을 좀 어눌하게 하는 탓에 친구가 없었고, 그 때문에 심심해서 읽기 시작한 것이라고 희미하게 기억하고 있었다. 생각처럼 말을 할 수 없어도, 생각하고 있는 것을 말로 표현할 수 없어도 만화를 읽고 있으면 외롭지 않았다. 만화는 언제고 항상 두 팔을 벌리고 구루미를 반겨주었다.

마리노 언니를 좋아했지만 구루미는 언니처럼 글씨가 많은 책을 읽을 수 없었고, 또박또박 말을 할 수도 없었다. 친구들과 함께 어울릴 수도 없었다. 부모님은 자매를 똑같이 예뻐했지만 구루미는 마음속으로 부모님이 자신보다 언니를 백배쯤 더 좋아한다고 여기고 있었다. 왜냐하면 적어도 구루미 자신이 그렇게 생각하고 있었으니까.

'천지 차이일 거야.'

그런 말도 만화에서 배웠다. 구루미의 할머니는 두 분 다 돌아가셔서 구루미는 책방 할머니에게 진짜 할머니에게 하듯 어리광을 부렸다. 할머니도 그것이 좋으셨던가 보다. 지금 생각해보면 혼자 살던 할머니는 외로웠을 테니까.

구루미는 계속해서 할머니의 책방을 드나들었다. 여고생이 되자 아르바이트도 하게 되었다. 용돈을 받는 대신 배달을 돕거나 계산하는 일을 맡았다. 평소에는 사람들과 대화하는 것이 불편하고 힘들었지만 어쩐 일인지 계산하는 일을 즐거웠다. 어서 오세요, 하고 인사하는 것도 작은 소리이긴 해도 웃는 얼굴로 할 수 있었다. 자신이 할머니 책방을 좋아하니 분명 손님도 마찬가지였을 테고, 그런 사람들에게 책을, 가능하면 좋아하는 만화를 파는 것이 즐거웠다.

구루미는 할머니의 부탁으로 POP를 그리기도 했다. 정말 잘 그린다며 할머니는 좋아했다.

"이렇게 귀엽고 예쁜 POP를 그냥 받아도 될지 모르겠네. 큰 서점에서 만든 것 같아. 이 작은 서점에서 쓰기는 아까운걸. 정말 고맙구나."

구루미가 반드시 만화가가 될 거라고 할머니는 장담했다.

"이렇게 멋진 그림을 그리는 사람인걸. 게다가 구루미는 정말 착한 아이니까 분명히 신께서 보고 계실 거야. 구루미의 꿈이 이루어지지 않을 리가 없지."

언젠가 구루미가 만화가가 되어 잡지에 연재되거나 단행본이 나오면 다 갖다 놓을 거야, 라며 할머니가 웃으며 말했다.

"그날이 오기를 고대하고 있어."

약속할 거지? 할머니가 말했다.

"네, 약속할게요."

구루미가 말을 이었다.

"전 꼭 만화가가 될 거예요. 꼭이요."

대학은 멀리 있는 미대로 진학했고, 예전처럼 책방에 들르지 못했다. 학교 수업을 듣고 과제를 그려야 했다. 동인 서클에 조심스레 문을 두드린 것도 그 무렵이었다. 그곳에서 처음으로 친구가 생겼다. 항상 즐겁긴 했지만 시간이 없어서 멀리 있는 책방에 가기가 조금 어려워졌다. 시간이 지나 오랜만에 책방에 가보니 할머니는 부쩍 나이 들어 보였다. 피부색과 눈빛과 모습이 조금씩 늙어 있었다. 어릴 때 돌아가신 외할머니가 떠올라서 두려웠다. 어렴풋한 기억이었지만 돌아가시기 직전에 이렇게 마르고 쇠약해진 모습이었던 것이 자꾸 떠올랐다.

'조금만 더 빨리 데뷔할 수 있다면.'

'할머니가 건강하게 서점을 지키고 계실 때 내가 책을 낼 수만 있다면.'

더욱 열심히 그리지 않으면 안 된다고 생각했다. 어떻게든 열여섯 장의 스케치를 그려 보냈다. 시간이 한참 지나고 나서야 메일이 왔다.

"솔직히 실망이네요."

예리한 무언가로 가슴을 찔린 느낌이었다.

"좀 더 재미있는 걸 그릴 줄 알았는데 말이죠. 하지만 처음이니까. 일단 이것을 바탕으로 수정해가는 걸로 하죠."

길고 긴 메일에 그 편집자가 생각한 개선안이 빼곡히 적혀 있었지만 현기증이 나서 도저히 읽을 수가 없었다. 이 스케치도 얼마나 열심히 그린 건데, 또다시 수정을 해야 한단 말인가.

"이 만화에 왜 켄타우로스가 나오는 거였죠? 켄타우로스가 집에 와서 차를 마시고 간식을 먹고 얘기를 나누는 내용이, 읽으면 재미있나요?"

글쎄, 그렇게 말씀하셔도. 이건 구루미의 공상의 세계에서 태어난 이야기였다.

'다른 세상의 평화롭고 아름다운 숲에 사는 귀여운 켄타우로스 아가씨가 방문을 두드리며 놀러와주면 좋겠다고.'

'그래서 함께 맛있는 차를 마시거나 막 구운 쿠키를 먹으면 즐거울 것 같아서.'

'가끔은 다른 세상에 있는 숲으로 가서 함께 걷거나, 반대로 함께 인간 세상으로 와서 도시의 거리를 산책하면 즐거울 것 같아서.'

부모님이 일 때문에 외국에 계시고, 언니는 따로 독립해 살고 있으니 혼자 지내는 아파트는 편하고 좋았지만, 가끔 외로웠다. 그럴 때 공상 속의 친구를 생각하면 즐거웠다. 그녀가 방에 있다고 상상하며 즐겁게 이야기를 나눈 적도 있다. 소녀는 항상 구루미 곁에 있어주었고, 그림을 그리는 것을 지켜봐주었다. 학교에 늦을 텐데도 더 자고 싶을 때에는 옆에서 야단치고 깨워주기도 했다. 구루미는, 미안해, 고마워, 하며 자리에서 일어나 학교에 갔다. 켄타우로스 아가씨는 소중한 친구였다.

전화가 걸려왔다.

"메일 읽었어요?"

힘찬 목소리였다. 늘 기운이 넘치는 사람이라고 생각했다.

"좋은 생각이 났어요. 요즘 상당히 그로테스크한 표현이 유행하잖아요? 먹고 먹히는. 이 켄타우로스가 주인공 학생을 구하려다 산 채로 먹히는 건 어때요? 뭔가 대충 몬스터라도 등장시켜서. 그 왜 숲에서 따라왔다든가 하는 식으로. 용이라든지, 거대한 식충식물이라든지. 꿈틀꿈틀한 느낌의."

현기증이 났다.

"그러면 켄타우로스가 죽는 거잖아요?"

"그렇죠."

편집자는 대수롭지 않은 듯 말했다.

"너무 불쌍하잖아요?"

어쩜 이렇게 심한 말을 할 수 있을까 싶었다.

"맞아요. 불쌍한 느낌으로 그려주세요."

"인기를 얻으면 연재를 할 수 있다고 해서서……. 죽으면 더 이상."

켄타우로스를 더 이상 그릴 수 없지 않은가. 밝은 목소리로 편집자가 대답했다.

"그때 가서 다시 살려내면 돼요."

비가 오는 날이었다. 언제 끊었는지 통화는 끝나 있었다. 어두침침한 방 안에서 켄타우로스 아가씨가 서 있는 것을 보았다. 발굽 소리를 내며 구루미에게 다가와 빙긋 웃었다. 괜찮아, 하고 말하는 것 같았다.

"미안해, 정말 미안해."

구루미는 웅크리고 앉아 울음을 터뜨리고 말았다.

스케치화 마감까지 시간이 얼마 없었다. 다 그릴 때까지의 시간은 기억이 나질 않는다. 뭔가를 먹은 기억도 없다. 목이 마르면 부엌에 가서 물만 마셨다. 열여섯 장으로 주인공 남자 고등학생과 다른 세상의 켄타우로스 아가씨를 등장시키고, 각자의 캐릭터에 대해 독자에게 설명하지 않으면 안 된다. 매력적으로 그려야만 한다. 그리고 숲에서 온 몬스터까지. 그 장면은 다행히 그릴 수 있었다.

완성된 그림을 PDF 파일로 만들어 담당 편집자에게 보냈다. 스케치화가 통과되어 실제로 그림을 그리게 되었다. 자신의 만화 속에서 소녀를 죽여야만 했을 때 정말 죽인 것 같은 착각이 들었다. 그렇게까지 하면서 그린 만화였는데 잡지에는 실리지 못했다. 담당 편집자로부터 메일이 왔다.

"그림은 잘 그렸는데 열여섯 매로는 힘든 설정이었어요."

그것쯤은 알고 있었다. 알면서 그리라고 한 게 아니었던가. 다음 작품에 대해 회의를 하자는 전화가 왔지만 더 이상 그릴 수 없다는 말을 겨우 했을 뿐이었다.

"알았습니다. 그럼 이만."

여전히 밝은 목소리로 대답이 돌아왔다.

"이래서 아마추어는 안 된다니까."

전화를 끊기 전에 혼잣말처럼 중얼거리는 음성이 들려왔다.

하긴 자신은 아마추어였다. 대단한 각오를 한 것은 아니었을지 모른다. 하지만 최선을 다했다고 생각했다.

'최선을 다했으니 알아달라고 하는 것도 못난 짓이야.'

'그래도.'

억울해서 눈물이 났다. 편집자에게 되돌려주고 싶은 말도 있었지만 그 말이 생각나지 않는 자신이 더 미웠다. 커튼을 닫은 채 캄캄한 방에서 웅크리고 울고 있는데, '아가씨'의 기척이 느껴졌다. 아가씨는 발굽 소리를 내며 살며시 다가와 구루미의 어깨를 따뜻하게 안아주었다. 미안해, 구루미가 용서를 빌었다.

'잡지에 싣지 못해서.'

미안해요, 하고 서점 할머니에게도 말했다. 데뷔 못 해서 미안해요. 마음속의 할머니는 변함없는 미소로 괜찮다고 말해주었다.

"구루미가 열심히 했다는 걸 아니까."

아마 직접 만나더라도 할머니는 그렇게 말해주었을 것이다.

"할머니, 할머니가 살아 계실 동안에 내가 데뷔할 수 있을까?"

그럴 수 있을까?

계단을 오르는 가벼운 발소리가 들려왔다. 마리노다.

"사인지, 사인지. 고급 사인지가 어디 있더라."

마리노의 목소리는 혼잣말치고는 컸다. 몸집이 커서인지 목청도
컸다.

옆방에 있는 창고를 뒤지고 있는 듯하다.

"여기 있다."

신바람이 난 목소리였다.

그러고 나서 마리노는 뭔가 기분 좋은 얼굴로 구루미의 방문을 활짝
열었다.

"괜찮아? 일어났어?"

"……응."

별안간 문을 여는 바람에 자는 척도 못 하고 구루미는 별수 없이 얼
굴을 들었다. 일부러 눈을 비비며 방금 일어난 것처럼. 마리노는 무척
신나 보였다. 윤곽이 뚜렷한 미인이라서 이럴 때는 마치 모델처럼 멋지
게 보인다.

"있잖아, 있잖아. 오후도 서점에 말이야, 작가 다카오카 겐이 지금 와
있대. 그래서 주인아저씨가 사인지를 사러 오셨어. 우리 것도 해달라고
할까? 안 되겠지?"

다카오카 겐, 그 이름은 들어서 알고 있었다. 소설은 잘 모르지만 서

점에서 아르바이트를 할 때 손님들에게 판 적이 여러 번 있었다. 아마 무척 인기 있는 역사소설 작가 같았다. 서점 할머니도 열렬한 팬이었다.

일단 서점에 가볼까. 마리노가 눈을 빛내며 말했다.

"악수해달라고 하면 해줄까? 사진도 찍고 싶은데. 너무 귀찮게 하는 건가?"

마리노는 소설을 좋아하는데 특히 역사소설을 좋아해서 매우 들떠 있었다. 잘됐네, 하고 구루미가 대답하자, 마리노는,

"구루미, 너도 기운 차리면 오후도 서점에 한번 가봐."

방을 나서며 그렇게 말했다.

"도시에서 젊은 서점 직원이 왔어. 서점 분위기가 조금 달라졌어. 전에도 좋았지만 지금은 뭔가 건강해졌다고나 할까? 서점에 생기가 넘쳐."

마리노는 발걸음도 가볍게 외출에 나섰다.

"생기가 넘치는 건 언니면서."

피식 웃고 말았다. 하지만 약간 궁금해졌다. 건강해진 서점이란 어떤 서점일까. 생기가 넘치는 서점이란.

"요즘 통 서점에 가지 않았어."

서점에서 맡는 책 냄새가 그리웠다. 그러고 보니 밤에 길을 잃고 헤맬 때 '책'이라고 쓰인 작고 빨간 불빛을 보았던 것이 생각났다. 상점가 불빛 속에서 또렷하게 빛나고 있었지. 마치 빨간 별빛처럼.

3
인어 공주

"아아, 난 안 된다니까⋯⋯."

우사미 소노에는 자기 방 소파에서 쿠션을 와락 끌어안았다. 액자와 책꽂이가 인쇄된 커다란 쿠션은 책과 그림이 가득한 이 방과도 멋지게 어울려 소노에는 마음에 들었다. 서가 옆은 온갖 화초들로 넘쳐났는데, 그날 밤에도 푸른 잎들은 싱싱한 잎사귀를 뻗고, 꽃들이 은은한 향기를 뿜고 있었다.

"하필 거기서 울어버리다니. 근사한 말 같은 건 못 해도 좋으니까 적어도 오랜만이라든가, 잘 지내는 것 같아 다행이라든가, 그런 말이라도 건넸으면 좋았잖아."

아니, 무엇보다 『4월의 물고기』가 반응이 좋아 정말 기뻤다고 말했어야 했다. "저도 기뻐요. 좋은 이야기예요"라든가.

"아, 창피해. 이 나이 되도록 뭐 하는 건지. 난 정말 한심해."

어째서 말 한마디 못 하고 울음을 터트린 걸까. 심지어 또 넘어질 뻔했다. 달라진 게 하나도 없다. 잇세이와 함께 일하던 때와 전혀 변한 게 없다. 조금은 달라진 모습을 보여주고 싶었는데. 창피하고 한심해서 쿠션에 얼굴을 파묻고 말았다. 차라리 이대로 사라지고 싶었다.

오늘은 츠키하라 잇세이가 소노에가 일하는 긴가도 서점에 오기로 한 날이었다. 야나기타 점장과 함께 사장님과 회식을 한다고 들었다. 며칠 전 그 말을 듣고는, 무슨 용건일까, 어쩌면 긴가도로 돌아와주진 않을까, 하고 서점 사람들은 들떠 있었다. 소노에도 조금은 기대했던 것을 부정할 수 없다. 잇세이가 저녁에 서점에 온다는 말을 듣고 소노에도 두근두근 설레는 마음으로 기다렸다. 일이 손에 잡히지 않을 정도였다.

『4월의 물고기』가 출간되기 직전에 후쿠와 출판사의 오노 씨가 스마트폰으로 찍어온 잇세이의 사진을 보긴 했다. 하지만 실제로는 3개월이나 만나지 못했다. 기뻤으나 그만큼 건강히 잘 지내고 있는지도 궁금했다. 6월에 본 오노 씨의 스마트폰 속 잇세이는 옛 정취가 남아 있는 작고 오래된 서점(오후도라는 이름인 것 같다)에서 일하고 있었고 조금은 살이 빠진 것 같았지만 건강해 보였다. 오노 씨가 시킨 건지 『4월의 물고기』를 손에 들고 웃는 사진도 있었다.

'내가 그린 그림을 칭찬했다는 이야기를 듣긴 했지만……'

긴가도 서점에서 『4월의 물고기』를 팔 때 서점을 환하게 장식하기 위해 소노에는 그림을 그렸다. 『4월의 물고기』의 멋진 표지를 더욱 빛내기 위해, 그리고 손님을 불러 모으기 위해 혼신을 다한 그림이었다. 소노에의 마음을 담아 마법 같은 일이 일어나길 바라면서 붓을 들었다. 결과적으로 그 그림은 긴가도 서점이 입점해 있는 호시노 백화점의 쇼윈도까지 장식하는 명예를 얻게 되었다.

'나는 그렇게까지 훌륭한 그림인지 어떤지는 모르겠지만…… 정말 기뻤어.'

그리고 오노 씨와 야나기타 점장의 말로는 잇세이도 소노에의 그림을 무척 마음에 들어했다고 한다. 원본을 다운받아 POP와 포스터를 만들어 오후도 서점에도 장식했다는 말을 들었다.

'믿을 수 없어. 꿈만 같아.'

어릴 때부터 줄곧 그랬다. 소노에는 그림 그리는 것을 무엇보다 좋아했지만, 자신이 그린 그림의 수준을 전혀 몰랐다. 아름답게, 기억에 있는 대로 그려지기를 바라며 그렸지만 다른 사람들이 눈으로 보고 어떻게 평가하는지는 알지 못했다. 그래서 자신은 이상한 그림을 그리는지도 모른다고 생각해왔다.

'사람들에게 보여주지 않았으니까. 학교에서도 그림은 그리지 않았고. 숙제도 내지 않았을 정도로.'

아주 오래전 유치원에 다닐 때 소노에가 정성 들여 그린 그림을 본 선생님들이 당황하던 표정을 기억하고 있다.

"좀 더 평범한 것을 그릴 수는 없을까?"

"좀 더 아이다운 그림을 그릴 수는 없을까?"

한숨을 쉬어가며 그렇게 말했다. 뭔가 소름이 끼친다는 눈으로 보는 것이 무서웠다. 친구들도 "이상한 그림"이라고 놀렸다. 스스로는 무엇이 잘못된 건지 알 수 없었다. 그래서 오랫동안 사람들 앞에서 그림을 그리지 않았다. 집에서 그리며 잘 그렸다는 생각이 들어도 아무에게도 보여주지 않았다. 4학년 때부터 친구가 된 나기사와 부모님에게는 보여주었지만, 모두 소노에의 그림을 좋아한다고 말하며 잘 그렸다고 칭찬해주었다. 설령 그것이 감싸고 싶어서 하는 칭찬이라 할지라도 기분 좋았다.

"하지만 긴가도 식구들이나 호시노 백화점 사람들까지 칭찬해주었으니."

게다가 잇세이까지 칭찬했다니. 소노에는 양손으로 볼을 감쌌다. 얼굴이 뜨겁게 달아올랐다.

"내 그림은 어쩌면 이상한 게 아닐지 몰라. 나 자신이 생각한 대로 그림을 그려도 괜찮을 수도……."

꿈을 꾸어도 좋지 않을까 생각했다.

"내가 그림책을 그리는 사람이 되어도 괜찮을까? 그림책 작가가 되고 싶다는 꿈을 꿔도 괜찮을까?"

가슴 깊은 곳에 별빛처럼 작은 등불이 켜진 것만 같았다. 어릴 때부터 그림책을 좋아했다. 소노에는 친구가 없었기 때문에 그림책만이 친구였던 시절이 있었다. 가장 좋아했던 그림책은 잃어버리고 말았지만 아이에게 책을 선물하는 기쁨을 아끼지 않았던 엄마, 아빠와 엄마 친구인 나루미 아줌마 덕분에 항상 많은 그림책이 곁에 있었다. 어른이 된 지금도 여전히 그림책을 좋아하고, 그래서 아동서를 담당하는 서점 직원이 되었을지도 모른다. 아니, 그렇다고 단언할 수 있다.

언제부터인지 마음속에 비밀스러운 동경이 생겼다. 그림책을 그리는 사람이 되고 싶다는. 이야기를 생각하고 그것을 아름다운 그림으로 표현하는. 세상에 단 하나뿐인 소노에만의 그림책을.

'가능하면 많은 아이들이, 그리고 외로운 어른들이 읽어주었으면 하는 그림책을 만들고 싶었다.'

소노에가 좋아하는 세상의 많은 그림책처럼 명작으로 전해 내려오는 그런 작품을 그려서 세상에 내놓을 수 있다면. 긴가도 서점 같은 서점에 자신이 그린 그림책을 진열할 수 있는 날이 온다면. 얼마나 근사할까 꿈을 꾸면서, 하지만 그런 재능은 없는 게 아닐까 하고 스스로 포기하고 있었지만.

'꿈을 꾸어도 괜찮을까?'

소노에는 쿠션을 안은 채 자리에서 일어나 화초들 사이로 보이는 창밖 야경을 바라보았다. 밝은 방에서 레이스 커튼 너머로 보이는 밤하늘에는 별이 하나도 보이지 않았지만, 그곳에 별이 가득 있다는 것을 소노에는 알고 있다.

"내가 그리는 그림책을 나 같은 아이들이 읽을 수 있다면 얼마나 좋을까?'

가족에게 충분히 사랑받고 있어 행복하지만, 그래도 다른 아이들과는 조금 달랐고, 그래서 놀림을 받고 따돌림을 당하고, 함께 놀 수 없었다. 소노에는 그런 아이였다. 늘 자신이 이곳에 있어도 되는지 불안했다. 하지만 예쁜 것을 좋아했고, 사람과 동물과 식물도 좋았고, 지구에 관한, 우주에 관한, 세상에 관한 일도 좋아했다. 이 별에 살고 있다는 것이 무엇보다 좋았다.

'그림을 그리는 것도 정말 좋아.'

그래서 혼자일 때도 외로움을 견딜 수 있었던 아이, 그것이 소노에였다.

『4월의 물고기』가 '세상에 보내는 러브레터'였다는 저자 단 시게히코의 말처럼(이 말은 잇세이가 들었다고 야나기타 점장이 전해주었다) 소노에에게 그림은 '세상에 보내는 러브레터'일지도 모른다. 말로 생각을 표현하려면 눈물에 녹아버리고 마는, 소노에의 마음 깊은 곳에서 우러나는 생각이 색채와 구도가 된 것이다. 자신의 러브레터를 세상에 남기고 싶어졌다. 책이라는 형태로. 아마 지금도 세상 어딘가에 있을, 어린 날의 자신과 같은 외로운 아이들에게 전할 수 있는 그림책을 만들 수 있다면 좋겠다고 바랐다.

『4월의 물고기』를 위한 일러스트를 그렸을 때처럼, 소노에가 가진 재능과 기도와 마법의 힘을 담은 그림물감으로 그림책을 만들 수만 있다면. 방에서는 보이지 않는 별을 향해 소노에는 기도했다. 자신을 위해. 그리고 그림책을 읽고 기뻐하며 몇 번이고 되풀이해서 읽고 보물처럼 간직할 미래의 아이들을 위해.

"이 꿈이 이루어지게 해주세요."

자신을 위해 기도하는 것은 처음이라는 생각이 들었다. 아주 어릴 때 소노에는 한 권의 그림책을 사랑했다. 가장 소중한 보물이었다. 이젠 제목과 작가 이름도 기억나지 않는 그림책. 달의 이면에 요정들이 사는 왕국과 그 왕국에서 얼음과 수정으로 만들어진 성에 사는, 외롭지만 마음 착한 마법사 왕자님의 이야기. 왕자님의 친구가 되고 싶다고 꿈꾸던 날들은, 지금도 소노에의 마음속에 남아 있다.

소노에의 강인함과 상냥한 마음은 분명 그 그림책의 추억이 큰 중심이 되어 결정체가 되었다. 달나라 얼음 성에서 작은 고양이를 안고 지구를 내려다보고 있던 왕자님. 친구가 생기길 소원하는 왕자님의 친구가 되고 싶어서 어린 소노에는 강인하고 상냥한 사람이 되겠다고 다짐했다.

'그림책은 잃어버렸지만.'

어디로 간 건지, 그야말로 마법처럼 사라졌다. 하지만 소노에의 마음속에서는 사라지지 않고 계속 남아 있다. 강하고 상냥한 사람이 되겠다는 다짐과 함께. 울보인 소노에였지만 그 다짐이 있기에 중요한 순간에는 절대 도망치지 않는다. 그것이 소노에의 용기의 근원이었다. 그렇게 아이들의 마음속에서 영원할 수 있는 그림책을 그릴 수 있다면 좋겠다고 생각했다.

가벼운 노크 소리가 났다. 그와 거의 동시에 엄마 마리야가 웃는 얼굴로 문을 열고 들어왔다.

"좋은 매실주를 선물로 받았는데 같이 마시지 않을래?"

들고 있는 쟁반에는 기하학적인 무늬가 아름다운 에도기리코 잔에 호박색 매실주가 담겨 있었고 얼음이 동동 떠 있었다. 은은한 향기가 풍겨왔다.

"고마워, 엄마. 잘 마실게."

조금 놀라긴 했지만 그보다 기뻤다. 여름밤에 마시는 매실주는 맛이 그만이다. 차갑게 식힌 감주나 홍차 리큐어도 좋지만. 차가워진 잔을 받아들자, 마리야가 소노에의 얼굴을 살피며 소파에 앉았다.

"근데 소노에, 밖에서 들었는데 꿈이라니 무슨 꿈 말이야?"

혹시 연애하니? 하고 묻더니 흥미진진한 얼굴로 빙그레 웃었다.

유행하는 립스틱 색깔이 무척 잘 어울렸다. 여전히 아름다운 모습으로, 머리에서 발끝까지 곱게 단장했다. 과연 아이돌 출신답게, 지금도 잘나가는 경영자로 여성지에서 취재하러 오는 사람은 뭔가 다르다.

일찍 결혼한 엄마는 자식의 연애관도 이해할 줄 아는 엄마상을 동경하는 걸까, 예전부터 딸의 연애사에 관심을 갖는 일이 많았다. 좋게 말하면 로맨티스트, 나쁘게 말하면 참견쟁이에 구경꾼 같고, 엄마이기보다는 나이 차가 많이 나는 언니나 친구 같은 느낌이었다. 소노에는 그런 엄마가 싫지 않았다. 항상 사이가 좋았고, 열정적으로 일하는 커리어우먼으로서의 모습도 멋있어서 존경하고 있다. 마리야는 세계적으로 유명한 아동복 브랜드의 사장이다. 소노에의 아빠는 엄마와 공동경영자로, 해외 출장이 잦아 일본에는 거의 안 계시지만 아내와 딸을 진심으로 사랑하는 멋진 사람이었다.

"엄마는 참."

소노에는 쓸쓸하게 웃었다.

"그런 꿈이 아니라고. 장래의 꿈이랄까."

"장래? 좋아하는 사람과 결혼해서 엄마 회사를 물려받는 꿈? 그 있잖아 왜, 산골짜기 마을에 있는 서점을 맡아서 하게 됐다는 선배 서점 직원이라든지?"

"아니라니까, 정말."

매실주를 마신 탓인지 볼이 빨개졌다.

"츠키하라 씨는, 그러니까, 그게 아니고, 꿈이 뭔가 하면, 좀 더 뭐랄까. 이렇게…… 아냐, 됐어."

소노에는 얼버무리며 웃었다. 새로이 찾아온 꿈은 가슴속에 품은 소중한 알 같아 아직은 아무에게도 말하고 싶지 않았다.

"아, 맞다. 마침 그 얘기 하려고 왔어."

마리야는 혼자서 고개를 끄덕였다.

"응? 츠키하라 씨 얘기?"

"음, 그렇기도 하고, 아니기도 하고."

마리야도 매실주를 한 모금 마시더니 노래하듯 리듬을 넣어 말을 이었다. 잔을 쥔, 반짝이는 매니큐어를 칠한 손가락이 아름다웠다.

"그 사쿠라노마치 마을 얘기. 엄마가 젊었을 때 텔레비전 프로그램 취재차 갔었던 게 기억났어. 아이돌이었을 때 말이야. 세월 속에 묻혀버린 마을, 작지만 매력적인 마을을 관광하고, 맛있는 요리도 먹고, 축제에 참가하는 거였어."

향수에 젖은 채 마리야가 말했다.

"지금도 기억나. 멋진 마을이었지. 맞아, 도쿄에서는 조금 멀었어, 가자하야에서도 멀었고. 그 대신 다른 세상 같았어. 오래된 예배당이라든지 폐교가 된 초등학교라든지. 클래식 호텔도 있었고. 오후도 서점 앞도 아마 지나갔던 것 같은데, 상점가 전체가 그림엽서나 그림책 같은 예쁜 세상이었어. 사람들도 모두 인정 넘치는 그런 마을. 이 세상에 진짜 이런 곳이 있을까 싶었지. 여기서 살면 행복하겠다, 이런 마을에서 태어났으면 얼마나 좋았을까 하고."

마침 일 때문에 몹시 지쳐 있던 때였거든, 하더니 마리야가 미소 지었다.

"아침 안개 속에서 나무들로 빽빽이 둘러싸인 마을의 모습이 지금도 눈에 선해. 마을에서 운영하는 온천의 따스했던 온기, 그리고 목장의 신선하고 고소한 우유와 아이스크림도 인상 깊었어. 치유받은 건지 건강해져서 돌아왔지. 새로 태어난 것 같았어."

그래서 말인데, 하고 마리야가 덧붙였다.

"그 마을에 소노에가 좋아하는 선배가 있다면 아마 나처럼 치유받고 다시 건강해졌을 거야."

잘된 일이야, 하고 마리야가 웃었다.

소노에는 고개를 끄덕였다. 그렇구나, 잇세이는 그런 마을에 살고 있구나. 그래서 6월에 본 사진 속 잇세이는 웃고 있었고, 오늘 서점에서 만난 그는 건강해 보였구나. 마리야는 매실주를 음미하며 그리운 듯 미소 지었다.

"언젠가 다시 와야지. 그러려면 돈을 벌어야겠다고 생각하고는 친해진 마을 사람들에게 손을 흔들며 도시로 돌아와선, 정신을 차려보니 너무 바쁜 나머지 어른이 되어 있었지. 그래도 마음속 사진첩에는 사쿠라노마치에서의 추억은 간직하고 있었어. 다시 한번 그 우유가 마시고 싶었고 온천에도 가고 싶었어. 피부가 매끈매끈해진다니까. 호텔에서 먹은 요리도 정말 맛있었는데."

소노에는 부러운 생각이 들었다. 자신은 아직 그 마을에 가보지 못했기 때문이다. 오후도 서점, 그 서점에서 잇세이가 일하게 되었다는 소식을 들은 날부터 잇세이의 서점에 가보고 싶었다. 그러고 싶은 마음은 굴뚝같은데, 열차로 가면 여러 번 갈아타야 하는 데다 다섯 시간 이상 걸리는 곳이고, 심지어 열차에서 내려 산길을 30분이나 걸어 내려가지 않으면 안 된다는 말을 듣고는 조금 용기가 필요한 곳이라는 생각이 들었다. 소노에의 행동 범위는 무척 좁았기 때문이다. 차로는 두 시간이면 갈 수 있지만, 소노에는 운전을 못 한다. 오토바이나 차를 운전할 줄 아는 나기사에게 부탁하면 데려다줄지 모르지만, 왕복 네 시간씩이나 걸리는 곳은 친구라서 더욱 부탁하기 어려웠다.

어차피 그렇게까지 해서 소노에가 오후도 서점을 방문한다 해도, 잇세이가 "우사미 씨가 일부러 이렇게 먼 곳까지 무슨 일로 찾아왔지?" 하

며 의아한 얼굴로 볼지도 모른다고 생각하니 아직, 아니, 절대로 용기를
낼 수 없었다. 그런데 지금 엄마가 한 말 중에서 신경이 쓰이는 한마디
가 있었다.

"마을 축제? 사쿠라노마치에 축제가 있어?"

"응, 역사가 아주 깊은 축제야. 유명하지도 않고 인구가 적어서 규모
도 그렇게 크진 않지만. 기품 있고 멋진 축제였어. 음력 크리스마스 무
렵에 열리는 축제야."

"음력 크리스마스?"

"그래, 태음력 크리스마스라고 하던가? 음력 12월이면 대개 이듬해
1월이나 2월쯤 되거든. 엄마가 축제에 간 게 그쯤이었을 거야. 눈이 내
려서 추웠지만 아름다운 축제였어."

사쿠라노마치는 말이지, 기독교인들이 숨어 살던 마을이었대. 일본
에서 기독교를 금지하던 시절에 멀리서 도망쳐온 사람들과 가족들이 떠
돌다 그곳에 다다랐고, 그대로 몰래 숨어 살던 마을이었대. 그때는 신사
나 절에 다니는 척하면서 예수님과 성모마리아께 기도를 올렸다고 해.
크리스마스 미사도 절이나 신사의 공양일을 기념하는 척하면서 올렸다
나 봐. 어때? 잘 알지?"

호호호, 마리야가 자신만만한 표정으로 웃어 보였다.

"지금은 희미하게 남은 기억뿐이지만, 당시에는 공부 많이 하고 취재
하러 갔었다고. 그래서 지금은 새 예배당에서 현대식으로 크리스마스
를 보낸다고 하지만, 선조들이 그랬듯이 음력 크리스마스도 옛날식으로
보내고 있대. 엄마가 취재하러 갔을 때는 이 축제를 언젠가 마을 살리기
에 이용할 수 없을까 하는 이야기가 나올 무렵이었어. 바로 그 공양일이

옛 공주를 기리는 축제인 '별 축제'를 여는 밤이야."

"공주?"

별 축제, 멋진 이름을 가진 축제구나, 생각했다.

"마리라는 공주와 별과 호수의 신비한 전설. 그 마을에는 신비한 전설이랄까, 민화가 전해 내려오고 있어. 어머나, 내가 얘기해주지 않았던가? 그러니까 말이지. 옛날 옛날에……."

마리야는 목청을 가다듬고 천천히 옛날이야기를 들려주기 시작했다.

소노에는, 어릴 때에도 이렇게 수많은 이야기를 들려주셨지, 하고 킥킥대며 옛 생각을 떠올렸다. 그림책을 아주 재미있게 읽어주던 엄마였다. 소노에가 그림책을 좋아하게 된 데에는 이런 엄마의 역할도 컸다. 아동서와 그림책을 담당하는 소노에는 매달 정해진 날짜에 아이들 앞에서 책을 읽어주는 시간을 갖고 있다. 조금 떨리고 두근거리지만 즐거운 그 시간, 자신의 귀에 들리는 것은 어딘가 엄마가 책을 읽어주던 때와 닮은 자신의 목소리다. "옛날 옛날에, 일본에 아직 무사들과 공주가 살았던 먼 옛날에, 여우와 너구리가 사람으로 변신하는 힘이 있었을 때의 일이야."

마리야는 미소 지으며 조곤조곤 이야기를 시작했다.

숲속 작은 마을에 오랜 여행 끝에 피곤에 지친 한 공주가 도착했어. 눈이 오는 밤이었지. 기나긴 길을 혼자서, 뒤쫓는 무리들을 피해가며 천신만고 끝에 도착한 곳이었어. 사람들은 그 공주를 마리 공주라고 불렀단다. 마리 공주는 기독교인이었고, 공주가 살던 나라가 망하자 혼자서 겨우 도망쳐 나왔던 거야. 그 무렵 일본에서는 기독교가 금지되어 있었기 때문에 발각되면 잡혀갔지. 마음속의 신을 버리지 않으면 죽임을 당하고 말지. 하지만 이 산만 넘으면 공주를 외국으로 데려다줄 사람들이 기다리고 있어서 살 수 있었어. 마을 사람들은 같은 신을 믿고 있었지만 몰래 자신들의 신앙을 숨기고 살아남은 사람들이었고, 마리 공주를 가엽게 여겼지만 자신들이 공주를 구해주면 마을 전체가 위험해질 수도 있는 상황이었지. 지금도 이 마을을 향해 공주를 쫓는 무리들이 오고 있을지도 몰랐으니까. 그들에게 마을 사람들의 신앙이 들키기라도 한다면…… 마리 공주는 마음씨가 정말 착했어. 그리고 무척 강인한 공주였지.

"마을 사람들에게 폐가 될지도 모르지만 오늘 하룻밤만 여기서 재워주세요. 내일 밤에는 마을을 떠나겠습니다. 혼자서 산을 넘어갈게요."

공주는 애원했어. 하지만 마을을 둘러싼 산은 높고 험했어. 그리고 산기슭에는 전나무로 둘러싸인 깊고 깊은 호수가 있었지. 호수 주변으로는 강이 흐르고, 절벽도 있고, 작은 폭포가 여럿 있었어. 산을 넘으려면 그 위험한 호수 주변을 돌아가야만 했고 산기슭에 다다른다 해도 또다시 아득히 높은 산을 넘어야만 했던 거야. 나무꾼이나 사냥꾼도 주저하는 위험한 길이었어. 하지만 마리 공주는 단호하면서도 나직한 목소리로 말했어.

"만약 제가 살 운명이라면 신께서 분명 구원의 손길을 내려주실 겁니다."

마을 사람들은 그 마음에 감동해, 용기 있는 공주를 정성을 다해 대접했지.

기르던 민물고기 중에서 가장 살이 오른 물고기를 꼬치에 꿰어 귀중한 소금을 뿌리고 화롯불에 구웠어. 말려두었던 맛있는 꿩고기와 뜨거운 보리밥을 손으로 주물러 주먹밥을 만들고 된장을 발라 대접했어. 아이들은 마리 공주에게 들풀 차를 만들어 가져왔고, 상처투성이인 발에는 약초를 빻아 붙여주었어. 노인들은 한겨울에 드나드는 산길을 일러주면서 안타까워 눈물을 흘렸어. 아무리 생각해도 이 연약한 공주가 혼자서 겨울 호수와 산을 넘을 수 없을 것 같았기 때문이야. 한편 공주는 그날 밤 마을 사람들에게 융숭한 대접을 받으며 아이들과 함께 즐거운 시간을 보냈어. 눈이 오는 추운 밤이었기 때문에 아이들을 품에 안고 마치 자신의 아이처럼 예뻐했지. 공주가 자란, 지금은 사라지고 없는 나라의 자장가를 불러주고 전설을 들려주었어. 그리고 신에 대한 이야기도 해주었어.

"신은 우리가 그분의 모습을 보지 못할 때에도 반드시 우리들을 보고 계세요. 그래서 우리 마음이 깨끗하고 행동이 바르면 반드시 천사를 보내서 도와주신답니다."

마리 공주는 그날 밤 편안히 잠들었고, 다음 날 밤이 올 때까지 마을에 숨어 있다 혼자서 길을 떠났어. 마을 아이들은 헤어지기 싫어 울었고, 어른들은 가여운 공주에게 먹을 것을 싸주었어. 동그랗게 말린 맛있는 된장과, 도토리 가루와 달콤한 꿀로 만든 고소한 과자를. 토끼털로 만든 목도리와 달님처럼 고운 빛깔을 띤 곶감과 옻나무 열매로 만든 초도 주었어. 그 하나하나가 정성이 담긴 귀중한 것들이었지. 그날 밤은 아주 옛날에, 아주 멀리서 예수님이 태어난 날 밤이었어. 마리 공주는 선물 하나하나에 진심으로 감사하며 마을 사람들에게 고마움을 전했어.

"만약 제가 살아남게 된다면, 언젠가 반드시 이 마을로 돌아올게요. 그때는 세상에서 가장 좋은 선물을 가지고 오겠습니다."

그렇게 말하고는 호수와 그 너머에 우뚝 솟은 산을 향해 홀로 길을 떠났지. 다행히 그날 밤에는 내리던 눈도 그쳐서 날씨가 좋았다고 해. 그날 밤은 별이 무척 아름다웠어. 손을 뻗으면 닿을 정도로. 별이 쏟아지는 하늘 아래, 어둠에 잠긴 들판을 마을 사람들의 배웅을 받으며 공주는 걸어갔다고 해. 그러자 갑자기 하늘에서 빛나던 별들이 마치 눈이 내리듯 나부끼기 시작했어. 별들은 호수와 호수 주변의 전나무 숲에 마치 커다란 반딧불이가 있는 것처럼 내려앉아 빛나고 있었지. 마리 공주의 발밑은 밝은 빛으로 빛났고, 그 덕분에 공주는 무사히 호수 주변을 돌아 험한 산을 넘어갈 수 있었어. 그 빛은 착한 공주를 위해 하늘에서 천사들이 내려와 밝혀준 빛이라고 마을 사람들은 이야기했어. 그 후 얼마 안 되어 공주를 쫓던 무리들이 마을에 도착했지. 어디서 들었는지 공주가 산을 넘어갔다는 사실을 알고 뒤쫓았지만, 크고 깊은 호수와 전나무 숲이 가로막는 바람에 허탕을 치고 돌아갔대.

마리야는 천천히 이야기를 끝냈다. 소노에는 작게 박수 치며 엄마에게 물었다.

"신비한 이야기네. 그래서 마리 공주는 산을 넘어가서 어떻게 됐어? 살았어?"

별빛이 지켜주는 가운데 높은 산을 넘었다 해도 무사히 다른 나라로 빠져나갈 수 있었을까, 소노에는 궁금했다. 소노에는 온통 별을 깔아놓은 겨울 들판과 빛나는 호수와 높은 산이 보이는 듯했다. 별빛에 의지해

밤길을 걸어가는 아름다운 공주의 모습도.

"글쎄, 어떻게 됐을까?"

마리야가 미소 지었다.

"신과 천사가 하늘에서 지켜주었으니 분명 무사히 산을 넘고 바다를 건너 안전한 나라로 갔겠지? 엄마는 그렇게 생각하는데? 마을 사람들도 마리 공주가 무사히 갔을 거라고 믿고, 지금도 공주가 돌아오길 기다리고 있다고 마을 어른께 들은 기억이 나."

"지금도 기다린다고?"

몇 백 년 전에 한 약속일 텐데, 소노에는 마리 공주가 대체 몇 살쯤 됐을까 생각했다.

"옛날이야기니까."

마리야가 웃었다.

"그래도 그날 밤에 일어난 기적을 잊지 않기 위해, 그 후 계속해서 그 마을, 그러니까 사쿠라노마치에서는 음력 크리스마스 전날 밤에는 호수 주변에 등을 밝혀둔대. 마을 특산품인 초가 있는데, 색색 가지 초를 밝힌 등롱을 호수에 띄우지. 등롱은 호수 주변의 전나무 숲에도 달아두는데, 눈이 내리면 정말 별이 반짝이는 것처럼 숲 전체가 크리스마스트리가 된 듯한 멋진 축제야."

"……숲 전체가 크리스마스트리라."

소노에는 황홀했다. 크리스마스트리가 된 숲. 그 정경을 상상하는 것만으로도 아름다웠다.

"……근사하겠다. 가보고 싶어."

"가면 되지. 아니, 꼭 가봐야 해."

잔에 든 매실주를 다 마신 마리야가 단언했다.

"특히 꿈이나 소원이 있는 사람은 더더욱. 소노에도 꿈이 있다고 했지? 그럼 가야겠네."

"……왜?"

마리야는 검지를 세워 보였다.

"그 축제가 말이야. 나중에는 '별 축제'가 되었다고 하는데, 언제부터인지 축제가 열리는 밤에 호수에 등롱을 띄우면 소원이 이루어진다고 하더라고."

"정말?"

"정말이지."

마리야는 웃는 얼굴로 대답했다.

"좋아하는 사람과 만나게 해달라는 소원을 빌고 등롱을 띄우고 나서 곧바로 네 아빠를 만났거든. 그렇게 멋진 사람과 만나다니, 정말 기적이 있다고 생각해."

"정말 못 살아."

소노에가 웃자 마리야도 따라 웃었다. 마리야는 잘 자라고 인사하며 빈 잔을 쟁반에 올리고 자리에서 일어났다.

"엄마도 잘 자."

소노에는 방을 나서는 마리야에게 손을 흔들어 인사했고, 취기가 살짝 오르는 것을 느끼며 다시 쿠션을 부둥켜안았다. 그러고는 창밖을 바라보았다.

'별 축제…….'

멋진 축제일 것 같았다. 산골짜기의 작고 오래된 관광지. 호수를 품고 있는, 전나무 숲과 멀리 보이는 산. 그곳에 내리는 음력 크리스마스의 눈. 전나무 숲에 밝혀진 등롱. 호수 위를 밝히는 수많은 등롱. 소원을 담아 불을 밝히고 호수에 띄운 등롱들.

'정말 예쁘겠다…….'

가보고 싶어졌다. 아끼는 하얀 반코트에 짧은 갈색 부츠를 신고. 하늘에서 눈이 내리는 거리를, 하얀 입김을 불어가며 등롱이 밝혀진 숲과 호수를 향해. 그리고 소원을 담아 등롱을 띄울 때 그 옆에…….

"츠키하라 씨와 함께 그 축제에 갈 수 있다면 좋겠다."

빙긋 웃는 그의 표정을 상상하며 소노에는 뭔가 바보스럽다고나 할까, 부끄러워서 매실주로 발개진 볼을 쿠션에 묻었다. 상상 속의 소노에는 눈이 내리는 세상에서 넘어지지도 않고, 우물거리지도 않고, 고개를 숙이지도 않는 모습으로 잇세이 옆에서 웃고 있었다.

같은 날, 소노에의 동료이자 소꿉친구인 미카미 나기사는 FM 라디오의 프로그램을 녹음하는 날이었다. 녹음이 끝난 뒤, 요즘 자주 만나는 작가 요모기노 준야와 함께 카페에서 늦은 저녁을 먹으며 모히토를 마시고 있었다. 이 두 사람은 호흡이 잘 맞아서 FM 프로그램 디렉터가 요모기노 준야를 섭외하는 일이 잦았다.

나기사는 잔뜩 성이 나 있었다. 커다란 잔에 민트를 가득 넣은 모히토를 마셨지만, 자기도 모르게 머들러로 민트를 휘젓고 있었다. 짓이겨질 정도로 쿡쿡 누르고 있었다.

"저기."

준야가 여느 때처럼 온화한 미소를 띠며 염려스러운 듯 말을 걸었다.

"미카미 씨, 오늘 무슨 일 있었어요?"

"아뇨."

나기사가 시큰둥하게 대답하자 준야는,

"녹음할 때도 웬일인지 기분이 별로인 것 같던데. 계속 고개를 숙이고 있어서 뭔가 조금 슬퍼 보이기도 했어요."

"아무 일 없다니까요. 전혀."

나기사는 거의 쏘아붙이다시피 부정하며,

"기분 탓 아니에요?"

하고 덧붙였다. 요모기노 준야. 외모와 지성과 재능을 겸비한 잘나가는 작가는 운과 재력도 갖추고 있을지 모른다고 나기사는 머릿속으로 생각했다. 준야의 외가는 문학계의 학자 집안. 본인도 대학에서 프랑스 문학을 가르치고 있다. 프랑스 문학뿐 아니라 문학 전체에 조예가 깊고 평론 재능도 있는 재주꾼 작가로, 대인관계도 좋고 성격도 좋다.

'생각할수록 열 받네.'

나가사는 속으로 칫, 하고 혀를 찼다.

자기 성격이 괴팍하다는 건 알고 있었지만, 오늘처럼 베이고 찢긴 상처로 가득한 날은 이렇게 눈부시게 착한 사람이 시야에 들어오는 것만으로도 화가 났다.

오늘, 츠키하라 잇세이가 오랜만에 긴가도 서점을 방문했다. 점장에게서 며칠 전에 그 소식을 듣고는 줄곧 마음이 들떠 있었다.

'하긴 내가 좋아한다고 별수 있나. 친구가 좋아하는 사람인데.'

스스로도 자각하고 있는지 모르지만 잇세이는 소노에를 소중하게 여긴다. 소노에의 시야에도 잇세이밖에 없다. 나기사뿐 아니라 주위 사람들 모두가 두 사람 사이에 흐르는 독특한 전류를 감지하고 있는 것 같았다. 특히 연애 감정에 대해서는 누구보다 감이 좋다고 자부한다. 그래서 자신도 잇세이를 좋아하는 감정을 깨닫고 있었다. 알고 있었기 때문에 자신의 감정이 더 이상 나아가지 않도록 자제하고 있었다.

'난 소노에를 배신하지 않아.'

'난 나를 믿는 누군가에게서 소중한 것을 빼앗거나 하지 않아.'

'절대로.'

단짝 친구인 소노에가 잇세이를 좋아하고 있다는 사실을 안 이상, 자신의 마음을 털어놓을 생각은 없었다. 왜냐하면 털어놓았다가 만약에라도 잇세이가 자신을 좋아하게 되면 큰일이기 때문이다. 소노에가 마음에 두고 있는 사람을 빼앗는 꼴이 된다. 소노에를 울리게 된다. 그것만큼은 절대 해서는 안 된다고 생각했다. 그런 도둑고양이 같은 짓은 할 수 없다.

'도둑고양이에게 빼앗기는 슬픔을 알고 있으니까.'

그럴 때면 나기사는 항상 입가에 씁쓸한 웃음을 짓는다. 나기사의 아빠였던 사람은 따로 사랑하는 사람이 생겨 나기사의 엄마와 헤어졌기에.

'아빠를 좋아했고 존경했는데. 책을 읽는 즐거움을 알려준 사람도 아빠였고.'

아빠와, 집 안에 가득했던 아빠가 만든 책, 함께 읽은 책이 나기사를 키웠다. 아빠. 나츠노 고요는 유명 출판사에서 일하는 이름난 편집장이었다. 젊을 때부터 문단의 일류 작가들과 함께 수없이 많은 베스트셀러와 문학상 수상작을 탄생시켜왔다. 한 시대를 풍미했던 화려하고 호탕한 작가들과 친하게 지내며 번화가에서 밤새 술을 마시거나, 그대로 함께 훌쩍 해외로 날아가 카지노를 즐기고, 어디인지도 모르는 나라의 해변을 걷거나 헤엄치면서 놀러 다녔다. 집에는 없는 사람이었다. 불쑥 돌아왔나 싶으면 또다시 밖으로 떠돌았다.

어느 날 엄마가 돌아온 아빠의 재킷을 벗기며 "당신은 정말 집 나간 고양이 같아" 하고 웃으며 말하던 것을 기억한다. 아빠가 얼큰하게 취한 얼굴로 익살스럽게 "냐옹" 하더니 그곳에 있던 나기사에게도 냐옹, 냐옹, 하며 웃어 보였다. 나기사는 술 냄새 나는 아빠에게 안겨 자신도 냐옹, 냐옹, 하고 흉내 냈다.

'다른 아빠들과는 달랐지.'

이야기 속에 나오는 아빠들과는 다르다고 생각했다. 말귀를 알아듣는 나이 때부터 이미 책을 좋아했던 나기사도, 책을 만드는 사람인 아빠를 마음속 깊이 존경하고 있었다. 조금만 더 자주 집에 계시면 좋겠다는 아쉬움이 있었지만, 그래도 아빠가 좋았다. 고급 가죽 구두가 바닷물에 빠져 엉망이 된 채로 돌아와 현관에 쓰러져 자던 아빠를, 젖은 구두 안에 모르는 나라의 모래를 담아 돌아온 아빠를 멋지다고 생각했다.

이런저런 사정으로 그 무렵 살고 있던 도쿄의 집에서 나기사는 아빠를 거의 볼 수 없었다. 그 대신 다양한 매체에 등장하는 아빠를 보았고 아빠의 글을 읽었다. 잡지와 신문, 텔레비전 속에서 아빠는 나기사가 모르는 사람들과 근사한 식사를 하고, 모르는 곳에서 환하게 웃고 있었다.

도쿄 집에는 책이 많았다. 다 읽지도 못할 정도로 많은 책이 서가에 빽빽하게 꽂혀 있었다. 아빠가 편집자가 되도록 키워준 책들과 편집자가 된 후 아빠가 만든 책들이었다. 작가들이 쓴 이야기나 기행문, 대담이나 에세이의 행간에, 아빠의 말과 아빠의 음성이 고스란히 담겨 있는 것 같아 나기사는 아빠가 만든 책을 자주 읽었다. 초등학생에게는 다소 어려운 책이었지만 몇 번이고 반복해서 읽다 보니, 이곳에는 없는 아빠가 무슨 생각을 하고 있는지 알 것 같았다. 아빠의 목소리가 이 세상에 대해, 그리고 문학에 대해 알려주었다. 말과 말 사이에 아빠의 생각이 넘쳐났다. 책과 책 사이에 아빠가 누군가에게 보내는 편지가 숨어 있는 것처럼 느껴졌다.

서가 앞에 서면, 마치 합창이라도 하듯 아름다운 말들이 쏟아졌다. 책에는 수많은 '사랑'이 넘치고 있었다. 그것은 세상을 향한 '사랑'이었고, 많은 사람을 향한 '사랑'이기도 했다. 울면서 부르는 '사랑'과 춤추며 노래하는 밝은 '사랑'도 있었다. 결국 그것이 아빠, 나츠노 고요가 사랑한 책, 그가 만든 책, 그가 편집하고 세상에 남겨온 책이었다. 책을 쓴 사람은 모두 달랐어도 아빠가 만든 책에서는 같은 향기가 났고, 나기사는 아빠가 만든 책은 모두 다 좋았다.

집에 거의 들어오지 않는 아빠는 집에 있을 때에는 대개 피곤에 지쳐 있어 늪처럼 깊은 잠에 빠지곤 했고, 며칠이고 대화를 나눌 생각도 하지 않았다. 그래도 잠에서 깬 아빠에게 나기사가 책 이야기를 하면 무척 좋아했다. 자신이 만든 책을 읽고 어떻게 생각하는지, 아빠는 나기사에게 물었다. 나기사를 똑바로 쳐다보고 물었던 것이다. 어떤 점이 좋고 어디가 모자란지.

일부러 좋게 말할 필요는 없었다. 별로라고 생각하면 솔직히 그렇게 말해주기를 바랐다. 눈치를 보다 재미없는 책을 재미있었다고 말하면 "솔직해야지. 중요한 것을 얼렁뚱땅 넘어가려 하지도 말고 입에 발린 칭찬 같은 건 배우지 마라" 하고 야단을 쳤다. 서투르더라도 자신이 생각한 그대로 말하면 칭찬해주었다. 당시 아직 말로 표현하지 못하는 어려운 생각을 말하려고 애쓸 때에는 "혹시 이런 걸 말하고 싶었던 거니?" 하며 그 단어를 가르쳐주었다.

읽지 못하던 한자와, 모르는 나라의 역사, 아이에게는 어려운 사상까지, 어미 새가 아기 새에게 먹이를 주듯이 아빠는 하나하나 가르쳐주었다. 일을 하고 돌아와 피곤에 지친, 수염이 덥수룩한 모습으로 싱글벙글 웃으면서. 차근차근 재미있게. 그리고 아빠는 잠시 쉬었다가 또다시 어딘가로 훌쩍 떠나는 것이었다. 새로운 책을 만들기 위해.

"네 아빠는 책을 만드는 사람이니까."

엄마는 자상한 얼굴로 그렇게 말했다. 엄마는 아빠와는 어릴 때부터 친구 사이였다. 아름답고 자상했다. 젊었을 때 아빠를 따라 도시로 왔지만 도쿄에는 적응하지 못했고 친구도 없었다. 책을 읽지 않는 사람이었기 때문에, 남편을 사랑하고 존경했지만 그 일에 대해서는 공감할 수 없었다. 그저 집에서 아빠를 기다리고 나기사를 기르는 것만을 삶의 보람으로 여기는 사람이었다. 그 무렵 나기사는 행복했다. 스스로도 행복한 아이라고 생각했다.

하지만 아빠는 가족을 버렸다. 어느 날 만난 젊은 에세이 작가의 재능에 반해, 결국 재능뿐 아니라 그녀의 모든 것을 사랑하게 되었던 것이다. 그녀가 아이를 가졌다. 불쑥 집에 돌아온 아빠에게서 엄마와 나기사는 그 말을 듣고야 말았다. 미안하다며 머리를 숙이는 아빠에게서. 상대는 병약하고 민감한 사람인데, 그래도 목숨을 걸고 아이를 낳겠다고 했단다. 불쌍하지 않느냐며 아빠는 울면서 말했다. 그 말을 듣고 엄마는 아빠를 마주 보고 무릎을 꿇고 앉아 단 한 마디를 물었다.

"나와 나기사는 불쌍하지 않아?"

아빠는 고개를 깊이 숙이고 몸을 웅크렸다. 온몸을 떨면서 미안하다고 말했다.

"미안해. 정말 진심으로 미안해. 헤어져줘. 이 집을 판 돈을 다 줄 테니 그걸로 헤어져줘."

엄마는 조용히 대답했다.

"당신은 나와 나기사에게 이 집을 나가라고 하는 거야? 이곳은 더 이상 우리가 있을 곳이 아니라는 말이야?"

아빠는 아무 말도 하지 못했다. 나기사는 멍하니 서서 부모님을 쳐다보고 있었다. 얼어붙은 것처럼, 하지만 뜨겁게 타오르는 감정으로, 그저 생각나는 건 책뿐이었다. 집 안 가득한 아빠가 만든 책. 셀 수 없을 만큼, 다 읽지 못할 만큼 많은 책. 여러 번 반복해서 읽은 책도 있었고, 아직 어렵거나 어른들이 읽는 책이라서 책장을 넘겨보지 못한 책도 있었다. 언젠가 읽으려고 마음먹고 있었다. 집을 나가면? 이 집을 팔면? 이 책들은 어떻게 되는 걸까. 책들도 다 팔아버리는 걸까, 아니면 버려지는 걸까. 그것이 궁금했지만 결국 마지막까지 나기사는 물을 수가 없었다. 나기사와 엄마는 엄마의 친정집이 있는 가자하야로 가게 되었다.

그 후 긴 세월이 흘렀고, 나기사는 책과 관련된 일을 하고 있다. 나기사가 서점 직원이 된 것도, 어디서 일하고 있는지도, 아빠는 알고 있는 듯했다. 단 한 번 서점에 온 적이 있다. 특별히 대화를 나눈 건 아니었지만. 그래서인지 그 후 다시 오는 일은 없었다.

저녁 무렵 계산대에서 일을 하고 있는데 문득 시선을 느끼고 고개를 들어보니, 조금 떨어진 서점 입구 쪽에 아빠가 서서 이쪽을 바라보고 있었다. 10여 년 만의 재회였다. 하지만 나기사는 아빠의 얼굴을 기억하고 있었다. 잊을 수가 없었다.

아빠도 나기사를 한눈에 알아본 모양이었다. 나기사는 이미 세월이 많이 흘러 옛날과는 상당히 많이 변했을 텐데. 눈이 마주치자 아빠가 움찔했다. 아마 나기사 모르게 얼굴만 보고 가려 했던 모양이었다. 들켜서 당황하는 표정이었다. 그리고 아빠는 잠시 주저하는 것 같더니, 잠깐 손을 들어 크게 흔들어 보이고는 등을 돌리고 그 자리를 떠나고 말았다. 나기사는 뒤쫓아갈 생각도 없었지만, 쫓아가고 싶어도 줄이 길게 늘어선 계산대에서 정산을 하고 있었기에 어차피 꼼짝도 할 수 없었다.

두 사람의 재회는 그렇게 한순간에 끝나고 말았다. 그 후 아빠는 긴가도 서점에 다시 오지 않았다. 만약 아빠가 다시 만나러 왔다 하더라도 나기사의 눈에 띈 일은 없었다. 아빠는 왜 온 걸까. 나기사는 이따금씩 그날을 떠올렸다. 할 말이 있었던 걸까. 아니면 그저 자기 자식이 잘 지내고 있는지 확인하고 싶었던 걸까.

그 짧았던 순간, 아빠는 손에 들고 있던 책을, 나기사를 향해 크게 흔들어 보이는 듯했다. 뭔가 자랑스러운 듯, 나기사에게 보이고 싶은 듯. 나중에야 생각이 났다. 아빠는 자신이 만든 자랑스러운 신간을 나기사에게 보여주고 싶었던 거구나. 아니면 그것을 핑계로 나기사를 만나러 온 것일지도 모른다고. 자라서 서점 직원이 된 딸에게. 신간을 읽었는지, 어떻게 생각하는지, 그 감상을 묻고 싶었는지도 모른다. 도쿄의 커다란 집에서 그 무렵, 그 행복했던 시절에 그랬던 것처럼.

그게 다였다. 나기사는 그 후로 아빠를 다시 만날 기회가 없었다. 혹시라도 서점 관계자들에게 물어보면 쉽게 연결될 수도 있었지만 그렇게 하지 않았다. 나기사의 아빠가 나츠노 고요라는 사실은 서점에서 아무에게도 말하지 않았다. 물론 출입하는 출판사 영업 사원에게도 말하지 않았다. 얼굴도 닮지 않은 데다 지금은 성씨도 다르다. 나기사가 일부러 떠벌리지 않는다면 부녀 관계임을 눈치채는 사람은 없을 것이다. 아빠도 분명 누군가에게 말하거나 하지는 않았을 것이다. 만약 이야기했다면, 이 좁은 출판 업계에서 아무리 예전만 못하다고는 해도 한때 유명했던 아빠와 자신이 부녀 관계라는 사실이 알려졌을 것이고 사람들 입방아에 오르내릴 것이 분명한데, 그런 이야기는 다행인지 불행인지 아직은 듣지 못했다. 묻는 사람도 없었다.

'어릴 때는 정말 아빠를 존경했었다고.'

'아빠는 명편집자였지.'

'하지만 여자들이 가만두질 않았어.'

그날 엄마는 결국 "별수 없지" 하며 웃었다.

무릎 꿇은 아빠 곁에 앉아 어깨를 부드럽게 토닥이며 말했다.

"그래, 용서할게. 당신을 정말 사랑했으니까."

엄마는 '사랑했다'는 과거형을 썼다. 웃는 얼굴로 눈물이 가득 맺힌 채, 그렇게 말했다. 그리고 나기사를 데리고 친정으로 돌아왔다. 아빠였던 사람은 계속 무릎 꿇고 앉아 있었고 나기사와는 눈을 마주치려 하지 않았다.

아빠는 그 젊은 여자와 잠시 함께 살았는데, 병약하고 섬세해서 곧 죽을 것만 같다던 그녀가 아빠가 편집한 책으로 데뷔해 인기를 얻은 후 얼마 안 되어 아빠 곁을 떠났다. 태어난 아이를 데리고서였다. 지금은 어떤 연예인과 결혼해 가끔 에세이나 단편집을 출간하면서 외국에서 행복하게 살고 있다고 한다. 그녀의 신간이 입고될 때마다 나기사는 마음이 복잡했다.

나기사의 아빠는 그녀와 헤어진 이후, 아니면 버려진 후, 그럴싸한 책을 만들지 못하고 있는 것 같았다. 나츠노 고요의 책은 더 이상 예전처럼 잘나가지 않았고 매력도 사라져버렸다. 편집자에게도 슬럼프가 있는 걸까, 하는 생각이 들 정도였다.

'쌤통이라는 생각도 들지만.'

신이 지켜보고 있구나, 생각했다. 처자식의 사랑과 신뢰를 저버린 남자에게는 슬럼프가 영원히 계속되었으면 했다.

아마 시대도 변한 게 아닐까 싶다. 출판사 영업 사원에게 들은 이야기로는, 지금은 더 이상 편집자와 밤새 술을 마시는 호탕한 저자는 없다고 한다. 막차가 끊기기 전까지만 마시고 집에 돌아간다고. 당연히 편집자도 집으로 돌아간다.

'가족에게는 고마운 시대군.'

그렇다고는 생각해도 마음속 어딘가 조금 쓸쓸한 생각도 들었다. 그 무렵 아빠와 함께 히트작을 연발하고 영화의 원작을 썼던 저자들은 지금은 더 이상 신간을 발표하는 일도, 화제가 되는 일도 없다.

아무튼 사정이 이러하다 보니 나기사는 자신은 절대로 도둑고양이 같은 짓은 하지 않겠다고 맹세했다. 아빠에게 배신당한 초등학교 4학년 때부터. 그렇게는 되지 말자고. 자신과 엄마처럼 배신당하거나 버려져 우는 사람이 생기는 일은 절대 하지 않겠다고.

그래서 자신의 마음을 잇세이에게 고백하는 일은 없을 것이다. 평생 누구에게도 말하지 않을 생각이다. 나기사에게 소노에는 세상에서 가장 지켜주고 싶은 소중한 친구이고, 잇세이는…… . 아마 아주 소중한 존재여서, 그래서 더욱 이 마음을 고백할 수가 없다고 나기사는 확신하고 있었다. 그것이 미카미 나기사라는 인간이니까.

'나는 누군가의 소중한 것을 빼앗거나 하지 않아.'

'그래서 누군가를 울리는 일은 절대 안 해.'

'그날, 맹세했어.'

사랑하는 아빠와 멋진 집과, 서가에 빽빽하게 꽂혀 있던 셀 수 없이 많았던 책과 이별한 그날, 엄마와 둘이서 집을 떠날 때 눈물을 삼키며 맹세했던 것이다. 이를 악물고, 두 번 다시 뒤돌아보지 않고. 그랬다가는 어쩌면 아빠가 집 앞에 서서 이쪽을 바라보고 있을지도 모른다고 생각하면서 목과 어깨에 힘을 주고 뒤돌아보지 않았다. 내가 먼저 버릴 거야. 내가 저 사람을 버리고 가는 거야. 어린 초등학생의 자존심은 엄마 손을 꼭 잡고 앞으로 걸어갈 수 있는 힘이 되어주었다. 나기사는 마음을 다잡고 잇세이와 소노에의 동료이자 친구로 남기로 했다.

우연히도 나기사는 오랫동안 잇세이와 블로그 친구였다. SNS와 블로그를 할 때 나기사는 '호시노카케스'라는 아이디를, 잇세이는 '고초테이'라는 아이디를 쓰고 있다. 서로 본명은 밝히지 않고 활동하고 있었다. 두 사람 모두 높은 평가를 받는 서평 블로그를 운영하고 있었고, 동세대 서점 직원인 데다 책 취향이 놀라우리만치 잘 맞아서 언제부터인가 친해졌다. 직접 만난 적도 없고 서로 어디 사는 누구인지도 몰랐지만 온라인상에서 만나는 친구로 오랫동안 교류해왔던 것이다.

하지만 어느 날 잇세이가 보낸 메일에서 나기사는 고초테이의 정체가 자신의 전 동료였던 츠키하라 잇세이라는 것을 알게 되었다. 자신이 그를 사랑하고 있다는 것도. 그 사실을 혼자만 알게 된 나기사는 이 사랑을 포기하기로 마음먹었다. 잇세이에게 자신의 정체를 밝히지 않고 호시노카케스로 눈앞에 나타나는 일도 없이, 친구로 남기로.

'그렇게라도 지켜주고 싶었어.'

하늘을 나는 새가 지상의 사람들을 지켜보듯이. 어릴 때부터 친하게 지내온 친구와, 아무도 몰래 좋아하게 된 사람의 행복을 지켜봐주기로.

'머리로는 그렇게 생각하고 각오도 했지만 쉽지 않은 일이었어.'

오랜만에 잇세이를 본 순간, 소노에를 감싸 안듯 바라보고 있는 것을 본 순간, 자기도 모르게 두 사람 사이에 끼어들고 말았다. 두 사람의 행복을 빈다면 그대로 놔두었어야 했는데, 방해하고 말았다는 것을 곧바로 깨달았지만 후회는 앞서 오지 않는 것이었다. 나중에 생각해보니 그 당시 농담이라도 해서 얼버무렸다면 좋았겠지만, 당황한 나머지 엉겁결에 잇세이를 노려보고 말았다.

'도대체 왜 그런 거야, 난 정말 바보인가 봐.'

잇세이와 점장이 서점을 나간 뒤 나기사는 울고 있는 소노에에게 손수건을 건넸고, 한숨을 쉬고는 자기혐오에 어깨가 축 늘어졌다. 소노에에게 힘이 되기는커녕 사랑의 방해꾼이 되다니 어쩌자는 말인가?

나기사는 아주 오래전 일을 떠올렸다. 이 친구를 지켜주겠다고 맹세했던 날의 일을. 기사처럼, 검객처럼, 소노에를 지키고 싶었다. 오랫동안 곁에서 지켜주겠다고 어린 시절에 맹세했던 것이다.

강해져야 한다고 생각하며 살아왔다. 아빠에게 버려진 그날부터 나기사는 울지 않았다. 세상에는 운다고 해서 해결되지 않는, 쓸쓸하고 아픈 일이 있다는 걸 알고 있었으니까.

외갓집이 있는 가자하야로 이사한 지 얼마 되지 않았을 무렵, 외할아 버지와 외할머니 앞에서 조용히 눈물을 흘리는 엄마를 여러 차례 보았 다. 함께 우는 외할머니의 눈물도 보았다. 캄캄한 밤, 불을 끈 도장에서 홀로 눈물짓는 외할아버지를 본 일도 있다. 그래서 자신은 울 수 없다고 생각했다. 엄마가 끌어안을 때도, 외할아버지와 외할머니가 조심스럽 게 대할 때도, 아무것도 모르는 척 밝게 웃었다. 갖고 싶은 건 없니? 하 고 외할아버지가 물었을 때는 강해지고 싶다고 대답했다. 검도를 배우 고 싶다고 말씀드렸다.

어른이 된 지금 그 당시의 자신을 돌아보면, 좀 더 어리광을 부려도 좋았을 텐데, 하는 후회가 든다. 나기사는 겨우 초등학생이었으니, 울든 화내든 떼를 쓰든 괜찮았다. 어른들은 분명 팔을 뻗어 안아주었으리라. 하지만 나기사는 그 손을 가볍게 밀치고 강해지는 쪽을 택했다. 자신의 두 발로 우뚝 설 수 있게 되길. 누군가를 지킬 수 있는 사람이 되고 싶었 다. 누군가를 울리지 않아도 되는 그런 사람. 이제 나기사에게는 아빠는 이 세상에 존재하지 않는 사람이니까.

4학년 때 전학을 간 초등학교. 그때 교실에서 눈이 마주친 여자아이가 있었다. 예쁜 옷을 입은, 어딘가 기품이 흐르고 순해 보이는 여자아이. 앞에 앉은, 연약하고 몸집이 작았던 아이. 동화 속에 나오는 여자아이 같았다.

그 아이의 책상 위에 읽다 만 그림책이 있었다. 나기사의 아빠가 오 래전에 만든 책이었다. 그 사람이 만든, 얼마 안 되는 아동서 중 한 권이었다. 별로 팔리지는 않았다고 들었다. 그래도 나기사는 그 이야기를 좋아했다. 나기사는 그 아이에게 말을 걸었다.

"그 책, 재미있어?"

"응, 아주 재미있어."

부끄러운 듯이, 하지만 웃으며 대답했다. 그것이 첫 대화였다. 그날부터 두 사람은 친구가 되었다. 소노에의 집과 나기사의 외갓집이 가까워서 둘은 늘 같이 다녔다.

소노에의 엄마는 나기사를 소노에와 똑같이 대해주었다. 집에 거의 없는 소노에의 아빠는 나기사와 처음 만났을 때 내성적인 딸아이의 첫 친구라며 무척 기뻐했고 진심이 우러나는 말로 고맙다고 했다. 나기사의 가족들도 사랑스러운 소노에가 놀러 오면 따뜻하게 맞이했다. 그리고 그리운 소녀 시절, 두 사람은 서로의 집을 오가며 계절이 오는 것을 즐겼다. 여자아이들의 축제인 히나마쓰리 축제를 함께 보내고, 여름방학 때는 학교 운동장에 체조를 하러 가거나 수영장에 가고, 가을 축제나 크리스마스, 모든 것을 소노에와 함께했다.

그러던 5학년 여름 어느 날. 두 사람은 근처에 있는 폐가에 몰래 들어가 매일같이 숨어서 화원을 만들기 시작했다. 사람이 살지 않는 서양식 건물의 앞마당을 몰래 가꾸며, 꽃씨를 뿌리고 새싹을 심고 물을 주었다. 요정들이 살 것 같은 아름다운 화원을 만들 생각이었다. 그곳은 두 사람만의 비밀의 화원이었다.

드디어 많은 꽃들이 꽃망울을 터뜨리기 시작했다. 햇살을 따라 고개를 돌리는 해바라기, 장난감 꽃 같은 달리아에 금잔화, 능소화에 시계꽃 그리고 사랑스러운 일일초까지.

조금만 더 기다리면 활짝 핀 꽃들을 볼 수 있을 거라는 기대에 부풀어 있던 어느 날, 비밀의 화원이 사라지고 말았다. 애초에 남의 집 마당이었고 둘이 마음대로 들어가 놀았으니 어쩔 수 없는 일이긴 했지만, 집주인이 새집을 짓기 위해 낡은 건물을 부수고 화원까지 밀어버린 것이었다. 꽃들은 꺾이거나 뽑혀 쓰레기처럼 버려져 있었다.

"이럴 수가."

화원이 망가진 것을 보고 나기사는 오랜만에 눈물이 차올랐다.

"이렇게 될 줄 알았더라면 마지막으로 한 번만 더 봐둘걸. 가장 예쁜 모습을. 모두에게 잘 가라고 인사도 못 했는데."

소노에에게 한 번만 더 꽃들과 만날 수 있으면 좋겠다고 말했다. 사진으로도 남기지 못해 아쉬웠다. 어제까지 그렇게 예쁘게 피어 있었는데, 하고 생각하자 꽃들이 불쌍해서인지 자신이 불쌍해서인지 마음이 아프고 고통스러웠다. 소노에는 웬일인지 울지 않았다. 나기사를 위로하며 물었다.

"다시 한번 그 꽃들을 본다면 나기사가 행복해져?"

마법이든 뭐든 좋았다, 그렇게만 될 수 있다면 얼마나 좋을까. 울면서 고개를 끄덕이는 나기사를 보며 소노에는 무언가를 생각하는 듯 보였다.

다음 날 아침이었다. 나기사는 여전히 눈이 퉁퉁 부은 채 울고 있었다. 소노에가 커다란 스케치북을 안고 나기사의 집으로 찾아왔다. 창백하고 긴장한 얼굴로 입술을 깨물고 조용히 스케치북을 넘겼다.

그곳에 화원이 있었다. 어제까지 피어 있던 꽃들이, 더 이상 이 세상에 존재하지 않는 화원에서 아름다운 자태를 뽐내고 있었다. 그것도 기억하고 있는 것보다 조금 더 활짝 핀, 더 아름다운 모습으로. 화원이 사라지지 않았다면 분명 이렇게 피어 있을 것 같은, 그런 화려한 모습으로 스케치북 안에 피어 있었다.

"기억나는 대로 그렸어."

살짝 떨리는 목소리로 소노에가 말했다.

"그러니까 이젠 울지 마, 그림 속에 있는 꽃은 절대 시들지 않으니까. 계속 나기사 옆에 있어줄 테니까."

사진 같은 그림이었다. 완벽한 그림이었다. 그리고 너무나 아름다웠다. 소노에는 더듬더듬 말을 이었다. 자신은 본 것은 잊지 않는다는 사실을. 기억하고 싶은 것은 물론이고 그렇지 않은 것까지 잊지 못할 때가 있다고. 그리고 자신은 기억 속에 있는 것들을 그림으로 그릴 수 있다고도. 어릴 때는 모두가 이런 능력을 가지고 있다고 생각했단다. 왜냐하면 소노에 자신은 아주 당연하게 그랬으니까. 모두 할 수 있으면서 안 하는 척하거나 숨기고 있는 것이라고. 하지만 유치원이나 초등학교에서 그림을 그릴 때 모두 이상한 그림이라고 놀려댔고, 선생님마저도 놀라며 아이답지 않은 그림이라고 해서, 그때서야 자신만이 본 것을 잊지 않는구나, 기억한 것을 그림으로 그릴 수 있구나, 깨달았다고 한다. 그 무렵에는 아이들한테 요괴나 마녀라고 놀림을 받고 따돌림을 당하는 바람에 너무 무서웠다고 고백했다.

"그래서 그 후로는 학교에서 그림을 그리지 않았어. 누군가에게 그림을 보여주지도 않았고. 근데 나기사에게 다시 한번 그 꽃들을 보여주고 싶었어. 딱 한 번만 더. 그래서 그린 거야."

소노에는 고개를 숙이고 떨리는 손으로 스케치북을 꼭 쥐고 있었다.

"나기사도 이젠 내가 싫어? 또 외톨이가 되는 거겠지?"

한숨 섞인 목소리에서 그림을 그린 것을 후회하는 것이 느껴졌다.

"고마워."

나기사는 웃으며 눈물을 닦았다.

몸을 숙여 소노에의 얼굴을 바라보았다. 살짝 손을 잡았다. 그림물감으로 얼룩진, 소노에의 하얗고 가녀린 손가락을.

"우리는 영원한 친구야."

손을 꼭 잡았다.

"약속할게."

소노에의 손에도 주춤거리며 힘이 들어갔다.

"나기사는 내가 무섭지 않아? 소름끼친다든지. 요괴 같거나 마녀라고는 생각하지 않아?"

"응, 소노에가 마녀라면 아주 좋은 마녀일 거야. 그러니까 이런 멋진 마법도 부릴 수 있잖아."

"마녀가 무섭지 않다고?"

"응, 착한 마녀니까."

소노에는 눈물을 뚝뚝 흘리며 울기 시작했고 이번에는 나기사가 그 어깨를 토닥였다. 그리고 소노에의 그림이 얼마나 근사한지, 자신이 그림 속에서 꽃들과 다시 만나 얼마나 기쁜지, 세상의 모든 말로 설명했다. 그리고 손수건으로 소노에의 눈물을 닦아주었다.

스케치북의 꽃 그림은 지금도 나기사의 집에 있다. 액자에 넣어두었다. 슬프거나 마음이 복잡할 때 그 그림 속에 늘 피어 있는 꽃을 바라보면 마음이 편안해졌다. 어른이 된 지금도 그랬다. 그리고 그때 꼭 쥐었던 소노에의 작은, 그림물감으로 얼룩진 손가락의 감촉을 떠올린다. 눈물이 넘쳐흐르던 갈색 눈동자를. 겨우 울음을 멈추고 웃어 보이던 그 얼굴을.

'마녀가 아니야.'

'요괴도 아니야.'

나기사에게 소노에는 소중한 친구, 나기사가 지켜야 할 공주님이었다. 그런데 오늘의 나기사는 소노에를 전혀 지켜주지 못했다. 너무 한심해서 스스로에게 한 방 먹이고 싶을 정도다.

'그것만으로도 안 좋은 날이었는데.'

오늘은 여기에 더해 최악의 사건이 있었다. 오랜만에 아빠를 만났다. 아니, 보았다고 해야 하나. 저녁 휴식 시간에 볼일이 있어 외출했다가 서점으로 돌아오는데, 눈에 익은 뒷모습이 멀리서 계산대를 바라보고 있었다.

'아빠?'

처음에는 긴가민가했지만 아닐 거라는 쪽으로 생각이 기울 정도로 그 뒷모습은 몹시 야위어, 입고 있는 양복이 헐렁하고 흰머리가 성성했다.

시간이 날 때마다 피트니스 센터에 다니고, 밤을 새우고 온 날이라도 조깅을 다녀올 정도로 다부졌던 아빠의 뒷모습, 그 팔과 다리의 근육이 다 사라진 것 같았다. 무척 나이 들어 보였다. 불과 얼마 전, 아니 벌써 몇 해 전이지만, 서평 잡지에 아빠가 실린 것을 보았다. 사진으로 보는 아빠는 건강해 보였다. 그때는 사진보다 오히려 천하의 나츠노 고요의 근황에 대한 기사치고는 지면이 작아서 가슴 한편이 아파오는 것을 느꼈다.

나이 든 그 사람은 나기사를 찾고 있는 것 같았다. 아마도 몰래 보고 가려는 심산 같았다. 어쩌면 지금의 초라한 모습을 보이고 싶지 않을 것 같아서 나기사는 아빠가 눈치채지 못하게 뒷걸음질로 그 자리를 떠났다. 서둘러 창고로 향하면서 아랫입술을 깨물었다. 그렇게라도 하지 않으면 울어버릴 것만 같았다.

"그런 최악의 상태에서 라디오 녹음 같은 게 잘될 리가 없잖아."

모히토를 마신 탓인지 은연중에 속마음을 중얼거리고 말았다. 맞은 편에 앉아 있는 준야가 그 말을 들었는지 걱정스러운 눈빛으로 보고 있다. 기다란 잔에 흑맥주를 마시던 손을 멈추고,

"나라도 괜찮다면 무슨 일인지 말해봐요."

그림으로 그린 듯 선량한 미소로 나기사에게 말을 걸었다. 그 미소가 잇세이와 닮아서 더 화가 났다. 원래 나기사는 화를 못 참는 성격이어서 밖에서는 과음하지 않도록 주의하지만 그날 밤은 자제가 되지 않았다. 무의식중에 시킨 모히토가 아빠가 좋아하는 술이었다는 걸 떠올린 것도 좋지 않았다.

"요모기노 선생님처럼 행복한 사람은 모르는 종류의 고민이에요."

"제가 행복한 사람인가요?"

"모히토를 확 부어버리고 싶네요."

하하하, 준야가 웃는다.

"오늘은 좋은 옷을 입고 왔으니 참아주세요. 미카미 씨와 만나는 날이라 꽃단장하고 왔으니까."

"다른 데서도 자주 하는 대사죠?"

"그렇다고나 할까."

왠지 놀림받고 있다는 생각에 더욱 화가 나 얼음을 와자작 씹어 먹었다.

'화는 나지만.'

얼마나 선하고 꾸밈없이 웃는 사람인가. 잇세이와 닮은 목소리와 닮은 표정으로 보지 않았으면 좋겠다고 생각한다. 추억의 재즈가 흐르는 탓에 기쁜지 슬픈지 혼란스러워지니까.

요모기노 선생님은 참 좋은 사람이죠, 하고 말한 사람은 어느 출판사 편집자였다. 한 서클(중세 고악기 연구회였던가)의 후배였는데 성격도 좋고 잘 챙겨주는 사람이라며,

"저에게만 그런 게 아니라 모두에게 친절하고 배려심이 많은 사람이었죠."

부드러운 미소를 지으며 편집자가 말했다.

"사람을 좋아하는 사람이라는 생각이 들어요. 요모기노 선배님은 사람이 상처받거나 슬퍼하는 걸 못 보는 성격이죠. 자기가 할 수 있는 일이라면 기꺼이 돕는 사람이랄까, 커다란 양치기 개처럼 느껴졌어요. 아니면 옛날 알프스에 있던 구조견이랄까."

"세인트버나드?"

나기사는 옛날 동화책에서 본 커다란 개의 모습을 머릿속에 그려보았다. 그 개는 설산에서 행방불명된 여행자들을 돕기 위해 눈보라 속으로 과감하게 뛰어든다. 눈사태에 파묻힌 여행객을 찾으면 큰소리로 짖으며 앞발로 눈을 파헤치고 얼어붙은 얼굴을 따뜻한 혀로 핥아준다. 여행객이 정신을 차리면 목에 걸고 있던 작은 통에 든 럼주를 마시게 한

다. 알코올이 몸을 데워줄 수 있도록.

"마치 모두를 돕기 위해 지켜보고 있다고나 할까요. 항상 정신을 차릴 수 있도록 술을 건넬 준비를 하는, 예전부터 그런 사람이었어요."

그래서 더더욱 지금의 성공이 당연할지도 모른다고 그 편집자는 말했다. 요모기노 준야는 사람들에게 사랑받는다. 그리고 그것은 자신이 타인을 지키고 마음을 쓰는 만큼 선의가 돌아온 것이라고.

"그런 사람이 성공하는 거겠죠. 일도 좋아하고 사람도 좋아하지만 욕심이나 야망이 아니라 그저 좋은 글을 써서 주위의 응원으로 인기를 얻는 사람."

기특한 사람도 다 있구나, 생각했다. 나기사는 결코 사람을 싫어하지는 않지만 굳이 말하자면 가까이 있는 사람들을 소중히 여기는 타입이었다. 그래서 광범위하게 친절한 눈빛을 보내는 성자 같은 타입에 대해서는 잘 몰랐다. 모르는 만큼 끌린다고 할 수 있다. 우사미 소노에나 츠키하라 잇세이는 그런 타입이었다.

'구조견이라…….'

이 편집자는 사이가 좋았다면서 선배가 개를 닮았다고 말해도 되나, 하는 생각도 들었지만.

하긴 편집자 말대로 준야의 미소가 커다란 개와 닮은 건 사실이었고, 그 파티 후에 녹음실에서 처음 만났을 때는 그 일이 생각나 자기도 모르게 웃음이 나와버렸다.

옥외 카페에는 밤바람이 불어오고 있었다. 우거진 나무와 바다 향을 담은 바람은 모히토와 정말 잘 어울렸다. 가시지 않은 더위와 습기 속에 바싹 다가온, 끝나가는 여름의 편안함과 일말의 쓸쓸함이 느껴져서 그런지도 모른다.

"술을 마셔서 그런가."

"왜요?"

부드러운 목소리로 걱정스러운 듯 준야가 물었다.

"쓸쓸해요."

차가운 탄산이 들어간 단 음료는 여름이 끝나가는 계절에는 좋지 않구나, 나기사는 생각했다.

어린 시절 여름방학 때 마시던 사이다나 진저에일이 떠올랐기 때문이다. 그리고 두 번 다시 돌아오지 않을 여름이 그리워 울고 싶어졌다. 이제는 여름이 와도 지금의 나기사는 더 이상 그때처럼 웃지 않게 되었다.

모히토쯤은 늘 마시는 술이었고 술 마시는 건 자신 있었다. 그래도 그날 밤에는 좀 많이 마신 것 같았다. 얼마나 마셨는지 기억나지 않았다. 몇 시쯤이었는지 술에 취해 잇세이에게 스마트폰으로 메시지를 보냈다. 내용은 기억나지 않았다. 단지 잇세이가 자신이 이렇게 운이 좋아도 좋은지 하는 멍청한 소리를 하기에, 운도 실력의 하나라고 답장을 쓴 것만은 기억하고 있다.

'진짜 멍청해.'

나기사는 사람들에게 사랑받거나 필요한 존재가 되는 것도 재능이라고 생각했다. 나기사가 갖고 싶어도 가질 수 없는 것을 잇세이, 그리고 소노에는 힘들이지 않고도 갖고 있었다. 그리고 자신들의 그 행운이 과연 합당한지, 하며 멍청한 소리를 하고 있다.

'다들 진짜 멍청하다고.'

"미카미 씨?"

준야가 가볍게 어깨를 흔들었다.

언제부터인지 술에 취해 정신을 못 차리고 있었나 보다.

"문 닫을 시간이래요. 슬슬 일어나야 해요."

그러고 보니 배경음악으로 흐르던 재즈도 안 들리고 조용한 게 주위에는 아무도 없었다. 불도 꺼진 상태였다. 나기사가 서둘러 자리에서 일어나려다,

"앗."

무릎 위에 올려두었던 파일을 떨어뜨렸다. 안에 들어 있던 종이 다발이 쏟아지며 어둠 속에 하얗게 흩어졌다. 오늘 밤 녹음 자료로 사용했던 것이었다. 화제가 된 책에 대해 예전에 자신이 호시노카케스의 서평 블로그에 썼던 리뷰를 출력해서 가져온 것이다. 라디오에서 준야와 책에 대한 이야기를 나눠야 하는데 오래전에 읽은 책이어서 정확하게 기억나지 않는 데다 호시노카케스 블로그에 공들여 정리한 요약과 해석은 종이책이든 인터넷 자료든 비견할 것이 없어, 자신이 쓴 것을 자료로 방송국에 가져온 것이었다. 그것을 앞에 두고 가끔 참고하면서 준야와의 녹음을 마쳤다. 잇세이가 서점에 온다는 말에 마음이 들떠 제대로 집중해서 준비할 시간이 없었기 때문이기도 했다. 급한 대로 마친 녹음이었다. 자책감이 더해 오늘 밤의 녹음은 엉망이었다.

쭈그리고 앉아 종이를 주우려 해도 취기가 올라와 집을 수가 없었다. 준야가 허리를 굽히고 재빨리 종이를 주워 나기사의 짐까지 들고 자리에서 일어섰다.

"걸을 수 있겠어요?"

자연스럽게 손을 내밀었다. 나기사는 잠시 주저했지만, 도저히 혼자 일어설 수가 없었다. 하는 수 없이 그 손을 잡고 자리에서 일어섰다.

'이 손이 고초테이의 손이라면 얼마나 좋을까?'

하고 생각하며 한숨을 쉬었다. 벌받을 생각인 줄 알지만 어쩔 수 없었다. 친절한 손에 이끌려 걷기 시작했다. 강변 산책로를 조금만 걸어가면 택시 승강장이 있다. 그곳에서 집으로 가는 택시를 타겠다고 말했다. 여기서부터 집까지는 천천히 걸어가면 40분쯤 걸릴 것이다. 평소대로라면 여유롭게 갈 수 있는 거리지만 오늘 밤에는 힘들었다. 내일은 다행히 오후 당번이지만, 어서 집에 가서 눕고 싶었다.

"택시 타는 곳까지 바래다드릴게요."

준야가 걱정스러운 듯 말했다. 나기사는 그의 어깨에 거의 기대다시피 하며 고맙다고 말했다. 그가 함께 있어주어 다행이라고도 생각했다. 정말 구조견 같구나, 정말 좋은 사람이구나.

'정말 별꼴을 다 보이고 말았어.'

간만에 술을 너무 마셨나 보다. 평소라면 금방 깼을 텐데 취기가 계속 남아 있었다. 잠이 쏟아지는 데다 속도 울렁거렸다. 학창 시절 미팅에서 값싼 술을 섞어 마신 이래 최악의 사태라는 예감이 들었다.

"모히토는 맛있었는데……."

중얼거리자 속이 울렁거렸다. 기분 좋은 밤바람이 멎고, 뜨끈하고 습한 공기가 주위를 감싸기 시작했다. 투두둑, 빗방울이 떨어지더니 땅에서 흙먼지 냄새가 올라오며 빗줄기는 더욱 거세졌다. 소나기는 아니었지만 들러붙는 듯한 빗방울이 몸을 무겁게 내리쳤다.

"최악이야."

그 소리가 절로 나왔다.

"괜찮다면."

준야가 접이식 우산을 얼른 펴더니 나기사에게 씌워주었다. 자신은 비를 맞으면서도 나기사 쪽으로 우산을 기울였다. 그 모습이 너무나도 여자를 배려하는 행동이어서 나기사는 당황스러웠다. 그건 나기사가 하던 역할이었다.

"오늘 비 온다고 했어요?"

비 예보를 들은 기억은 없다. 있었다 하더라도 비가 올 확률은 10퍼센트도 안 됐을 거라는 생각이 든다. 그래서 우산을 가지고 나오지 않았다.

"아, 우산은 항상 가지고 다녀요."

준야는 별일 아니라는 듯 말하고, 나기사와 보조를 맞춰 걷기 시작했다.

도중에 지나친 공원의 가로등 아래 한 남자가 서 있었다. 비에 젖은 사과 박스와 어딘가에서 주워온 것 같은 스포츠 가방을 메고 있었다. 갈 곳을 잃은 추레한 그 남자의 성성한 머리가 보이자,

"아빠."

그럴 리가 없는데 환영이라도 본 걸까, 역시 취한 게 틀림없다. 곁을 지나치면서 다시 돌아봤지만 역시 아빠는 아니었다.

택시 승강장은 갑작스러운 비 때문인지 긴 행렬이 늘어서 있었다. 얼마나 기다려야 할지 알 수 없을 정도로. 함께 기다려주는 준야에게 미안하다는 생각이 들었지만 그때는 졸음이 쏟아지는 데다 토하고 싶은 생

각에 주저앉을 것만 같았다.

'큰일이다.'

자신의 얼굴에서 핏기가 사라지는 것을 느낄 때 준야가 물었다.

"이 근처 사는데 저희 집으로 가실래요? 조금만 쉬고 계시면 바로 택시를 불러드릴게요."

"죄송해요. 그래도……."

미안했다.

준야가 빙긋 웃었다. 말소리를 낮춘다.

"괜찮아요, 안 잡아먹어요."

갑작스러운 농담에 나기사는 웃고 말았다. 하지만 그 순간 참을 수 없이 속이 울렁거려 서 있을 수가 없었다.

준야에게 의지한 채 얼마나 빗속을 걸었을까. 게워내고 싶은 것을 억지로 참아가며 걷는 길은 무척 길었던 것도 같고 한편으로는 생각보다 금방 도착한 것 같기도 했다. 역 앞에 서 있는 고층 아파트는 내리는 빗줄기 속에 중세의 성처럼 휘황찬란하게 빛나고 있었다. 엘리베이터를 타고 올라가 집 안으로 들어갔다고 생각한 순간, 크고 따뜻한 금빛 덩어리가 꼬리를 흔들며 돌진해왔다. 골든 레트리버였다. 사람을 얼마나 좋아하는지 나기사의 양어깨에 앞발을 올리고 얼굴을 마구 핥았다. 꽤 무거웠다. 그 덕분에 엉덩방아를 찧고 말았는데,

"이런, 죄송해요. 이 녀석이 사람을 엄청 좋아하거든요. 이 녀석아, 그만해."

뒤에서 양쪽 앞발을 잡고 준야가 겨우 떼어냈다.

"괜찮아요, 저도 개를 좋아하거든요."

갑작스러운 상황에 토하고 싶은 마음도 잠시 사라졌다. 친근하고 품위 있는 개는 그 주인과 어딘가 닮아 있었는데, 개는 주인과 닮는다는 말이 사실이구나 하고 생각하니 웃음이 났다. 이 착한 사람을 그렇게 웃음거리로 여기다니 좀 너무하다 싶은 생각이 들었다.

불 꺼진 거실에는 커다란 창이 있었고, 커튼을 치지 않은 창 너머로 비에 젖은 거리의 야경이 보였다. 무척 아름다웠지만 고층에서 내려다보이는 야경은 어딘가 외롭게 느껴졌고, 준야는 항상 혼자서 이 야경을 보고 있었을까, 생각하니 왠지 측은해졌다. 파티에서 만난 편집자가 요모기노 준야는 지금 사귀고 있는 사람이 없다고 한 말이 생각났다.

"오래가지 못하나 봐요."

"왜요?"

"글쎄요. 맞는 상대가 없는 게 아닐까요. 너무 완벽해서?"

현실과는 동떨어진 느낌이니까요, 그렇게 덧붙이고는 편집자가 웃었다.

"그야말로 백마 탄 왕자님이죠. 잘생기고 마음씨도 착하고 다정하고. 이런 사람이 있을까 싶을 정도죠."

유리창 너머 반짝이는 야경을 배경으로 금빛 털을 가진 레트리버를 안고 나기사를 걱정하듯 바라보는 표정에서, 나기사는 문득 어릴 적에 좋아했던 그림책이 생각났다. 소노에가 소중히 간직하고 있던 그림책이다. 달 반대편 땅속 얼음 나라에 요정과 마법사들이 살고 있는 왕국이 있었고, 성에는 외롭지만 사람을 좋아하는 마법사 왕자님이 살고 있는……

'그 왕자님과 조금 닮은 것 같아.'

그랬다. 그 그림책의 소년이 성장한다면 이런 눈빛을 가진 사람이 될 것 같았다. 나기사를 바라보는 다정한 눈빛과 내면에 숨겨진 외로움은 그 그림책의 아름다운 왕자님과 닮았다고 생각했다.

소노에도 잇세이가 그 그림책의 왕자님과 닮은 것 같다는 말을 한 적이 있다. 부끄러운 듯 고개를 숙이고. 그때 나기사는 그런 소노에가 귀여우면서도 동시에 조금 의아했다. 그림책의 왕자님과 잇세이는 별로 닮지 않은 것 같았기 때문이다. 오히려 준야가 더 닮았다. 아주 오래전, 어릴 때 읽은 기억 속의 그림책이어서 또렷이 기억나지는 않는다. 하긴 소노에처럼 본 것을 완벽하게 기억하는 재능은 없으니까. 하지만 닮았다고 생각했다. 그런 식으로 생각하는 건 자기답지 않다고 생각하면서도.

그 그림책이 그리웠다. 마음이 아려왔다. 아무도 모르는, 세상 누구에게도 말하지 않은, 어릴 때 저지른 잘못이 되살아났다.

'요모기노 씨는 내가 소노에의 방에서 훔친 그림책에 나오는 왕자님과 닮았어.'

준야를 어딘가 본 것처럼 느끼고 있었던 것도, 곧바로 친구가 될 수 있었던 것도, 그 그림책의 영향이었을지도 모른다. 속이 울렁거리고 졸음이 쏟아져 엉망이 된 머리에 과거의 기억이 뭉게뭉게 피어오른다.

'맞아, 나는 마법사 왕자님의 친구가 되고 싶었어.'

그림책을 훔칠 의도는 없었다. 아주 잠깐 빌릴 생각이었다. 소노에는 왕자님 그림책을 보물처럼 소중히 여기고 있어서 나기사는 항상 그 그림책을 소노에의 방에서만 읽을 수 있었다. 화초들로 가득하고 넓고 아름다운, 마치 공주님 방처럼 꾸민 그 방에서. 아무리 읽어도 다 읽지 못

할 것만 같은 수많은 아름다운 그림책과 아이들을 위한 책이 있는 그 방에서. 항상 나기사는 그 그림책을 조심스럽게 읽었다. 친한 친구가 가장 아끼는 책이었으니까. 소노에와 마찬가지로 나기사도 그 그림책을 좋아했다.

5학년 어느 날. 맞다, 지금처럼 여름이 끝나갈 무렵이었다. 지금 생각하면 마가 낀 것이었다. 오랜만에 아빠가 외국에서 돌아왔다며 기뻐하는 소노에가 부러웠다. 예쁘고 세련된 엄마와, 꽃다발을 들고 돌아온 멋진 아빠에게 사랑받는 소노에가 그림책의 주인공처럼 부러워서 쓸쓸함과 동시에 조금은 샘이 났는지도 모르겠다.

나기사는 몰래 왕자님의 그림책을 들고 소노에의 집을 빠져나왔다. 일부러 나쁜 마음으로 한 짓은 아니었다. 잠시 빌릴 생각이었다. 혼자서 마음껏 읽고 싶었을 뿐이다. 자신에게는 소노에처럼 공주님처럼 꾸민 방 같은 건 없다. 서가에 가득 꽂힌 책도 없다. 아이를 지키고 사랑해주는 강인하고 멋진 부모님도 없다. 나기사의 아빠는 가족을 버렸고, 엄마는 좋은 분이지만 나기사가 지켜주지 않으면 안 될 만큼 나약했다. 그리고 자신은 소노에처럼 예쁘지 않다. 그림도 못 그린다. 신비한 능력도 없다. 성격도 제멋대로이고 이기적이다. 나기사는 공주님이 아니었다. 이야기의 주인공이 될 수도 없었다. 아무에게도 사랑받지 못한다고 생각했다. 그러니 좋아하는 그림책이라도 마음껏 읽는 것쯤은 괜찮을 거라고 생각했다.

공원 벤치에 앉아 혼자 그림책을 읽었다. 식물원 근처에 있는 공원은 어딘가 그림책에 나오는 들장미 화원 같아서, 그곳에서 그림책을 읽고 있으니 이야기 세상에 와 있는 것만 같았다. 읽고 싶은 만큼 읽고 또 읽고 나서야 마음이 후련해졌다. 소노에가 그림책이 없어진 걸 알아채기 전에 돌려놓아야겠다고 생각했다. 그런데 갑자기 소나기가 내리기 시작했다. 서둘러 달리며 비를 맞지 않도록 품에 안고 달렸는데도 그림책은 무참하게 젖어버렸다.

소노에의 집이 가까워지자 나기사는 더 이상 달리기를 멈췄다. 비에 젖어 책장이 들러붙은 그림책을 돌돌 말아 강에 버렸다. 갑작스러운 비로 탁해진 강물은 그림책을 집어삼키며 나기사의 잘못까지 한꺼번에 삼켜버린 것 같았다.

그 후 소노에가 그림책을 찾고 있다는 사실을 나기사는 알고 있었다. 계속 찾고 있다는 것도.

하지만 나기사는 그림책이 사라진 이유를 소노에에게 말할 수 없었다. 자신의 죄를 인정하는 것이 무섭다기보다는, 소노에에게 상처를 주는 일이 더 무서웠다. 자신은 소노에에게 소중한 친구였다. 세상에서 단 하나뿐인 친구가 자신의 소중한 보물을 훔쳐 강에 버렸다는 사실을 알게 된다면. 솔직하게 말하고 사과하면 나기사는 마음이 가벼워질 것 같았다. 소노에가 울면서 원망하는 쪽이 훨씬 편할 것만 같았다.

하지만 자기만 편해지려고 사과를 하는 거라면 관두는 것이 좋겠다고 생각했다. 그래서 나기사는 어린 마음에 이 죄는 죽을 때까지 가지고 가겠다고 다짐했다. 자신은 어차피 소노에처럼 마음씨 착한 인간이 아니다, 소노에처럼 사랑받는 아이도 아니다. 그렇다면 흉측한 죄 하나쯤은 있어도 상관없다고 생각했다.

그 대신 지키고 싶었다. 소노에를. 항상 곁에서 이야기 속 공주님을 지키는 무사처럼. 그것이 잘못에 대한 죗값을 치르는 것이라고 생각했다. 이 비밀만은 평생 간직하며 살겠다고도 다짐했다.

준야가 수건을 건네주었다. 나기사는 비와 토사물로 얼룩진 얼굴과 몸을 닦고는, 그가 가져온 따끈한 물을 조금씩 마시며 함께 야경을 바라봤다. 한참을 그렇게 있는데 불쑥 준야가 물었다.

"혹시 미카미 씨가 '호시노카케스'인가요?"

그의 손에는 나기사의 자료 뭉치가 들려 있었다.

"저는 호시노카케스의 블로그를 좋아하는 독자거든요. 그래서 이전부터 미카미 씨가 책을 분석하는 방식이 호시노카케스와 흡사하다고 생각했어요. 라디오에서 몇 번 녹음을 하고 메일을 주고받으면서 역시 비슷하다는 생각을 했어요."

"비슷했어요?"

깜짝 놀라면서도 어쩐 일인지 나기사는 웃고 있었다. 뭔가 기분이 편해진 것을 느꼈다.

"네."

요모기노 준야는 훌륭한 작가이자 평론가이기도 하다. 그런 인물이라면 꿰뚫어볼 수도 있을 것이다. 아니라고 시치미를 뗄 수도 있었다. 아마 그랬다면 다정하고 총명한 준야는 분명 더 이상 파고들지 않을 것 같았지만. 하늘에서 내리는 은색 비에 젖은 거리를 내려다보면서 나기사는 고개를 끄덕였다.

"네, 저 맞아요."

이런저런 이야기 끝에 자기도 모르게 잇세이를 좋아하고 있다는 것과, 정체를 밝히지 않은 채 그와 소노에의 관계를 지켜주고 싶다고 생각한다는 것도 말해버렸다. 남에게 마음을 열지 않는 나기사로서는 드문 일이었다. 술에 취해서였는지, 추적추적 아스라이 밤비가 내리는 소리 때문이었는지. 어쩌면 어릴 때 좋아했던 그림책에서 빠져나온 것 같은 준야가 그곳에 있어서였는지도 모른다. 그는 다정하게 웃으며 말했다.

"인어 공주 같군요."

"네? 누가요?"

"미카미 씨 말이에요. 사실은 진짜 공주인데 입을 다물고 있는."

"저기, 그 말 하면서 오글거리지는 않아요?"

준야가 빙긋 웃었다.

"여자는 누구나 공주예요."

"제발 그만해요. 오글거려서 죽을 것 같아요."

나기사는 웃으며 어느새 다가와 있는 커다란 레트리버를 양팔로 안았다. 오글거리기도 하고, 이 나이에 무슨 소리를 하는 건가 싶기도 했지만, 은근히 기분이 좋았다.

'인어 공주란 말인가.'

그러고 보니 자신을 안데르센 동화의 주인공과 비교해 생각해본 직이 있긴 했다. 사랑은 사람을 동화 속 주인공으로 만드는 것 같다. 나기사라도 예외 없이. 준야는 갑자기 진지한 얼굴로 말했다.

"미카미 씨, 역시 잇세이에게 말하는 게 좋을 것 같아요. 자신이 '호시노카케스'라는 것과 좋아하고 있다는 걸."

"싫어요. 못 해요."

나기사는 고개를 세차게 가로저었다.

"남의 사랑을 방해하는 일은 죽어도 하기 싫단 말예요. 촌스럽게."

"미카미 씨, 내 말 들어봐요."

아이를 어르는 것 같은 어조로 준야가 말을 이었다.

"잇세이의 의사는 어떻게 되는 거죠?"

"의사?"

"말이 좀 심하게 들릴 수도 있지만, 잇세이는 동화 속 주인공이 아니에요. 마음을 가진 한 사람이죠. 사실을 알고 나서 당신과 우사미 씨 중 누구를 선택할지에 대한 선택권을 그에게도 줘야죠. 결정하는 건 당신이 아니에요, 잇세이죠."

듣고 나서야 처음 깨달았다. 그렇구나, 그런 건지도 모르겠다. 나기사는 시선을 내리고 머리를 긁었다.

"조금만 더 생각해볼게요."

그렇게 말하며 은근히 심술이 났다. 술이 깨면서 속도 편해지고 나니 지기 싫어하는 성격이 되살아난 것이다.

"요모기노 선생님이야말로 잇세이랑 화해하시는 게 어때요?"

"네에?"

준야는 허를 찔린 듯 잠시 말을 잃었다.

"아이코 이런, 도대체 어떤 맥락에서 그 이야기로 빠지는 거죠?"

"내 맘이죠."

"너무하시는군요."

준야는 웃었다. 조금은 쓸쓸하게.

"화해라고 할 것까지도 없어요. 우리가 싸운 것도 아니고. 그저 그 애가 저를 싫어하는 것 같아서 거리를 두는 것뿐이에요."

"그런 것 같아요?"

나기사는 레트리버의 목을 안은 채 곁으로 다가서더니 준야의 얼굴을 올려다보았다.

"제 생각인데요, 츠키하라 씨도 요모기노 선생님과 어릴 때처럼 친하게 지내고 싶어하는 것 같아요. 외롭잖아요. 안 그래요? 사촌지간이면서. 옛날에는 사이좋았잖아요? 친형제처럼."

준야는 고개를 살짝 끄덕였다.

"저는 지금도 친동생처럼 생각하고 있어요. 그애는 존경할 만한 좋은 서점인이고, 자랑스러운 동생이죠."

"그 마음을 말로 표현해보세요. 우리가 인어 공주도 아니고. 사람이 잖아요. 말로 마음을 전해봐요."

생각하고 있는 것만으로는 전해지지 않는다. 존재하지 않는 마음과 같다. 인어 공주의 마음이 왕자에게 전해지지 못했던 것처럼.

창밖이 조금씩 밝아오고 있었다. 어느새 새로운 아침이 와 있었다. 얇은 베일이 걷히듯 비구름이 사라지고 드디어 구름 사이로 아침 해가 드러났다. 금빛 햇살이 쏟아지는 모습은 어딘가 인어 공주의 영혼이 하늘에 닿았음을 알리는, 축복으로 가득한 하늘처럼 보였다.

막간 3

렛 잇 비

음악 카페 가제네코의 주인 후지모리 쇼타로는 저녁노을이 물들어갈 무렵 가게에서 혼자 기타를 치고 있었다. 원래 손님으로 붐비는 곳은 아니다. 특히 저녁은 관광 시즌이라 할지라도 손님의 발길이 끊기는 시간이었다.

앞치마를 걸친 채 소파에 앉아 학창 시절부터 쳐온 기타를 무릎에 올렸다. 호박색 햇살이 창으로 스며들고, 카페의 붉은 벽돌담을 뒤덮은 담쟁이덩굴이 마룻바닥에 그림자를 만든다. 담쟁이덩굴은 부드러운 바람에 하늘거리고, 산새들도 둥지로 돌아가는 길에 졸린 듯 노래를 부른다. 매미 소리가 낮게 깔린다. 애절하고 눈물겨운, 한 맺힌 울음소리는 여름과 함께 사라질 슬픈 운명을 예감하고 있는 걸까.

'계절이 바뀐다.'

'항상 같은 모습일 수는 없다.'

골똘하게 생각에 빠져 있다가 그는 좋아하는 곡의 코드를 잡는다.

'나도 언젠가 이 세상에서 사라질 날이 오겠지.'

그것이 반드시 슬픈 일은 아니라는 것을 후지모리는 알고 있었다. 동서고금의 모든 인류와, 이름도 없이 살다 간 생명들이 걸어간 길이다. 자신 또한 그 길을 걷는 것일 뿐. 영혼이 마지막으로 떠나는 여로는 아마도 고향으로 돌아가는 것처럼 따뜻하고 그리운 무엇이리라.

'하긴, 처음부터 그렇게 편하게 생각했던 건 아니지만.'

특히 후지모리는 부모를 일찍 여의고 고생을 해서인지 삶에 대해 깊이 생각하는 일이 많았다. 그래서 많은 책을 읽었고, 먼저 살다 간 사람들의 사색을 읽고 되새기고 받아들였다.

후지모리가 젊었을 때는 지식을 얻으려면 책을 읽는 길밖에 없었기 때문에 산더미 같은 글과 말을 서점이나 도서관에서 찾거나 헌책방을 뒤져 자신의 것으로 만들었다. 답은 아직 찾지 못했고, 지금도 모색하며 탐구하고 있지만, 그 탐구의 길이 지식과 사색을 계속할 수 있는 직업을, 편집자로 사는 길을 선택하게 했다. 좋은 책을 많이 만들었다. 그것은 저자의 생각과 손을 통해 세상을 탐구하고 사람이 사는 의미를 찾아내려는 시도였다고 생각한다. 아마도 자신은 삶의 전부를 사색하며 보내게 될 것이다.

생명이란, 또 세상이란, 단 한 번뿐인 삶에서 읽고 풀어내기에는 너무 광대하고 끝이 없지만 언젠가 그가 남긴 책을 근거로, 뒤를 잇는 사람들이 그와 같은 문제에 뛰어들어 생각해줄 것이다. 그리고 그런 사람들이 지상에 존재하는 한 분명 그의 정신은 사라지지 않으리라. 그가 먼저 태어난 사람들의 사고와 사색을 이어받아 자신 속에 숙성시켜왔듯이.

'그래, 보람된 일을 해왔어.'

그는 계속 기타를 쳤다. 자신의 일에 후회는 없다. 남긴 책들도 모두 미래에 전할 가치가 있는, 수준 높은 책들이라고 자부한다. 하지만 그는 이제 편집자 자리에서 은퇴했다.

'일이 싫어진 건 아니지만.'

조금 쉬고 싶었을 뿐이었다. 신간이 성난 파도처럼 밀려드는 일상에서 조금만이라도 좋으니 거리를 두고 머리를 식히고 싶었다.

'어디서부터 어그러진 걸까.'

하루에 수백 권, 한 달에 수천 권의 신간이 출간되어, 한 해에만 수만 권의 책이 쏟아져 나온다. 서점에는 책이 넘쳐난다. 많은 책이 서가에 진열되었다 팔리지 않은 채 반품되어, 절판이라는 슬픈 현실을 맞는다. 어떤 책은 박스에서 나오지도 못하고 그대로 반품되기도 한다. 양서가 되어 미래에 남겨야 할 책이 화제가 되기는커녕, 독자와 만나지도 못한 채 사라져간다.

비극은 그뿐만이 아니다. 책을 진열하는 서점 또한 매일처럼 사라지고 있다. 일본에는 이제 더 이상 예전처럼 많은 서점이 존재할 여유가 없다. 그만큼 책을 읽는 사람도 이제는 없다. 후지모리가 마음을 다해 만든 책도 대부분이 절판되었다. 서점의 서가나 평대에서 돌아와 시간의 저편으로 사라져갔다. 오자를 수정하고 싶어 중쇄를 찍을 기회를 간절히 원했는데 초판이 팔리지 않아 사라져간 책도 있다. 건강이 악화되는 것도 마다 않고 원고를 써준 저자에게 중쇄 소식을 전하지 못해 죄송한 마음을 갖고 있던 중에 저자의 부고를 듣기도 했다.

'얼마나 후회했던가.'

세상의 좋은 것은 모두 시간의 저편으로 사라져간다. 서점도 마찬가지다. 그가 진심으로 사랑하고, 전우라고 생각해왔던 전국의 서점들. 서점에 이끌려 취재하고 집필해 엮은 서점들의 이야기. 훌륭하고 열정적이고 흥미로웠던 많은 서점들의 기록은 여러 권의 책이 되어 출간되었지만, 그 서점들 중에서도 많은 훌륭한 서점들이 너나 할 것 없이 이가 빠지듯 문을 닫고 말았다.

'이 서점도, 그 서점도 이젠 없구나.'

후지모리가 엮은 책 중에서 몇 장은 묘비명처럼 되어버렸다. 재미있는 POP를 꽂은 서가의 사진도, 깔끔하게 정리된 서가가 나란한 서점의 사진도, 이미 이 세상에는 존재하지 않는 서점의 기록이 되어버렸다.

'이러려고 취재를 한 것이 아니었는데.'

자신의 무력함을 통감했다. 소중하게 여기던 것들이 모두 사라지고 없어져버리는데, 그것을 막고 싶어도 그럴 힘이 없었다. 시대가 변했으니 어쩔 수 없다고 말하는 건 간단하지만, 취재하던 날 웃는 얼굴로 맞이해주던 서점 직원들과 그 서점을 좋아했던 단골손님들을 생각하면, 후지모리는 그럴 수가 없었다. 서점이 하나둘씩 사라져갈 때마다 슬퍼하는 사람이 얼마나 많이 생겨났을까 헤아려본다.

서점이 문을 닫는 날 그 자리에 참석했던 경험이 여러 번 있다. 서점 사람들과 단골손님들이 하나같이 눈물로 범벅이 된 이별이었다. 충혈된 눈으로 계산대 앞에 선 서점 직원들과 이별을 아쉬워하며 폐점 시간이 지나도 서점을 떠나려 하지 않던 단골손님. 내려오는 셔터 문 앞에 서서 마지막 인사를 나누던 서점 사람들과 고마웠다는 말을 되풀이하며 악수하던 손님들.

'하나같이 훌륭한 서점이었어.'

모두 서점을 위해 열심이었다. 각자의 위치에서 살아남기 위해 싸워왔다. 몇 년을, 몇 십 년을. 오랜 세월 동안 마을 사람들에게 사랑받으며 불을 밝히듯 책을 팔아왔던 것이다. 그것을 알면서 어떻게 '어쩔 수 없다'는 말을 할 수 있단 말인가. 서점 하나가 문을 닫는다는 소식을 들을 때마다, 또 하나의 서점이 문을 닫는 순간에 맞닥뜨릴 때마다 그는 마음이 찢어질 듯 아팠다.

'어쩌다 이런 세상이 된 걸까?'

기타 치던 손을 멈추고 한숨을 쉬었다. 기타를 소파에 두려다 선반에 장식해두었던 추억의 히어로 인형들과 눈이 마주치자 웃음이 나왔다. 영웅이 되고 싶었다. 어릴 때부터 정의의 사도를 꿈꿨다. 먼 우주의 혹성에서 찾아와 괴수나 나쁜 외계인들과 싸우고 지구의 평화를 지키는 정의의 우주인. 평상시에는 평범한 사람으로 이 별에 살고 있는 정의의 사도. 생명과 평화, 사랑과 우정. 지켜야 할 것들이 나쁜 자들에 의해 위험에 처했을 때 그들이 출동해 커다란 손으로 모두를 지킨다.

'모든 악을 이 손으로 때려잡을 수만 있다면, 그런 힘이 있다면 좋을 텐데.'

그가 사랑하는 사람들을 위태롭게 하는 존재에 형태가 있어서, 그것을 없애 다시 행복해질 수 있다면 좋겠다고 생각했다. 그래서 모든 좋은 책은 사라지지 않고 필요로 하는 독자의 손에 전해져, 마을에서 사랑받아온 서점들이 변함없이 장사를 계속하고 책과 서점을 사랑하는 마을 사람들은 좋아하는 서점에서 변함없이 책을 살 수 있다면, 언제까지 변함없이.

'그럴 수 있으면 참 좋겠다.'

하지만 현실에는 쳐부수어야 할 단순한 악당 따위는 존재하지 않는다. 뭔가를 바꾼다고 상황이 갑자기 변하는 일도 없다. 그런 마법은 존재하지 않는다.

후지모리는 자신의 능력이 닿는 대로 상황을 좋은 쪽으로 변화시키려 했지만 아무것도 할 수 없었다. 모든 힘을 다했고, 이제 지쳐버렸다. 아무것도 할 수 없다면, 좋아하는 서점들이 사라져가는 것을 이대로 보고 있어야만 한다면, 이제 그만두자고 생각했다. 포기하고 등을 돌려버렸다. 그런 선택을 할 만큼 지쳐 있었다.

"하지만."

후지모리는 미소 지었다.

탁자 위에 놓인 책을 바라본다. 벌써 몇 번째 읽었는지 모를 한 권의 책을. 창가 탁자 위에 고양이와 꽃병이 그려진 표지의 『4월의 물고기』. 한 세대 전에 많은 히트작을 냈던 드라마 작가가 쓴 소설. 젊은 나이에 세상을 떠나야 하는 숙명을 지닌 한 여성이 발산하는 생명의 빛으로, 지평선으로 저물어가는 태양의 눈부신 햇살처럼 빛나고 축복이 가득한 마지막 날들을 그린 이야기.

이 책은 주목받지 못하고 사라질 뻔한 책이었다고 한다. 그것을 한 젊은 서점 직원이 찾아냈고, 그가 일하던 오래된 서점의 동료들과 유명한 여배우가 그 소리에 귀를 기울였다. 오래된 서점은 결코 규모가 큰 서점은 아니었다. 하지만 그 서점이 기획을 하면서 이 문고는 전국 서점에서 베스트셀러가 되었고, 지금도 잘 팔리고 있다고 한다. 여기에는 인터넷도 한몫 단단히 했다. 한 권의 책은 많은 사람들의 손과 말에 의해

땅끝까지 날아가 공유되고 화제가 되었다. 인터넷에서 시작된 화제는 이윽고 텔레비전이나 신문 등의 지상파 미디어로 확산되었고, 그것을 계기로 더욱 잘 팔리게 되었다.

후지모리는 아이러니라고 생각했다. 인터넷의 보급으로 인터넷 서점은 많은 손님을 끌어갔다. 결과적으로 일반 서점과 동네 서점이 큰 타격을 받았는데, 이렇게 인터넷이 정보와 감동을 전하는 수단이 되어 베스트셀러가 탄생하는 계기가 되는 일도 일어나니 말이다.

"이렇게 행복한 기적도 있을 수 있구나."

처음 그 이야기를 들었을 때 조금은 부러웠다. 그가 편집해온 책들도 그런 행운이 있었다면 좋았을 텐데. 하지만 흥미를 갖고 읽은 『4월의 물고기』는 정말 훌륭한 책이었다. 깊은 생각과 위트가 넘치는, 삶에 대해 풀어내는 진지한 이야기와 저절로 웃음이 나오는 사랑스러운 에피소드들. 후지모리는 그 저자가 썼던 드라마를 제목은 기억하고 있었지만 본적은 없었다. 하지만 이 저자를 한번 만나보고 싶고, 이 저자의 책을 만들고 싶다는 생각이 아주 오랜만에 가슴 깊숙한 곳에서 끓어올랐다.

'이제 편집자도 아니면서.'

'다시는 책을 만들지 않겠다고 다짐했는데.'

만약 다시 책을 만들게 된다면. 지금 하고 있는 카페에서, 커피를 내리고 손님과 대화하는 사이에 언제부터인가 조금씩 그런 생각이 스며들고 있었다.

'출판사에 근무하지 않아도 책은 만들 수 있다.'

기획과 편집도 혼자서 가능하다. 인쇄와 제본이라면 적은 부수라도 발행하는 방법이 얼마든지 있고, 그런 책을 유통시키는 일도 불가능하지만은 않다.

'일단 책으로 만들고 나면.'

'유통시키고 나면.'

그 젊은 츠키하라 잇세이처럼 서점 직원들이 어디선가 책을 찾아내 줄지도 모른다. 후지모리가 포기하지 않고 신념을 담아 책을 만든다면 책이 독자들에게 전달될지도 모른다. 많은 명저처럼 시대를 초월해, 많은 세상 사람들과 만날 수 있는 책이 될지도 모른다. 후지모리가 포기하지만 않는다면. 희망으로부터 등을 돌리지만 않는다면.

후지모리는 미소 지으며 기타를 다시 손에 들었다. 연주곡은 〈렛 잇 비Let It Be〉. 꾸밈없이 흥얼거리는 노래. 조용하게. 말을 걸듯. 하지만 숨은 열정을 담은 그런 노래. 현실을, 지금 있는 그대로의 모습으로도 괜찮다고 말해주는 그런 노래. 현실이 만약 힘들다면, 그것을 슬퍼하지 말고 있는 그대로 조용히 받아들이자고, 멀어져가는 인연도 있지만 그것이 운명이라면 다시 만날 날도 있을 것이라 말해주는 노래.

'포기하는 것보다 희망하는 쪽이 자연스러운 일이라면, 꿈을 꾸어도 괜찮지 않을까?'

다시 한번 이 손으로 책을 만들고 싶다. 세상에 남기고 싶다. 독자에게 전하고 싶다.

'포기하는 것도, 희망에 등을 돌리는 것도, 내게는 너무 힘든 일이었어.'

상자 안에 손발을 욱여넣고 눈을 감고 웅크리고 있는 것 같은 그런 날들이었다. 작지만 아름다운 마을에 근사한 가게를 열고, 음질 좋은 스피커로 좋아하는 곡들을 들으며 질 좋은 원두를 갈고, 정성을 다해 내린 맛있는 커피를 오랫동안 수집해온 멋진 잔에 담고. 마음 맞는 손님들과 기타를 손에 들고 담소를 나누는, 그런 생활이 행복한 것이라고 믿으려 했는지 모른다.

"즐겁기는 했지만 가장 행복한 일은 아니었어."

후지모리는 어깨를 살짝 움츠렸다. 모든 것을 포기하고 은둔하기에는 아직 젊다. 회사를 그만두겠다고 했을 때 아내가 걱정이 섞인 부드러운 눈빛으로 미소 지어 주던 일을 기억한다.

"은둔 생활을 하기에는 너무 젊지 않아? 책은 이제 안 만들어도 돼? 당신 같은 편집자가 그렇게 쉽게 변할까?"

맞는 말이다 싶어 웃음이 난다. 오랜 세월 함께한 아내이자 같은 편집자에게는 역시 뻔히 보였나 보다. 사랑한 세상으로부터 등을 돌리기에는 자신은 아직 너무 젊다. 책과 책의 세상을, 자신의 일을 너무 사랑하고 있는 것이다.

렛 잇 비.

있는 그대로.

꿈을 꾸고 싶다면 꿈을 꾸자.

그것이 자연스러운 것이라면.

영혼이 원하는 것을 포기할 수 없다면.

"오후도 서점에서 나 같은 사람도 써줄까?"

자꾸만 철없는 생각을 하게 된다. 요즘 들어 자주 드는 생각이었다. 아르바이트라도 좋으니 청소라든가, 도착한 택배를 정리하는 일이라든가, 배달이라든가. 가능하다면 뭔가 책을 만질 수 있는 일이라면 좋겠지만. 그 정도라면 서점에서 일해본 경험이 없는 자신도 할 수 있을지도 모른다.

"그 서점은 일손이 부족할 텐데."

출판사에서 일하던 시절에 많은 서점을 보아왔다. 글 쓰는 사람으로서 서점 직원들과 이야기를 나누고 상황을 조사해왔다. 어디까지나 외부에서 보는 시선이었지만 서점이 어떤 곳인지를 조금은 이해할 수 있었다고 생각한다.

"오후도 서점을 돕고 싶어."

이 마을로 오기 전부터 오후도 서점을 드나들었다. 서점 주인과도 친교를 쌓아왔고, 서로를 존경했다. 그래서 올봄, 서점 주인의 어려운 사정을 듣고는 자신이 서점을 인수할까 하는 생각도 조심스레 했었다. 뭔가 결심을 해야만 했다.

이 멋지고 아름다운 마을에서 주민들에게 사랑받으며 오랜 역사를 자랑하던 서점이 사라지는 것은 참을 수가 없었기 때문이다. 지금까지 보아왔던, 허무하게 사라져간 서점처럼 그 멋진 서점도 사라질 거라고 생각하니 너무나 서글펐기 때문이나.

하지만 말을 꺼내지 못했다. 자신이 서점을, 아니 서점은커녕 물건을 파는 장사를 해본 적이 없다는 사실이 그를 신중하게 만들었다. 아무것도 모르는 햇병아리가 나서도 되는 일인가 싶어 주저했다. 아무리 선의에서 시작된 제안이라고는 해도, 오후도 서점과 그 서점 주인의 마음을 너무 가볍게 여기고 상처를 주게 되지는 않을까 하는 망설임도 있었다. 주저하면서 조마조마한 마음으로 지켜보던 중에 구세주가 나타났다.

잇세이였다. 앵무새 한 마리를 데리고 찾아온 얌전한 청년이 후지모리가 사랑하는 서점을 지키고 뒤를 이을 결심을 해주었다. 책과 서점을 지켜내는 수호천사 같았다.

"뭐든 좋으니 아르바이트로 써주면 좋겠다."

자신처럼 나이 많은 아저씨를 고용하는 건 좀 어려울까 싶어 쓴웃음을 지으며 후지모리는 기타를 쳤다. 렛 잇 비, 렛 잇 비. 어느새 창밖 하늘은 검게 물들어 있었다. 오늘도 하늘 가득 별무리가 이 아름다운 마을 위에 나타날 것이다.

막간 4

신의 손길

그날 밤 가게 문을 닫은 뒤, 사와모토 마리노는 가게 2층에 딸린 아틀리에에서 물레를 돌렸다. 폭신폭신한 솜을 꼬아 실을 만들고 있다. 뚱뚱한 고양이 하나가 계단을 올라와 꼬리를 치켜들고는 열린 문을 통해 방으로 들어왔다. 그대로 서가로 뛰어오르더니 좋아하는 바구니에 들어간다. 돌아가는 물레와 마리노의 손놀림을 내려다보고 있다.

"하나는 물레를 좋아하지?"

돌아가는 게 좋은 건지, 실이 만들어지는 것이 좋은 건지, 하나는 마리노가 물레를 돌리고 있으면 어디선가 불쑥 나타나 실 뽑는 과정을 지켜보곤 한다. 원래는 큰할머니가 키우던 고양이인데 지금은 마리노의 가장 친한 친구가 되었다.

"좋은 실이 만들어질 수 있게 잘 지켜봐줘."

말을 알아들었는지, 하나는 눈을 가늘게 뜨고는 응, 하고 대답하는 것만 같았다. 솜에서 실을 뽑아내는 것은 수없이 해온 일이라 다른 생각을 하면서도 작업할 수 있었다. 다른 생각이란, 같은 층에 있는 동생에 대한 걱정이었다. 아주 어릴 때부터 동생을 걱정해오긴 했지만.

마리노는 자타가 인정하는, 똑똑하고 야무진 여자였다. 남을 배려할 줄 알았고 세상을 보는 시야도 넓었다. 그것은 아마도 글을 빨리 깨우치고 책을 일찍 접한 덕분이 아닐까 싶다. 몸집이 크고 건강한 데다 운동 신경도 발달해 오랫동안 혼자서 여행할 수 있고, 스스로도 그런 자신을 좋아했다.

한편 나이 차가 나는 여동생 구루미는 몸집이 작고 말라서 한눈에도 연약한 아이였다. 말이 트인 것도, 걷기 시작한 것도 남보다 더뎠다. 셈이 빠른 편도 아니었다. 그 대신 찬찬히 생각하고 신중하게 말을 하는 타입이었다. 잘 달리지 못했기 때문에 항상 맨 뒤에서 달리는 어린 시절을 보냈다. 하지만 자신보다 느린 친구나 넘어진 친구를 위해 속도를 늦추고 손을 내밀 줄 아는 아이였고, 마리노는 그런 동생을 좋아하는 것을 넘어 존경하고 있었다. 소중한 동생이었다. 형제가 있었으면 좋겠다고 생각하던 차에 생긴 동생이라 정말 예뻐했다. 구루미도 마리노를 잘 따랐고, 항상 새끼 오리처럼 붙어 다녔다.

구루미는 그다지 건강한 편이 아니어서 주위에서 감기나 독감이 유행하면 가장 먼저 앓아누웠다. 말하자면 병약한 아이였던 구루미에게 부모님은 많은 애정을 쏟았다. 별로 신경 쓸 게 없었던 마리노 자신보다 사랑받고 있다고 생각했다. 구루미는 좀처럼 나서는 일이 없었고, 열등 감이 심해서(다른 사람이나 친척들이 자매를 비교하는 일이 많아서, 작고 몸이 약한 구루미는 활달한 마리노를 더욱 빛나게 하는 조연 취급을 받았는데, 그것이 열등감의 시작이라고 마리노는 생각한다) 가족들의 사랑이 얼마나 전해지고 있는지는 알 수 없었다.

구루미는 머리가 나쁜 편이 아닌데도 글 읽는 것을 힘들어했다. 그래서인지 어릴 때부터 만화나 그림책을 반복해 읽곤 했다. 색채감각이 남다르게 뛰어나서 색칠 공부나 낙서마저도 멋지게 했다. 텔레비전 만화 영화의 등장인물을 별로 힘들어하지 않고 똑같이 그렸다. 솔직히 천재적인 소질이 있는 것도, 특별한 손재주가 있는 것도 아니었다. 미술 성적도 그다지 좋지 않았다. 단지 그림을 그리는 것을 무엇보다 좋아했고, 시간만 있으면 스케치북을 펼치고 그림을 그리다 보니 점차 재능이 생긴 것 같았다. 그래서 동생이 만화가가 되고 싶다고 했을 때 정말 멋진 꿈이라고 생각했다. 동생에게 잘 어울린다고 생각했던 것 같다. 응원하고 싶었지만. 마리노는 물레를 돌리며 한숨을 쉬었다.

'출판사에서 의뢰가 들어왔다더니, 그 때문에 주저앉을 줄은 몰랐어.'

담당 편집자와 무슨 일이 있었는지 조금 들어 알고 있었다. 가족 입장에서는 무조건 구루미 편을 들고 싶지만, 서로 잘 맞는 상대가 아니었다고 생각한다.

'언젠가 잘 맞는 편집자와 일하게 되면 좋겠어.'

마리노는 구루미가 그리는 만화를 좋아했다. 『켄타우로스와 차 한 잔을』 역시 무척 좋아했다. 아마 그 켄타우로스 아가씨는 마리노 자신을 소재로 그린 걸 거라고 느낀 적도 있어서, 입밖으로 내는 일은 없었지만 조금은 으쓱한 기분이 들기도 했다.

'뭐라도 해주고 싶은데.'

어릴 때는 줄곧 같이 자랐지만, 언제부터인지 따로 지내는 시간이 많았다. 그리고 구루미가 혼자 살게 되었다고 들었을 때, 이제는 어엿한 대학생이니 괜찮을 거라고 생각했다.

'좀 더 신중했어야 했는데.'

물레를 돌리던 손을 멈추고 마리노는 엄지손가락을 깨물었다. 불쑥 나타난, 어디서 사는 누군지도 모르는 괴팍한 편집자에게 소중한 동생이 당한 일을 생각하니 상상만으로도 끔찍했다. 그 때문에 동생이 방에서 나오지 않을 만큼 마음의 상처를 입고 피폐해져가고 있다.

마리노의 친구 중에 일러스트레이터가 있었는데, 얼마 전 그에게 구루미의 그림을 몇 장 보여줬다.

"노력형이군."

그가 말했다.

"동생은 좋은 것을 분별해낼 줄 아는 안목을 지녔다고 생각해. 그림과 만화를 진심으로 좋아하고 있다는 생각도 잘 전해져. 색채나 구도가 어떻게 하면 완벽해질까, 하는 것도 이미 알고 있을 거야. 하지만 손재주가 부족한가. 손이 머리를 따라가지 못한다는 느낌이 들어. 그런 사람들은 포기하지 않고 계속 그리다 보면 언젠가 실력을 발휘하게 될 거야. 군더더기가 없고 꼼꼼해서 꾸준히 시간을 들여 그린다면 뭐가 되어도 되겠어."

그리고 난 이 아이의 그림이 마음에 들어, 한마디 덧붙이며,

"아마 이 아이는 무척 심성이 착한 아이일 거야. 맞지? 누군가에게 상처를 줄 바에야 스스로 상처 입는 쪽을 택할 것 같은 아이. 그런 사람이 그린 그림이나 만화를 보면 역시 마음이 훈훈해지지. 맑은 영혼이 배어나온다고나 할까? 글은 그 사람이라고도 하잖아. 마찬가지로 그림에도

성격이 나오거든. 그림에는 거짓말이 안 통해. 심술궂은 사람이 그린 그
림은 심술궂기 마련이라서 착하게 보이려 해도 절대 안 돼. 동생의 그림
과 만화 안의 아름답고 착한 세상도 동생만이 그릴 수 있을 거야. 심성
이 착한 탓에 남을 밀쳐내고서라도 앞으로 나서려는 짓은 절대 못 하는
성격이 그림에도 나타나니까 고생을 좀 하겠지."

친구는 괜찮을 테니 믿고 지켜보라고 했다.

"이런 아이에게는 분명 큰 기회가 올 거야. 그야 첫 담당 편집자가
좀 그랬을지는 몰라도, 아마 언젠가는 재능을 발견하고 키워줄 누군가
를 꼭 만나게 될 거라고. 거기서부터 풀리기 시작할 거야. 좋은 쪽으로.
나도 이 바닥에 있는 사람이라 하는 말인데, 신이 지켜보고 있다는 걸
느껴."

"그렇게 된다면야 얼마나 좋겠어……."

그 신이 어떻게 해줄 때까지 얼마나 시간이 걸리는 걸까, 하는 생각
이 들었다. 이대로 계속 방에서 나오지 않으면 죽을지도 모른다. 아무
것도 먹지 않고 물조차 마시려 하지 않으니. 천천히 죽음을 향하고 있는
게 아닐까 싶기도 했다.

"구루미에게 만화가가 될지도 모른다는 꿈은 그만큼 소중한 꿈이었
나 봐."

초등학교 근처에 있는 작은 서점, 참새 서점의 할머니를 기쁘게 해드
리고 싶었다고 들었다. 참새 서점은 마리노에게도 추억이 많은 서점이
다. 구루미가 만화책과 만났듯 마리노는 그 서점에서 활자가 가득한 책
과 만났으니까.

'할머니가 더 늙으신 것 같았어.'

언제였는지 찾아갔다가 그런 생각을 했다. 단순히 나이가 들어서일지도 모르지만.

'요즘은 어느 서점이고 불황으로 힘들 테니까.'

참새 서점은 다행히 임대 점포가 아니다. 토지와 건물이 서점 소유여서 크게 걱정은 안 하지만, 마리노는 예전에 누군가에게 들은 이야기를 기억의 실을 뽑아내듯 떠올려보았다. 어떤 의미에서는 유유자적 경영할 수 있는 가게였다.

곰곰이 생각한다. 종이 신문이고 텔레비전이고 인터넷 뉴스고 할 것 없이 서점과 출판계에 대해 좋은 소식은 거의 없다. 일본이 서민 경제까지는 회복되지 못한 것과, 예전보다 책을 읽지 않게 된 것이 주요 원인이라고 한다. 오래전부터 서점을 운영하던 서점 주인들이 나이가 들어 세대교체를 하고 싶어도 뒤를 이을 사람이 없어 사라지고 마는 서점이 많다는 이야기도 들었다.

'그런 의미에서 오후도 서점은 정말 운이 좋았어.'

이 마을에 있는 작고 오래된 서점을 생각한다. 마리노는 원래 책과 활자를 좋아해서 그 서점이 있다는 것을 알게 된 날부터 응원했고 각별하게 여겨왔다. 그래서 나이 든 서점 주인이 쓰러졌다는 말을 듣고는 진심으로 걱정했고, 홀연히 나타난 츠키하라 잇세이가 서점을 위기에서 구하고 뒤를 잇게 되었을 때는 진심으로 반가웠다. 심지어 그가 트위터와 SNS에서 화제가 되었던 책 도둑 사건에 연루되었던 서점 직원이라는 것을 알게 된 후 더욱 잘된 일이라고 생각했던 것이다. 정말이지 그건 너무 황당한 사건이었고, 책과 서점을 좋아하는 네티즌이라면 화날 만한 일이었으니까.

'만약 신이 있다면.'

마리노는 슬쩍 위를 올려다보았다. 그 젊고 선량한 서점 직원은 구원받아 마땅하다. 나이 든 서점 주인도, 서점 주인의 귀여운 손자도 마찬가지. 오후도 서점은 이대로 경영 상태가 안정되어, 서점 문을 닫아야 하는 슬픈 일을 겪지 않고 편안하게 이어갔으면 좋겠다.

'신이 없더라도.'

가볍게 고개를 끄덕인 후 양손을 굳게 쥔다.

"그때는 사람들이 나서서 뭔가 해야 하지 않겠어?"

문 닫지 않고 살아남은 유서 깊은 서점과, 어느 날 갑자기 자신이 지켜야 할 서점에 다다른 서점 직원. 신이 지켜주지 않는다면 사람이, 우리들이, 그 서점을 응원해온 손님들이 지켜주면 된다.

"거창한 게 아니면 어때."

아라비아의 석유왕도 아니니 책을 어마어마하게 사들일 수는 없겠지만, 앞으로라도 읽고 싶은 책은 서점에서 사기로 마음먹었다.

예전에 서점 직원으로 일하는 친구에게 들은 이야기가 있다. 규모가 작은 서점이나 매출 실적이 그다지 좋지 않아 신간 배본이 들어오지 않는 서점이라도 사전에 손님으로부터 주문이 들어오면 배본 예약을 할 수 있다고 한다. 그러면 원하는 책이 무사히 출간일에 입고된다는 것이다. '고객 주문'이라고 하는데, 손님이 직접 주문한 것은 그만큼 힘이 있다는 소리다.

다시 말해 만약 좋아하는 서점이나 근처 동네 서점에 희망하는 신간이 없을 것 같아도, 미리 그 서점에 주문하면 된다. 포기하고 인터넷으로 주문하거나 대형 서점으로 가는 것보다 자신이 좋아하는 서점에서 사는 편이 편리하기도 하고 기분도 좋다. 또 서점도 매출이 늘고 책이 팔리면 실적이 쌓여 다음에는 그 신간과 관련된 다른 책이 제대로 입고 될지도 모른다.

"그래서 난 오후도 서점에서 신간을 사지."

앞으로도 그래야겠다고 마리노는 다짐한다. 조금이라도 할 수 있는 응원을 하는 것. 서점을 좋아하니까. 내 주위에서 사라지는 것을 원치 않으니까. 그뿐이다.

'그냥 단순히 이기적으로 생각했을 뿐이야.'

괜한 허세를 부리는 것이 아니다. 정의의 사도인 척하는 것도 아니다. 단지 자신이 사는 동네에서 서점이 사라지는 것을 바라지 않을 뿐이다. 아는 서점이 문을 닫고 나서야 그 사실을 알고는 가슴이 저릿하고 눈물을 쏟은 일도 있었다. 내가 할 수 있는 일이 있었을 텐데 아무것도 하지 않았다는 후회를 하기 전에, 한 권이라도 책을 사야겠다. 서점이 아직 그곳에 있을 때.

서점과 손님의 관계에 대해 다양한 생각이 있다는 것은 알고 있다. 실제로 그 의견의 차이로 친구들 사이에서 가벼운 논쟁이 일어나기도 한다. 사쿠라노마치에는 마리노처럼 자유로운 일에 종사하는 사람이 많이 살고 있다. 도시에서 이주해 온 사람도 많다. 이 마을은 역사적으로 '규격 외'의 사람이나 여행자들에게 관대해 살기 좋았다.

상점가에서 조금 떨어진 곳에는 관광호텔이라 불리는 작은 클래식 호텔이 있는데 그곳 로비(음료수는 물론이고 가벼운 식사를 팔고 있고, 저녁에는 술도 판다)가 마리노와 같은 이주자들의 아지트였다. 사쿠라노마치는 잊힌 관광지여서 로비가 붐비는 일은 거의 없다. 지금처럼 여름 관광 성수기에도 마찬가지다. 호텔 관계자도 사람이 없는 것보다는 나아서인지 그들이 그곳에서 이야기꽃을 피워도 웃는 얼굴로 대해준다. 오래전부터 살고 있는 주민 입장에서는 이주해 온 젊은이들이 즐거워하는 모습이 흐뭇할지도 모르겠다.

어쩌다 책은 인터넷으로 사는 것이 아니라 진짜 서점에서 사는 게 좋다는 이야기가 나왔다. 마리노는 그렇게 생각하는 게 당연해서 그렇다고 맞장구를 쳤을 뿐인데, 한 사람이 반문을 제기했다. 멋을 잔뜩 낸 젊은 게임 프로그래머였다.

"난 그런 거 싫어, 귀찮잖아."

사쿠라노마치 한쪽에 마을이 기업에 대여하고 있는 주택지가 있는데, 대형 게임 회사의 관계자들이 그곳에 살고 있었고, 그 거주민 중 한 사람이었다.

사람들과 얽히는 걸 별로 좋아하지 않고, 도시의 번잡함도 싫고, 이 마을로 이주해 온 것도 사람들과 대화를 나누지 않아도 되어서라는 생각을 갖고 있는 젊은이였다. 그런데도 모두 모이는 곳에는 이런 식으로 나타나는 걸로 보아 정말 사람을 싫어하는 것 같지는 않았다. 사실은 외로움을 타는 사람일지도 모른다고 누군가가 했던 말이 생각났다.

"인터넷으로 주문하면 출간일에 도착하거든. 진짜 서점에서는 주문할 때 서점 사람과 말도 해야 하니까 귀찮잖아. 시간도 아깝고. 인터넷 주문이나 전자책이라면 일하다 컴퓨터나 스마트폰으로 클릭만 하면 끝. 이제는 세상이 변했고, 그 정도에 작은 서점이 줄거나 망한다 해도 어쩔 수 없는 일 아닌가. 시대에 맞춰 살아야지. 작은 서점에 책을 사러 가도 찾는 책도 없고, 그런 서점이 굳이 마을에 있을 필요가 있을까?"

'그럴까?'

마리노는 속이 울렁거렸다.

"마을에 서점이 없으면 아이들이 편하게 책을 사러 갈 곳이 없잖아? 책과 만나는 장소가 없어지는 거라고."

"학교 도서관이 있잖아. 그리고 읽고 싶은 책이 있으면 부모가 인터넷으로 주문해주면 되지."

"그런 말이 아니라, 동네에 책이 잔뜩 진열되어 있는 장소가 있다는 사실이 중요한 거지. 아이가 혼자서 걸어갈 수 있는 곳이나 자전거로 갈 수 있는 거리에 서점이 있었으면 좋겠어. 사기만 하면 다 되는 게 아니라고. 인터넷으로는 사고 싶은 책만 사게 되잖아. 그게 아니라 살 예정이 아니었던 책과 아이들이 우연히 만날 장소가 필요하다고."

자신이 그런 아이였기 때문이다. 용돈을 쥐고 달려가 미지의 책을 골라 사고 싶었다. 존재하는지도 몰랐던 책과 만나고 싶었던 것이다. 책을 손에 들고 책장을 넘기며 신나서 계산대까지 안고 걸어가고 싶었다. 집에 데려가 서가에 꽂아두고 싶었다.

어릴 때와 마찬가지로 지금도 길을 걷다가 모르는 서점이 있으면 가슴이 설렌다. 자신이 모르는 책, 하지만 좋아질 게 분명한 책이 문 안쪽에서 기다리고 있을 것만 같아서. 문을 열고 안으로 한 발 들어섰을 때의 책 냄새를, 뭐라 표현할 수 없는 행복한 그 기분을 마리노는 사랑한다.

"하긴 모를 수도 있지. 책은 읽고 싶지만 서점이 없어도 괜찮다는 사람도 있으니까."

서로 다른 입장을 이야기했지만 지금은, 하긴 그럴 수도 있겠다 싶었다. 아마 어쩔 수 없는 일일 것이다. 반대로 마리노에게 흥미가 없는 곳이 게임 프로그래머인 그에게는 애착이 가는 곳일 수도 있다. 좋고 나쁘고를 떠나 그런 것이다. 인간이니까.

"그 사람 얘기는, 책을 좋아하는 사람과 서점을 좋아하는 사람이 같다는 건 아니라는 소리였어. 나중에 좀 더 생각해봐야겠지만 서점이라는 곳에 뭔가 좋은 추억이나 감상이 없다면 서점에 대한 애착이 생기지 않는 게 아닐까. 다시 말해 자기 자신이 서점이라는 장소를 갈망한다든가, 필요하다고 생각하지 않으면 서점이 줄어드는 것에 대해 위기감이⋯⋯."

물레를 돌리며 혼잣말을 하고 있는데 드르륵 하고 문이 열리는 소리가 났다. 열어두었던 아틀리에의 문 너머로 방문을 열고 서 있는 구루미가 보였다. 어두운 복도에 우뚝 서 있었다. 이름을 부르자 "다녀올게" 하고 대답했다.

"어디?"

"서점에."

"오후도에?"

"응."

웃고는 있었지만 긴장한 표정이었다. 오랜만에 잠옷 차림이 아닌 모습을 본다는 생각이 들었다.

"잘 다녀와."

"응."

천천히 계단을 내려가는 발소리가 멀어진다. 마리노는 기도하는 마음으로 그 발소리를 듣고 있었다. 현관문이 열렸다 닫히는 소리가 들렸다. 함께 발소리를 듣고 있던 하나가 바구니에서 커다란 귀를 쫑긋 세우고 마리노를 쳐다보았다. 마리노는 하나와 눈을 맞추고 "드디어 나왔어"하고 웃었다. 다시 물레를 돌리며 실을 뽑기 시작했다.

자신과 마찬가지로 서점을 좋아하는 동생이 그 멋진 서점을 보고 어떻게 생각할지 궁금했다. 분명 더 나빠지지는 않을 것 같았다. 아니, 그렇게 믿고 싶었다.

'만약 신이 있다면.'

밖은 캄캄했다. 구루미가 이 마을에 도착했을 때와 똑같이. 다른 점은 그날과 달리 몸이 몹시 무거웠다. 근육이 약해진다는 것은 이런 걸 말하는구나 싶었다. 한발 한발 내딛는 것도 힘겨웠고, 발에 쥐가 날 것 같았다. 걷는 법을 잊은 걸까. 보기 흉측한 모습으로 걷고 있을 것 같아 캄캄한 밤이 고마웠다. 어둠이 감싸고 있는 한 아무리 흉한 몰골이라도, 이상한 걸음이라도, 아무도 신경 쓰지 않을 것이다. 물론 지나는 사람도 없었다.

오늘도 밤바람은 기분 좋게 불고 있었고, 어딘가에서 시냇물이 흐르는 소리와 개구리 우는 소리가 들려왔다. 가을이 가까워진 탓일까, 개구리 소리는 가늘고 여렸다. 오히려 벌레들 울음소리가 훨씬 우렁찼다. 가을이야, 이제 가을이 올 거야, 하고 울고 있는 것만 같아 서글퍼졌다.

여름의 끝은 왠지 서글프다. 생명이 끝나는 것을 연상하게 되는 건 매미들이 사라지기 때문일까. 지금은 밤이라서 조용하지만 아침이 오면 신나게 울어댈 매미들도 얼마 후면 사라진다. 도시에서도 죽어 있는 매미들을 많이 볼 정도니 이 산골짜기에는 얼마나 많은 매미가 땅에 떨어져 죽어 있을까 하고 상상했다.

밤이라고는 해도 늦은 시간은 아니어서 상점가 가로등이 켜져 있었고, 아직 장사를 하고 있는 가게에서는 불빛이 새어 나오고 있었다. 어둠 속을 천천히 걸으며 구루미는 밝은 세상이 무섭기도 하고 그립기도 한 이상한 기분을 느꼈다. 밝은 곳으로 가려 하지만 다가서는 것이 두렵다. 줄곧 이 어둠 속에 멈춰 서 있고 싶다. 그것이 자신에게 더 어울릴 것만 같았다.

다리를 건너자 유난히 밝게 빛나는 서점이 눈앞에 나타났다. 불빛을 향해 한 걸음씩 옮길 때마다 '오후도'라고 쓴 나무 간판이 불빛을 받아 점점 선명하게 보였다. 커다란 미닫이 유리문 너머로 많은 책이 진열된 서가가 보였다. 서점을 향해 휘청휘청 다리를 건너며 걸음이 조금씩 빨라지고 있었다. 마치 달음질하듯이.

단지 그 등불 옆에 있고 싶었다. 유리문 너머 저곳에는 어떤 만화가 있을까? 구루미가 좋아하던 만화나, 아직 모르지만 틀림없이 좋아하게 될 만화도 있을까?

비틀비틀, 발이 엉키고, 휘청이며, 숨이 턱까지 차오르고 나서야 구루미는 서점 앞에 다다랐고, 서점에서 새어 나오는 불빛을 온몸으로 받아들였다.

'아아, 이제 어쩐다지?'

불빛 속으로 들어가고 싶다. 하지만 어찌 된 일인지 발이 움직이지 않는다. 미닫이문에 손을 뻗을 수가 없었다. 바로 그때,

"어서 오세요."

낭랑한 목소리가 들렸고 청바지에 앞치마를 두른 남자가 미닫이문으로 다가왔다. 은은한 커피 향이 풍겨왔다. 구루미의 아빠뻘은 되어 보

이는 사람이었다. 다정한 분위기가 아빠와 닮은 것 같기도 했다. 그 사람이 빙긋 웃었다. 아가씨, 무슨 일이죠? 안으로 들어오지 않을 건가요? 하고 묻는 것만 같았다. 구루미는 고개를 숙였다. 그 사람의 손이 오후도 서점의 미닫이문을 열었다. 책 냄새가 섞인 바람이 구루미를 반기듯 감싸 안았다.

구루미는 눈을 들어 빛 속으로 한 발 걸어 들어갔다. 열린 창문의 방충망 사이로 시원한 바람이 불어왔다. 천장에는 유행이 지난 등이 켜져 있고 빛을 반사하듯 나무 바닥이 반질거렸다. 아름다운 서점이라는 생각이 들었다. 서가에 단정하게 꽂힌 책들이 아름다웠다. 손님들이 책을 꺼낼 때 책에 상처가 나지 않도록 약간씩 여유를 두고 나란히 꽂혀 있었다. 그런 서가가 좋다는 것은 참새 서점에서 아르바이트를 할 때 주인 할머니로부터 배워서 알고 있었다.

'굉장하다, 이 서점.'

가슴이 두근거렸다. 손재주가 없는 자신도 이렇게 책을 진열한 적이 있기에 그 수고로움을 잘 알고 있었다. 눈앞에 보이는 모든 서가가 아름다웠다. 그리고 눈에 띈 POP.

문예와 문고 서가의 여기저기에 직접 만든 POP가 달려 있었다.

'이 서점에는 그림을 그릴 줄 아는 사람이 없는 걸까.'

결코 화려하진 않았지만 추천하는 책의 내용이나 소개 문구와 함께 추천 이유가 보기 편한 글자로 정성껏 적혀 있었다.

'정말 대단해.'

구루미는 소설을 거의 읽지 않아서, 꽂혀 있는 POP에 적힌 내용이 책의 내용과 잘 맞는지 알 수는 없었다. 단지 그런 구루미마저 이 POP를 만든 사람이 이렇게까지 추천하는 책이라면 읽고 싶어질 만큼 열의와 사랑이 느껴졌다. 조금 멀리 떨어진 만화 서가를 발견하고 발걸음을 옮기려는 순간, 문을 열어준 사람의 목소리가 들려왔다.

"잇세이, 혹시 괜찮으면 나를 이 서점에서 일하게 해주면 안 되겠나?"

단호하고 강렬한 음색에 그만 뒤를 돌아보고 말았다. 남의 말을 엿듣는 건 좋지 않다고 생각하면서도 궁금했다.

"네? 가제네코, 아니 후지모리 씨를요?"

계산대 안에 있던 서점 직원이 부드럽게, 하지만 무척 놀란 목소리로 되물었다. 안경을 쓴 똑똑해 보이는 청년이었다. 서점 이름이 새겨진 앞치마가 잘 어울렸다. 키가 컸다. 구루미보다 나이가 많을 것 같지만 마리노 언니보다는 어려 보였다. 20대 후반이나 30대 초반 같았다. 이 사람이 마리노 언니가 말하는 도시에서 온 서점 직원일까. 아빠와 닮은 아저씨가 말을 이었다. 목덜미를 쓸어가며 조금은 부끄러운 듯. 자신의 말이 쑥스러운 듯.

"솔직히 내가 이런 부탁을 하는 게 이상하다고 여기는 건 당연해. 출판사에 오래 다녔다고는 해도 서점에서 일해본 적은 없으니까. 난 그냥 서점을 좋아하는 사람일 뿐이라는 건 알고 있네, 그래도."

남자는 계산대 안에 있는 서점 직원을 가만히 바라본다.

"이 손으로 다시 한번 책과 서점을 위해 일하고 싶어. 이 서점을 위해, 그리고 출판 업계를 위해 내가 아직 할 수 있는 일이 없을까 생각했거든. 갑자기 이런 부탁을 해서 당황스러울 거라고는 생각하네만, 잇세이, 이 서점에서 일하게 해주면 안 될까? 아르바이트라도 좋으니까. 아니, 힘들면 월급은 안 줘도 돼. 청소든 정리든 뭐든 할게."

"네? 저기, 가제네코…… 아니, 후지모리 씨가 우리 서점 청소를 하신다고요?"

청년은 당황해하며, 하지만 뭔가 반가운 기색으로 되물었다.

"천하의 가제네코 씨에게 그런 일을 시킬 수는 없어요. 절대로."

"아, 그럼 청소할 사람은 있다는 소리군. 계산대 일을 배워볼까? 옛날에 편의점 아르바이트도 해봤으니 조금만 가르쳐주면 아마 감이 돌아올지도 모르겠군. 계산대 설명서는 어디 있나?"

청년이 행복하게 웃었다. 정말 행복해 보였다. 그러고는 남자에게 깊이 고개 숙였다.

"감사합니다. 그 마음도, 그 제안도, 정말 기뻐요. 뭐랄까, 이렇게 생각지도 못한 일이."

몸이 살짝 앞으로 기울어졌다. 그 눈이 빛나고 있다. 마치 그림을 그린 것처럼. 남자의 손이라도 덥석 잡을 기세다.

"자세한 건 차차 설명해드릴게요. 주인아저씨께도 말씀드려야겠지만, 저는 이 서점에 인문 서가를 제대로 만들어보고 싶은 생각이 있어요."

"인문 서가?"

"지금 이 서점에는 없어서요. 제대로 된 서가를 만들어보고 싶어요. 이 서점의 상징이 될 만한 멋진 인문 서가를요. 그런데 제가 경험이 별로 없어서, 어떻게든 만들 수야 있겠지만 워낙 장벽이 높아서요."

"……."

"후지모리 씨라면 가능하시죠? 오후도에 어울릴 만한 일류 인문 서가를 만들어주실 거죠?"

계산대 너머로 남자가 청년의 손을 낚아채더니 힘주어 잡았다.

"해보겠네. 시켜만 주게."

"감사합니다."

"나야말로."

"그리고 아르바이트비는 드릴 거예요."

"아냐, 내가 부탁한 일인데 그럼 안 되지."

청년이 싱긋 웃었다.

"후지모리 씨는 인문 서가를 꾸며주는 것 말고도 고문 선생님으로 모실게요. 이 서점을 위해 조언을 해주시면 좋겠어요. 그러려면 공짜로는 어림도 없죠. 많이 드리지는 못해요. 도시에 있는 서점에 비하면 턱없이 적을 거예요. 그래도 오후도 서점이 드리는 감사의 마음이라고 생각하고 받아주세요."

구루미는 두 사람이 어떤 관계인지 알 수 없었지만, 어쩐지 남자들의 우정을 본 것만 같아 가슴이 뜨거워졌다. 그리고 살짝 부럽다는 생각을 했다.

'나도 이런 서점에서 아르바이트를 해보고 싶다…….'

문득 정신을 차려보니 발밑에 삼색 고양이가 있었다. 인사라도 하듯 앞발을 가지런히 모으고 있다. 이 고양이는 본 적이 있다. 구루미는 몸을 굽혀 녀석의 머리를 살며시 쓰다듬었다. 이 서점에는 귀여운 고양이도 있구나. 고양이를 쓰다듬으며, 책 냄새가 가득한 이곳에서 일하면 정말 행복할 것 같다.

대학은 휴학 중이고 당분간은 돌아가고 싶지 않았다. 조금이라도 쉬고 싶었다. 이 멋진 마을에 살면서 이 서점에서 일할 수 있으면 좋겠다는 몽상을 해본다. 앞치마를 걸치고 이 서점에서 일하는 자신을. 계산대에 서서 손님들과 이야기를 나누고 배달도 하고. 그래, 못 할 것도 없지.

'참새 서점에서 아르바이트를 했던 것은 고등학교 때이니 조금 오래되긴 했지만."

자신이야말로 계산대 설명서를 보면 금방 익힐 수 있을 것 같았다. 하지만 이 서점의 규모로 봐서는 아르바이트생이 그렇게 많이 필요하지 않을 것이다. 잠시 꾼 꿈에서 깨어났다. 재미있게 담소를 나누는 두 사람을 뒤로하고 한숨을 쉬며 실내를 걸었다.

만화 서가 앞으로 간다. 올려다본다. 하나하나 살펴본다. 금방 다 볼 수 있을 정도로 적은 양이었다. 구루미는 조금, 아니 상당히 실망했다. 하지만 조금 후 마음을 바꿨다.

'이 서점의 고객 중에 만화를 읽을 사람은 거의 없을지도 몰라.'

아이나 젊은 사람이 적고 노인들이 많은, 산골짜기의 작은 마을이라면 그럴 수 있다. 구루미는 허리에 손을 얹고 아름다운 정원이라도 산책하는 듯한 걸음걸이로 만화 서가를 찬찬히 둘러보았다.

서가는 아름다웠다. 책은 반듯하게 진열되어 있었다. 분명 반듯한 진열이었고, 다양한 만화를 잘 정돈해놓았다. 표지가 화려한 책과 잘 팔리는 책도 눈높이에 맞게 진열되어 있었다. 그런데 어딘가 이상했다.

'……?'

구루미는 고개를 갸웃했다.

'진열 방식이 좀 이상해.'

왜 여기에 이 책이 있지? 그런 식으로 진열된 책이 여기저기 눈에 띄었다. 이상하다고나 할까, 도매상에서 보내온 대로 책을 기계적으로 진열해놓은 것처럼 보인다. 장르나 출판사가 다른 책이 잘못 꽂혀 있다든가 하는 문제가 아니었다. 단지 다소 변칙적으로 진열한다 해도 손님들이 고르기 쉬운 진열 방식이 있다. 화제작을 꾸밀 때도 좀 더 생각을 했어야 한다. 게다가 이 만화 서가에는, 전국적인 화제작과 잘 팔리는 책을 큐레이션하긴 했지만 서점에서 독자적으로 추천하는 책은 아무리 찾아도 없었다.

'이상하다. POP가 없어.'

그러고 보니 만화 서가에는 POP가 거의 없었다. 겨우 있는 것들도 출판사가 보내온 내용이 그대로 적혀 있을 뿐이었다.

'추천하는 만화가 없구나.'

'어쩌면…… 혹시.'

오후도 서점에는 만화를 큐레이션하고 추천할 정도로 만화를 좋아하고 잘 아는 서점 직원이 없는 게 아닐까. 혹시나 해서 살펴보니 만화서가 옆에 있는 라이트노블 서가에도 POP가 없었다. 라이트노블에 대해 잘 아는 직원이 없나 보다. 서가에 꽂혀 있는 진열 방식이 살풍경이었다.

구루미는 라이트노블은 거의 읽지 않지만 삽화를 좋아해 지금 서점에 진열되어 있는 히트작이나 앞으로 인기를 얻을 것 같은 책에 대해서는 잘 알고 있었다. 그래서 이 라이트노블 서가의 영혼 없는 살풍경은 누가 시키지도 않았지만 구루미가 이런저런 생각을 하게 만들었다.

'다른 장르의 서가와는 애정이 전혀 달라.'

책에 대한 지식 수준 차가 너무 크다. 반듯하게 잘 진열되어 있지만 영혼이 없다고나 할까, 어떤 서가는 겉도는 것처럼 느껴졌다.

'이 서점은 라이트 문예도 없어.'

대충 둘러본 느낌으로는, 적어도 눈에 잘 띄는 곳에는 없었다. 웹 소설을 종이책으로 만들어 출판하는 라이트 문예는 최근 급성장하면서 히트작이 많은 장르이기도 하다.

'라이트 문예를 원작으로 한 만화도 없네…….'

아직은 눈에 띄는 매출은 보이지 않지만, 라이트 문예를 만화화한 책들이 은근히 팔리고 있었다. 겨우 몇 권 찾아냈지만, 특별하게 홍보를 하는 것도 아니고 다른 만화와 함께 아무 기준 없이 서가에 진열되어 있을 뿐이었다.

"세상에, 이런 몹쓸 진열을 하다니!"

자기도 모르게 소리를 지르고 말았다.

"몹쓸 귀신이 나오겠어."

자신의 목소리에 스스로도 놀라고 말았다. 시선을 느끼고 쭈뼛쭈뼛 뒤를 돌아보니 계산대 쪽에 있던 청년과 아저씨가 이쪽을 보고 있다.

"저, 저기요."

구루미는 자기도 모르게 말을 해놓고, 이게 아니다 싶어 고개를 숙였다.

'내가 대체 무슨 소리를 하려는 거야?'

만화 서가가 이상하니까 라이트 문예를 더 늘려야 한다는 둥, 불쑥 찾아온 손님 주제에 그런 말을 한다는 게 더 이상하다는 생각이 들었다. 그것도 오늘 처음 이 가게에 온 손님이다. 이건 말도 안 돼. 건방지다고. 다짜고짜 그런 말을 하는 건. 얼굴이 빨갛게 달아올랐다. 축 늘어진 채로 계산대 앞을 지나쳐 걸었다.

'집에 가자.'

멋진 서점이었지만 만화 서가를 보니 서글퍼지려 했다. 이제 이곳에는 오지 않는 편이 나을 듯싶었다. 그런 생각을 하면서 나가려는데 청년의 목소리가 귀에 들어왔다. 기대에 찬 목소리였다.

"그리고 2층을 만화와 라이트노블과 아동서로 꾸밀까 생각 중이에요. 하지만 일손이 부족해서 고민하고 있었거든요. 만약 후지모리 씨가 도와주신다면 정말 큰 힘이 될 것 같아요."

정말 기대에 찬 목소리였다. 아마 청년은 이 화제가 무척 신나고 기대되어서, 그래서 손님인 구루미가 와 있어도 계속 이야기를 하고 싶어 하는 것 같았다.

'만화와 라이트노블과 아동서 코너라.'

구루미는 2층을 올려다보았다. 이 서점에 그런 코너가 생긴다는 건가, 가슴이 뛰기 시작했다. 청년이 말을 이었다.

"그런데 저는 만화와 라이트노블은 잘 몰라서요. 후지모리 씨가 그쪽으로 잘 아시나 해서."

"데츠카 오사무라든지 이시노모리 쇼타로, 시라토 산페이 정도라면. 자랑은 아니지만 요즘 나온 책은 잘 몰라. 만화가 싫은 것도 아니고, 오히려 좋아하는데도."

읽을 시간이 없다고 남자가 덧붙였다.

하긴 그럴 거야, 하고 구루미는 두근거리는 마음을 진정시키며 생각한다. 만화는 신간이 정말 많이 나오니 마음먹고 지켜보지 않으면 따라잡을 수가 없다. 그건 라이트노블도 마찬가지다. 라이트 문예도 그렇고.

청년이 한숨을 내쉬며 말했다.

"누군가 만화와 라이트노블 서가를 맡아줄 사람이 없을까요? 인문 서가는 후지모리 씨께서 잘 꾸며주실 테니, 이 이상 바라는 건 욕심이겠지만."

'제가 할게요.'

'서가를 맡겨주세요.'

그렇게 말하고 싶었다. 발주도 맡겨준다면. 마음대로 큐레이션해도 좋을까? POP라면 얼마든지 만들 수 있다.

'디스플레이 콘테스트에 참가해도 좋다면.'

가끔 출판사에서 주최하는, 서점마다 디스플레이의 우열을 겨루는 콘테스트가 개최되고 있다. 구루미는 만화와 라이트노블로 각각 한 번씩 수상 경험이 있었다. 가던 길을 멈추고 돌아서서 하겠다고 말하고 싶었다. 하지만 손이 떨려왔다. 용기가 나지 않았다.

'내가 할 수 있을까?'

'나 같은 게 하겠다고 해도 좋을까?'

마음 깊은 곳에서 쿡쿡 찌르듯 상처가 아파왔다. 두 번 다시 일어설 수 없을 만큼 아팠던 상처가 아직 아물지 않은 것이다. 구루미는 만화가가 되지 못했다. 모처럼 주어진 기회를 살리지 못했다. 모처럼의 기대를 배신하고 말았다. 그만큼 강하지도 못하고 재능이 없는 아마추어였다.

'나는 인간 실격일까…….'

멋진 것도 아름다운 것도, 아무것도 바라면 안 될지도 모른다. 그런 생각이 들었다. 포기하고 고개를 숙였다. 이제 서점에서 나가자고 마음먹고 미닫이문을 향해 걷고 있을 때였다. 문득 화제의 책이 놓여 있는 평대 앞에서 걸음이 멈췄다. 엔드에는 책이 비스듬하게 쌓여 있었다. 이런 진열은 해본 적이 없어서 흥미로웠다. 균형 잡기가 어려웠을 거라고 무심코 생각했다. 하지만 멋지게 시선을 사로잡는 진열이었다.

그때였다. 시선이 작은 패널에 멈췄다. 작은 패널.

『4월의 물고기』.

평대에 아름답게 쌓인 책 옆에 함께 있는 패널. 아, 하고 탄성이 나왔다.

"'신'의 그림이다."

자기도 모르게 탄식이 흘러나왔다.

"신의 그림이 여기에 있어."

올 여름에 출간되어 베스트셀러가 된 문고 『4월의 물고기』의 패널이었다. 출판사가 준비한 것이 아니라 긴가도 서점 오리지널 디자인을 사용한 것이었다. 이 그림이다. 틀림없다. 긴가도 서점 직원이 그렸다고 했다. 이 그림이 백화점 디스플레이에까지 사용되었다고 하는 기사를 인터넷에서 봤다. 서점 직원 경험이 있는 구루미는 그 화제에 흥미를 느꼈다. 그리고 어느 날 트위터에 올라온 이미지를 보았을 때. 이 그림이 같은 그림이란 걸 알았을 때.

'신'이라고 생각했다. 신이 그린 그림이 이곳에 있다. 동인지 사람들이 자주 쓰는 단어인 '신'은 아마 이럴 때 쓰는 것이리라. 자신은 감히 상대도 안 되는 천상의 그림이라고 생각했다. 구루미는 그 그림을 사랑했다. 스마트폰에 저장해두고 매일매일 보았다. 지금도 그대로 있다. 마치 자신을 지켜주는 부적처럼.

'어쩌면 이렇게 강렬한 힘을 지녔을까.'

스마트폰으로 봐도 멋진 그림이다. 보고 또 봐도 멋진 그림이었다.

하지만 서점 매장에 진열된,『4월의 물고기』책 옆에 함께 진열된 이 그림은 얼마나 아름답게 빛나고 있는지.

'이런 그림을 그리고 싶어.'

가슴속에서 벅찬 감정이 차올랐다. 자신이 추천하고 싶은 책을, 좋아하는 작품을, 그림으로 그리고 싶었다. 어설퍼도 좋다. 마음을 다해 POP를 만들고 싶었다.

구루미는 양손을 꽉 쥐었다. 뒤돌아서서 계산대를 향해 소리쳤다.

"여기에서 일하게 해주세요."

마지막 장

별을 잇는 손

역사소설의 인기 작가 다카오카 겐은 지난여름 오후도 서점에 처음 방문한 이후 틈만 나면 서점에 얼굴을 내밀었다. 무엇보다 건실한 두 다리 덕분에 걸어서 30분이나 걸리는 산길을 보통 사람보다 빨리 오르내렸다. 그러고는 전혀 힘든 기색도 없이 손을 흔들며 나타나는 것이었다.

서점에 올 때마다 사인본을 만들어주었다. 손님이 그곳에 있으면 즉석 사인회가 열리기도 했다. 흔쾌하게 사진 촬영에도 응해주고 흥이 넘치면 독자들과 문학 좌담회를 열기도 했다. 그길로 상점가에 들러 주점이나 식당, 호텔 레스토랑에서 현지 요리를 맛보고 감탄을 쏟기도 했다. 온천에도 들렀다. 이따금씩 아내와 아이들을 데리고 오기도 했다.

손님들도 기뻐했지만, 무명 시절이 길었던 다카오카 역시 자신의 책을 읽어주는 독자들에게 직접 감사의 말을 전할 수 있어 무엇보다 행복하고 고마운 일이었다. 사쿠라노마치 마을 사람들은 생각지도 못한 행운에 기뻐했다. 저명한 작가가 자주 놀러 온다는 사실에 놀라움과 신기함에 익숙해지고도.

다카오카는 '이 마을과 오후도 서점을 좋아하는 작가님'으로 모두에게 사랑받았다.

"새로운 고향이 생긴 것 같군."

다카오카도 기뻐했다. 실제로 라디오 인터뷰나 신문 에세이에서 사랑과 감사가 넘치는 말로 사쿠라노마치를 소개하기도 했다. 다카오카의 책은 오후도 서점에서 더욱 잘 팔리는 책이 되었다. 전 편집자였던 후지모리는 이렇게 말했다.

"그야 자신들과 접점도 없고 뻣뻣한 저자의 책보다는 자신이 살고 있는 마을을 좋아하고 자주 얼굴을 볼 수 있는 작가의 책이 잘 팔리는 건 당연하지. 독자와 작가가 친구처럼 지내며 마치 가족 같은 관계가 되면 그 저자의 책은 팔린다고. 같은 원리로 트위터나 SNS에 다양한 단체나 회사들이 계정을 만들어 인간미 넘치는 친숙한 소통으로 인기를 얻기도 하잖아? 그거라고. 단지 장사나 홍보를 위해 만들어진 캐릭터가 아니지. 살아 있는 사람의 생각이나 지금까지 삶의 언어를 가까이 느낄 수 있는 계정은 강력하거든. 그 계정의 팬이 되면, 부탁하지 않아도 모두가 무한한 애정을 가지고 물건을 사게 되고, 친구나 지인, 혹은 좀 더 많은 사람들에게 홍보하게 된다는 거지. 그게 바로 SNS에 기업 계정이 존재하는 의미야."

다카오카 선생님의 경우는 의도한 건 아니지만 모두가 즐거워 보여 정말 행운이라며 후지모리가 말을 이었다.

"나도 편집자 시절에 몇 번인가 경험이 있는데, 저자의 성공을 자기 일처럼 기뻐하는 발 빠른 독자들이 생기면 출판사에서 영업이나 광고로 홍보하지 않아도 독자들끼리 소통하며 책을 팔아주게 되더라고. 이른바 SNS 시대의 새로운 판매 방식이라고 해도 좋을 거야."

새로 일하게 된 만화 담당 사와모토 구루미는 만화가 지망생으로, 조금 내성적이고 자기표현이 서툴지만 성실하게 일하려 애쓰는 착실한 청년이었다. 손님만 오면 저절로 웃는 얼굴이 되는 것도 장점이었다.

구루미는 '문학 책은 잘 몰라서' 읽지 않았다고는 했지만, 다카오카 겐의 책을 비롯해 여러 저자의 POP를 느낌을 잘 살려 그려주었다. 잘 못 그렸다고 말하면서도 무척 즐거운 듯 사랑스러운 그림을 그린다. 긴가도 서점의 소노에를 존경하는 것 같았는데, 가끔 서점에 진열된 『4월의 물고기』 POP를 경외에 찬 눈으로 바라보곤 했다. 잇세이가 원고를 쓴 『검푸른 바람』의 소식지(손으로 쓴 신문 같은 것으로, 서점에 비치해 두고 손님들이 가져갈 수 있게 하거나 책에 끼워 팔기도 한다)에 캐릭터 그림을 넣고 제목까지 손글씨로 예쁘게 써주기도 했다. 소식지에는 다카오카 겐의 짧은 인터뷰도 넣었다. 일반 인터뷰에서 볼 수 없는 소박하고 인간미 넘치는 관점의 질문과 답변이 들어 있었다. 서점에서 쉬고 있는 사진도 넣었다. 표정이 풍부한 인물이어서 무척 매력적으로 보였다. 완성된 소식지는 데이터로 만들어 우선 긴가도 서점과 공유하고, 트위터를 통해 희망하는 서점에도 무료로 제공했다. 이 책을 함께 응원하는 서점을 모으기 위해서였다.

책은 서점 한 곳에서 잘 팔린다고 해서 금방 유명해지지 않는다. 많은 서점의 평대에 쌓여 좀 더 널리 화제가 되어야 비로소 베스트셀러의 길로 들어서는 것이다. 소식지는 언뜻 보기에는 단순히 종이 한 장이지만 묘한 재미가 있어서 만드는 건 조금 수고롭긴 해도 손님들이 좋아한다. 데이터를 받은 서점에서는 모처럼 소식지도 있으니 좀 더 많은 양의 책을 입고하거나 새로운 POP를 만들기도 한다.

책은 서점에서 사람들의 눈길을 끌어야 팔린다. 『검푸른 바람』의 신간은 원래 잘 팔리는 책이지만 소식지가 트위터에서 화제가 되어 많은 서점에서 데이터를 요청했고, 그러고 나서는 전국에서 판매량이 빠르게 늘었다.

'트위터에서 화제의 책'이라고 홍보하며 책을 파는 서점도 있었는데, 이 책의 기존 독자들에게도 의외로 효과가 있었다. 중년 이상의 독자들이 자녀나 손주와 인터넷에서 화제가 되고 있는 이야기를 함께 나눌 수 있어 약간 우쭐해하는 덕분에 책은 더욱 잘 팔렸다. 이어서 텔레비전 와이드쇼나 저녁 뉴스에도 화제로 떠올랐다. 원래 오랫동안 영업 일을 해 온 데다 나이에 걸맞은 연륜도 있어서 다카오카는 별 무리 없이 텔레비전 출연을 해냈다. 전국 서점과 독자의 지지로 성장한 저자라는 자부심도 있었다. 항상 웃는 얼굴로 겸손하고 꾸밈없는 모습을 보여주어 매체에 노출될 기회가 더욱 늘었다.

다카오카라는 캐릭터도 인기를 얻기 시작했다. 10대 소녀들에게 "대단한 분인데도 왠지 귀엽다"며 인기 폭발. 소녀들은 다카오카를 '겐짱 선생님'이라고 불렀다. 그리고 일종의 캐릭터 굿즈 컬렉션처럼 『검푸른 바람』을 사갔다. 트위터나 인스타그램에 다카오카의 책 표지 이미지가 자주 등장하면서 발 빠른 독자나 기존의 독자들이 또다시 다카오카의 책을 샀다. 원래 잘 팔리는 인기 시리즈의 신간이긴 했지만 잇세이나 전 편집자인 후리모리도 놀랄 만한 방식으로 팔렸다.

"책이란 판매 방식에 따라 더 팔 수 있는 길이 있네요."

잇세이가 그런 말을 할 정도로 새로운 방식이 생긴 것이다. 그러던 어느 날 오후도 서점 주인이 잇세이를 불렀다.

늦은 오후, 잠시 손님이 끊긴 시각이었다. 멀리 새들이 노래하는 소리가 울려 퍼지고 있었다.

"저기, 잇세이. 사인회는 어떻게 하는 건가요? 우리 서점에서 사인회를 할 수 있을까 해서요."

"사인회요?"

묻지 않아도 누구인지 알 수 있었다. 다카오카 겐일 것이다. 서점 주인이 웃으며 머리를 긁적였다.

"워낙 시골에 있는 작은 서점이라 이런 곳까지 와줄 작가는 거의 없죠. 그래서 사인회 같은 건 꿈도 못 꾸고 있었어요. 하지만 할 수만 있다면 평생 한 번이라도 좋으니 이 서점에서 사인회를 해보는 건 어떨까 싶어서요. 그것도 다카오카 선생님 책으로요. 이 꿈이 이루어지면 난 언제 저세상으로 가도……."

때마침 서점에 들른 이장 후쿠모토 가오리가 어이가 없다는 듯 입을 삐죽 내밀며 웃었다.

"복 나가는 소리 하지 마."

미인은 화난 얼굴도 아름답다. 서점 주인과는 소꿉친구인 이 사람은 오후도 서점의 단골손님이기도 하다. 출판계에서 경력을 쌓고 고향으로 내려와 마을을 살리기 위해 다양한 시도를 하고 있는, 애향심과 도전정신이 강한 여성이었다. 실제로 많은 기획과 사업을 성공시켜 마을을 살기 좋은 곳으로 만들고 있다. 들으면 놀랄 정도로 나이가 많았지만 은

발만 빼면 나이답지 않게 젊어 보였다. 어딘가 신비한 분위기가 느껴지는 미인이다.

"글쎄요."

잇세이가 서가를 정리하던 일손을 멈추고 말했다.

"멀리 사는 저자라면 교통비를 누가 부담할지 말이 많지만, 다카오카 선생님이라면 그 점은 염려하지 않아도 되겠군요. 그리고 직접 드는 비용은 아마 없을 거예요. 사인회는 무료로 하는 경우, 무료로 하실 거죠? 저자에게 사례 같은 것도 하지 않아도 되고요."

이 서점과 다카오카와의 관계라면 차나 식사 같은 걸로 감사의 마음을 전해도 된다. 어디까지나 다카오카가 부담스러워하지 않을 정도여야겠지만. 와주는 손님들에게도 뭔가 기념이 될 만한 작은 선물을 준비해도 좋을 것 같았다.

"문제는 서점과 출판사와의 관계가 아닐까요? 손님이 별로 오지 않을 것 같으면 저자의 이름에 금이 갈 수도 있어서 안 하려는 경우도 있으니까요."

입안이 씁쓸해졌다. 긴가도 서점에서 일할 때는 그런 걱정은 하지 않아도 되었다. 예전처럼 큰 서점은 아니지만 그래도 긴가도는 노포였고, 역 근처에 있어서 손님을 모으는 데 큰 힘이 들지는 않았다. 게다가 『검푸른 바람』의 사인회라면 담당 영업 사원과 상의를 해야 한다. 아직까지 그를 원망하고 있는 건 아니지만 기분 좋게 회의를 할 수 있을까?

서점 주인이 나직하게 말했다.

"하긴 이 서점에서는 어렵겠죠……. 이렇게 산골짜기인 데다 사람도 별로 없는 마을이고, 교통편도 불편하고 찾아오기 너무 힘들 테니."

잇세이는 잠시 생각에 잠겼다. 아무리 다카오카 겐의 사인회가 열린다 하더라도……. 만약 요모기노 준야처럼 비교적 젊은 층이나 도시에 사는 독자들에게 인기 있는 저자라면 멀리에서도 손님을 모을 수 있을 것이다. 인터넷을 이용해 홍보하면 발 빠른 독자들은 어떻게든 시간을 내서 올 것이다. 하지만 최근에 독자층이 넓어졌다고는 해도 다카오카의 고정 팬은 중년층이다. 교통편이 좋은 도시에서 하는 사인회가 아니면 손님을 불러 모으기가 어려울 것 같았다.

'손님은 사쿠라노마치 주민들과 근처 마을에서 온 독자들뿐이겠지.'

하긴 주민들만 참여하는 이벤트여도 다카오카 겐이라면 기꺼이 해줄 것이다. 즐거웠다며 인사를 하는 얼굴까지 잇세이는 눈에 보이는 것만 같았다.

'하지만…….'

그 선의를 스스럼없이 받아들여도 될까? 행사는 저자나 동석하는 출판사 관계자에게 사인회를 하는 한두 시간만 요구한다고 해서 되는 것이 아니다. 행사 당일에는 종일 묶여 있게 된다. 수일 전부터 준비로 시간을 할애해야 할 수도 있다. 연로한 다카오카는 행사가 끝나면 피곤해서 얼마간 다른 일을 못 할 수도 있다. 무료 사인회라도 흔쾌히 응해줄 테지만, 사람도 별로 없고 돈도 안 되는 행사를 부탁하는 것이 과연 옳은 일일까? 잇세이의 표정을 읽은 걸까? 서점 주인이 시든 나무처럼 어깨를 축 늘어뜨렸다.

"우리 서점에는 안 어울리는 꿈이었나 봐요. 만약 사인회가 실현된다면 얼마나 좋을까, 상상해본 거예요. 손님들이 정말 좋아하고 자랑스럽게 생각할 것 같았는데. 그런 손님들 표정을 다카오카 선생님께도 보여드리고 싶었을 뿐이에요. 이렇게 신이 나서 행복한 얼굴로 줄 서 있는 사람들이 바로 당신의 독자입니다, 하고."

쓸쓸하게 웃었다.

"짧은 꿈이지만 좋은 꿈을 꿔봤네요. 정말 행복한 꿈이었어요."

그때 밝은 목소리가 들려왔다.

"그렇게 간단한 꿈이라면 언제든 이루어드리죠. 좋잖아요, 사인회. 해보죠."

다카오카 겐이었다. 정말이지 이 양반은 소리 소문 없이 불쑥불쑥 잘도 나타난다.

"아니, 그래도……."

잇세이가 말을 잇지 못하자 다카오카가 미소 지었다.

"무슨 얘기인지 대충 알겠어요. 저한테는 그런 예의 차리실 필요 없어요. 그리고 아무도 불평하는 사람은 없을 거예요."

다카오카는 서점 주인을 응시했다.

"오히려 오후도 서점 주인아저씨께 이곳에서 사인회를 해도 좋을지 허락을 받고 싶군요. 지금은 제 고향과도 같은 이 마을에서요. 부탁드립니다."

그는 깊이 고개 숙였다. 서점 주인도 덩달아 고개 숙여 인사하더니 다카오카의 손을 잡고는,

"저야말로 감사합니다. 오후도 서점이 정성껏 준비하겠습니다."

잇세이는 두 사람을 보며 안심한 듯 조용히 미소 지었다. 그렇다면 해야지. 성심성의를 다해.

'다카오카 겐의 사인회라니 이 서점의 첫 사인회로 최고인걸!'

후쿠모토 이장도 한마디 거들었다.

"그렇다면 음력 크리스마스 때 별 축제와 맞춰서 사인회를 열면 어떨까요? 그 무렵이라면 귀성객들이나 관광객들도 찾아오니까요. 유서 깊은 축제여서 그때는 이 주변 호텔과 펜션도 꽉 차거든요."

"아, 그렇지!"

멀찌감치 떨어져 인문 서가를 정리하고 있던 후지모리가 환한 얼굴로 손뼉을 쳤다.

"그 방법이 있었군요."

"별 축제라니요?"

잇세이가 묻자 이야기를 듣고 있던 도오루가 웃으며 다가왔다.

"전설에 나오는 공주님의 축제예요. 호수에 등롱을 띄워 보내요. 호수와 주위에 있는 전나무 숲에 등롱이나 촛불을 밝혀두면 마치 하늘에서 별이 내려와 앉은 것처럼 보이거든요. 정말 아름다운 축제예요. 그리고 호수에 등롱을 띄워 보내면 소원이 이루어진대요."

효과가 있을지도 몰라요, 하더니 소리를 낮춰 키득키득 웃었다.

"오후도 서점이 문을 닫지 않게 해달라고 빌었거든요."

도오루는 바닥에 있던 앨리스를 들어 올려 품에 꼭 안았다.

행사가 음력 크리스마스라면 내년 1월쯤이니 준비할 시간은 넉넉하다. 시골의 작은 서점이라고는 해도 어느 정도 홍보를 할 수 있을 것이다. 때마침 지역 축제가 열린다면 호기심에 방문하는 손님도 있을 것이 틀림없다. 긴가도 서점에서 사인회를 할 때도 줄 선 사람들이,

"그런데 이 작가는 무슨 책을 썼어? 다들 줄을 서니까 나도 서긴 했

는데."

하고 말할 정도로 우연히 줄을 서는 손님도 있기 마련이니까.

잇세이는 마음이 놓였다.

"그래서 말인데요, 잇세이."

서점 주인이 뭔가 작정한 어조로,

"이 사인회가 끝나면 잇세이를 오후도 서점의 다음 주인으로 소개하고 싶어요. 물론 내 마음속에서는 이미 잇세이의 서점이지만요, 이런 일은 확실하게 해둬야 하니까요. 아마 다카오카 선생님의 사인회는 최고의 행사가 될 거예요. 내가 맡은 마지막 행사이자 새로운 오후도 서점의 탄생을 기념할 만한 추억이 될 거라 믿어요."

내년부터 이 서점의 사장은 잇세이라고 말하며 오후도 주인이 오른손을 내밀었다. 잇세이는 떨리는 손으로 그 손을 잡고 힘을 주었다. 시선 끝에 기뻐하는 도오루의 얼굴도 보였다. 처음 만났을 때보다 키도 크고 표정도 밝아진 소년의 웃는 얼굴이. 그 품에 안긴 삼색 고양이도 말을 알아들었는지 수염을 세우고 기분 좋은 표정을 짓고 있다. 창가에 앉아 있던 앵무새 선장은 별안간 만세를 하듯 날개를 펼쳐 보였다. 기분이 좋을 때 하는 행동이라고 전 주인에게서 들은 적이 있다. 다카오카 겐이 주름진 인자한 얼굴로 흐뭇하게 고개를 끄덕였다.

작은 새들이 지저귀는 소리가 들려왔고, 창으로 새어 들어오는 가을 햇살과 실내를 가로지르는 시원한 바람 속에서 잇세이는 문득 환상처럼 서가에 꽂힌 책들의 시선을 느꼈다. 희미한 숨소리. 한 권 한 권 속에 들어가 활자가 된 말들이, 서점 주인이 되는 잇세이를 지켜보고 축복해주는 것 같았다. 그것은 아주 오래전부터 느끼던 감각으로, 어릴 때는 좀 더 뚜렷하게 느끼던 존재였다. 누군가에게 말을 했다가는 웃음거리가 될 이야기였지만 잇세이가 그 존재를 잊고 있을 때에도 줄곧 그들은 잇세이 곁에 있었던 것이다. 가장 친한 친구로.

또 다른 도움의 손길이 찾아든 것은 그로부터 얼마 지나지 않은 어느 날 밤의 일이었다. 오후도 서점의 트위터 계정에 후쿠와 출판사의 『4월의 물고기』담당 편집자 가노 유카가 글을 남긴 것이었다.

"내년에 오후도 서점에서 사인회를 한다는 소문을 들었는데, 사실인가요?"

역시 정보가 빠르다. 참고로 가노는 발도 빠르다. 원래 육상 선수 출신이었던가. 항상 활기가 넘치고 싹싹한 젊은 편집자다. 단 시게히코와는 호흡이 잘 맞아서 부녀지간처럼 지내는데, 일할 때는 상당히 엄격해서 인정사정 봐주지 않는 편집자라는 이야기를 단 선생님으로부터 들었다.

"가노 씨는 고집이 엄청 세서 한번 이거다 싶으면 절대로 양보하지 않아요."

어딘가 즐거운 듯, 자랑스러운 듯 그렇게 말했다. 젊고 유능한 페이스메이커가 있었기 때문에 『4월의 물고기』는 세상에 나오게 되었다. 지금 두 사람은 신작을 준비하고 있다. 이번에는 서점에 관한 이야기를 준비하고 있다고 하는데,

"츠키하라 씨를 모델로 한 잘생긴 서점 직원을 등장인물로 써도 좋을까요? 문 닫을 처지에 놓였던 작은 서점을 한 고독한 서점 직원의 신념으로 구제하는 이야기를 쓸 참인데요."

단 선생님에게 이런 말을 듣고 잇세이는 너무 쑥스러워 어찌할 바를

몰랐다.

아무튼 그 가노가 메시지를 보낸 것은 늦은 밤이었다. 이 시각에도 그녀는 변함없이 편집부에 남아 일하고 있었다. 저자의 원고나 디자인 샘플을 기다리다 보면 저절로 그 시각이 된다고 한다. 컵라면에 뜨거운 물을 부으며 트위터를 할 때도 있었다. 가노에게라면 숨길 이유가 없다. 다카오카 겐의 사인회를 1월에 기획 중이라는 것을 알리자 답장이 왔다.

"섭섭하군요. 오후도 서점에서라면 저희 단 선생님도 사인회를 하고 싶어하셨는데. 어디서 들으셨는지 다카오카 선생님의 사인회가 있다는 걸 먼저 알려주신 분도 단 선생님이세요. 선생님도 그곳에서 사인회를 하고 싶으셨다며 살짝 토라지셨는데, 어떻게 책임지실 거예요?"

어떻게라니, 어떻게 해야 하지?

"한 가지 제안을 하고 싶은데요, 그 사인회를 합동 사인회로 열면 어떨까요? 요즘 유행이잖아요. 작가 여럿이서 함께 사인회를 여는 거요. 각자의 팬이 모이니까 사람들도 꽤 많이 오겠죠. 행사를 좋아하는 사람들도 올 거고요. 물론 어디까지나 다카오카 선생님이 주인공이죠. 이쪽이 나이는 더 많아도 아직은 신인 작가이니까. 어쨌든 한 사람보다는 두 사람이 자리를 더 화려하게 빛낼 수 있지 않을까요?"

여기까지 읽고서야 안심했다. 이 아이디어를 처음 떠올린 건 단 선생님과 편집자 가노 씨 중 누구였을까. 이 두 사람은 행사장에 사람을 불러 모으는 역할을 자처하고 나섰다. 행사장 분위기를 띄우는 일이라면 도움이 되지 않을까, 하는 생각이 분명하다. 가노는 겸손하게 말했지만 『4월의 물고기』는 베스트셀러다. 단 시게히코는 왕년의 인기 드라마 작

가. 그와 만나고 싶어하는 독자들도 많을 것이다. 잇세이가 워낙 적극적으로 추천해서일 수도 있겠으나, 아무튼 사쿠라노마치의 손님들은 책과 저자에게 애착을 품고 있었다. 그러나 단 선생님과 가노는 자신들의 책을 위해 거들겠다는 것이 아니다. 틀림없다. 단 시게히코는 사람들 앞에 나서거나 대접받는 일에 전혀 흥미가 없는 인물이다. 심지어 얼마 전까지 힘겹게 병마와 싸우다 이제 막 복귀했으니 시간이 있다면 몸을 잘 추슬러야 할 때일 것이다.

'그런데도……'

잇세이는 손에 들고 있던 스마트폰을 꽉 쥐고는 액정 화면 너머에 있을 상대에게 고개 숙여 인사했다. 마음은 정말 고맙지만, 하고 잇세이는 답장을 써 보냈다. 선생님 건강이 염려됩니다. 사인회는 건강을 회복하시고 나면 그때, 꼭. 송신 버튼을 누르자마다 메시지가 왔다.

"단 선생님이 취재하러 가고 싶으시대요. 요즘 잘나가는 다카오카 선생님이 오후도 서점에서 하시는 사인회를 보고 다음 신작에 참고하고 싶으시다고요. 이번에 준비하고 계신 신작요. 츠키하라 씨를 모델로 한 서점 직원이 나오는. 츠키하라 씨가 일하는 서점에 대한 이야기를 쓰고 계시니, 오후도 서점에서 하는 첫 사인회를 취재도 할 겸 이왕이면 함께 참가하시면 좋잖아요?"

답장은 계속 이어졌다.

"소설 제목도 정해졌어요. 『오후도 서점 이야기』. 아, 물론 아직 가제예요. 주인공이 지키려는 서점 이름을 소설 제목으로 할 건데, 이름은 지금 생각 중이라서요. 오후도라는 이름을 그대로 쓸 수는 없으니까요."

결국 다카오카 겐의 사인회에 단 시게히코까지 참가하게 되었고, 이런 시골의 작은 서점에 전에 없던 분주한 행사가 될 것 같아 잇세이와 서점 식구들은 설렘 반, 긴장 반으로 행사 준비를 시작했다. 아직 미숙한 자신과 행사 경험이 없는 오후도 서점 주인만으로는 불안해서 잇세이는 긴가도 서점의 야나기타 점장과 츠카모토 부점장의 조언도 들어가며 신중히 진행하기로 했다.

행사를 개최한다는 것은 손님을 모으는 일이다. 만일의 사고와 문제에 대비해 철저히 준비해야 한다. 행사에 온 손님들이 모두 행복해하며 재미있다, 오길 잘했다고 웃는 얼굴로 돌아갈 수 있도록 말이다.

'우리는 프로다.'

행사에 있어 프로는 아닐지 모른다. 하지만 손님을 대하는, 그리고 책을 다루는 일에서만큼은 일류이고 싶었다. 앞으로 자신이 사장을 맡는 이상, 이 행사는 절대로 실패해서는 안 된다고 굳게 다짐했다.

두 책의 출판사들(행사 당일에는 담당 편집자와 영업 사원도 서점에 와서 돕는다)과 회의를 거듭하며 기획이 서서히 움직이기 시작했다. 다카오카 겐은 원래 단 시게히코를 좋아하는 팬이었던 모양으로, 그와의 합동 사인회를 고대하고 있었다. 게다가,

"디자인 회사에서 일하다 보니 이 정도는 직접 만들겠더라고요" 하며 사인회 포스터까지 디자인했다.

"합동 사인회라니 정말 기대되는걸. 이왕이면 한 사람 더 불러 트리오 사인회를 열면 어떨까?"

그 무렵 의외의 인물이 서점으로 전화를 걸어왔다.

계절이 바뀌어 어느새 가을이 무르익고 있었다. 사쿠라노마치를 감

쌴 숲에도, 마을을 가로지르는 강가에 심긴 활엽수들도 조금씩 단풍이 들더니, 쌀쌀해진 바람에 잎을 떨구기 시작했다.

"요모기노 준야입니다."

너무나 갑작스러운 전화에 잇세이는 할 말을 잃었다. 그 사람을 싫어하는 것은 아니다. 오히려 좋아했다고 생각한다. 하지만 마음속에 어린 시절 슬픈 기억의 파편이 되살아나, 순간적으로 할 말을 찾지 못했던 것이다. 함께했던 어린 시절의 날들은 어렴풋한 기억밖에 남아 있지 않았다. 단지 몹시 외롭고 슬펐던 감정만이 항상 가슴에 남아 있었다. 상처는 이미 다 나았다고 생각했는데 아물지 않은 상처를 건드린 것만 같았다. 그랬다. 이 사촌 형과는 오랜 세월 서로에게 거리를 두는 쪽이 편했다. 그건 사촌 형도 마찬가지일 것이라고 생각했는데.

예전에 사촌 형이 서점에 온 적이 있었다. 그 후 다시는 오지 않아, 역시 자신의 생각이 맞다고 여기게 되었다. 언제든 그와 다시 만나게 되더라도 이야기를 나눌 수 있도록 그의 책이 나올 때마다 빠짐없이 읽었다. 좋은 작품들이어서 존경했고, 내심 사촌 형이라는 사실이 자랑스럽기도 했다.

사촌 형의 목소리는 밝았는데, 의외의 말을 건넸다.

"후쿠와 출판사 영업 사원에게 들었는데, 내년 1월에 다카오카 선생님의 사인회를 한다고? 게다가 단 선생님도 함께라던데? 그날 마침 시간이 비어 있기에 괜찮으면 물건 옮기는 일이라도 도울게. 싫어? 행사장 정리도 도울 수 있어. 차를 나른다든지."

"물건을 옮기고 차를 나른다고?"

천하의 요모기노 준야가? 방송국에서 모셔가려고 안달을 하는 엄청

난 작가가?

"예전부터 단 선생님 팬이었거든. 사인 받고 싶어서. 다카오카 선생님도 존경하는 분이라 전부터 한번 만나 뵙고 싶었어."

그의 목소리는 밝고 쾌활했다. 아무런 응어리도 없는 듯했다. 그래서 잇세이도 무심코 밝게 대꾸하고 말았다. 아마 사실은 오래전부터 그렇게 이야기하고 싶었던 것 같다. 당시 일은 잘 기억나지 않지만 어릴 때 형제처럼 사이가 좋았던 이 사촌 형과.

"요모기노 선생님, 모처럼 오시는데 좀 다른 방면으로 힘을 빌려주시면 어떨까요? 사인회, 같이 하는 건 어때? 두 분을 모시고 셋이서 합동 사인회로."

좀 뻔뻔하지만 그가 온다는데 행사 도우미가 아니라 저자로 모시는 편이 그에게도 좋을 것 같았다. 게다가 요모기노 준야는 행사 전달인 12월에 후쿠와 출판사에서 신간이 나올 예정이었다. 답례라고 할 것까지야 없지만 어느 정도 홍보가 될 것이다. 그의 인기를 감안하면 오후도 서점에서 하는 행사는 정말 보잘것없는 수준이겠지만.

"그리고." 잇세이는 전화기를 손에 들고 머리를 숙였다. "요모기노 선생님, 여름에 『4월의 물고기』를 추천해줘서 정말 고맙습니다."

라디오 프로그램 〈초승달 서가〉의 초대 손님으로 나와 적극적으로 홍보를 해주고, 그가 연결된 다양한 매체에서도 그 책을 알리는 데 힘써주었다. 많은 사람들의 응원과 함께 다른 방식으로 큰 힘이 되어주었다. 언젠가 이렇게 감사의 말을 전하고 싶었다.

"어려운 일도 아니었는걸." 낭랑한 음성이 젖어 있었다. "좋은 작품은 호평받아 마땅하고, 잘 팔리는 게 당연하지. 내가 단 선생님의 골수팬이라니까. 그런데 뭐라고? 합동 사인회? 내가 끼어도 될 자리일까?"

방해가 되지 않는다면 그러고 싶다고 사촌 형이 말했다. 잇세이는 일단 다카오카 겐과 단 시게히코에게 요모기노 준야가 참가해도 좋을지 물었다. 두 작가는 북적이는 사인회가 될 거라며 무척 기뻐했다.

"뭐야, 이거 너무 부러운걸."

그날 밤 전화를 받은 긴가도 서점의 야나기타 점장이 삐죽거렸다.

"대단해, 초호화 캐스팅 합동 사인회라니. 한 사람만 우리 서점으로 보내줘봐. 이 말은 반은 진심이라고."

갑자기 들떠 있던 목소리가 가라앉더니,

"근데 그렇게까지 하면 사인회 손님이 너무 많아지는 거 아닌가?"

"네, 사실 그게 좀 걱정이에요."

혼자 고민하던 잇세이는 평소대로라면 전화를 걸지 않을 시간에 전화를 걸고야 말았다. 폐점 시간이 가까워진 실내에는 적막이 흐르고 있었고, 밖에서 가을 풀벌레 소리가 들려온다. 어딘가 정겨운 음색이었지만 겨울이 다가오고 있음을 알리는 서글픈 소리였다.

"사인회를 오후도 서점 안에서 하려고 생각했는데, 너무 좁지 않을까요?"

잔뜩 움츠린 목소리라는 걸 스스로도 알 수 있을 정도였다. 이 서점이라면 웬만한 행사는 할 수 있을 거라 예상했었다. 하지만 그건 어디까지나 저자 두 명과 함께하는 사인회가 한계였다. 요모기노 준야처럼 발 빠른 독자가 많아 많은 사람들을 모을 수 있는 저자까지 참가한다면 어떻게 될지 알 수 없었다. 만약 손님이 너무 많이 모이면 서점 안으로 들어오지 못한 손님들 행렬이 늘어서면서 주변 거리가 정체될 수도 있고, 상점가의 다른 가게에 폐를 끼칠 수도 있다. 오후도 서점 직원이 관리할 수 없을 정도로 많은 손님들이 와서 마을 어딘가에서 문제라도 생기지 않을지 걱정되었다.

"또 하나는요, 그렇게 많은 손님들이 한꺼번에 모이면 길을 잃고 헤매는 사람도 있을 것 같아 걱정이에요. 가까운 역에서도 걸어서 30분이나 걸리는 산길이니, 처음 찾아오는 손님에게는 좀 힘들 수 있겠다는 생각이 이제야 들었어요."

마을 사람들은 익숙해서 그런 사고는 거의 없지만, 가끔 산나물을 캐러 갔던 노인들이 길을 잃기도 하는 산이다. 낮기는 하지만 작은 폭포도 있고 계곡도 있어 길을 잃으면 큰 사고로 이어질 수도 있었다. 심지어 행사는 한겨울에 열린다.

사전에 서점에서 사인회 입장권을 발행하기로 해서 멀리서 오는 손님보다는 지역 주민이 더 많을 거라고는 예상한다. 입장권은 다른 서점에서 하듯이 전화 예약도 받으려고 했다. 그러지 않으면 멀리 사는 독자들이 참여할 수 없기 때문이다. 전화기 저편에서 야나기타는 뭔가를 골똘히 생각하더니 이윽고 입을 뗐다.

"좋아, 행사 당일에 긴가도에서 직원 몇 명을 보낼게. 오후도 서점에 관심 있는 녀석들도 많고, 다들 자네를 만나고 싶어하니까 좋아할 사람들이 많을 것 같군. 그러면 적어도 손님 안내 정도는 할 수 있을 거야. 모두 행사에는 익숙하니까."

"감사합니다."

달리 할 말이 없었다. 긴가도 서점도 일손이 부족할 텐데. 야나기타는 웃는 목소리로 말했다.

"별소리를 다하는군. 오후도는 이제 긴가도의 체인점이니 돕는 게 당연한 거 아냐? 행사장 준비까지는 못 해주니까 그건 알아서 하라고."

"네, 감사합니다. 행사장은 어떻게든 해볼게요."

어떻게든 해야만 했다. 전화기 너머에 있는 야나기타 점장에게 고개 숙여 인사하면서 전화를 끊고 잇세이는 안도의 한숨을 쉬었다. 옆에서 정산을 하고 있던 후지모리가 통화 내용을 짐작했는지, "잘됐군" 하며 말을 걸었다. 지금 야나기타에게 말한 걱정은 조금 전에 후지모리와 가볍게 대화를 나눈 내용이었다.

잇세이는 또다시 한숨을 쉬고는 "어찌 됐든 손님 안내는 해결될 것 같은데, 역시 행사장이 걱정이에요. 얼마나 많은 손님이 모일지 솔직히 아직 가늠할 수 없고요. 확실히 이 서점에 다 들어오지는 못하겠죠?"

둘이서 서점 안을 둘러본다. 가령 이곳에 사인회 손님들이 온다면 50명 정도는 어떻게든 될 듯싶다. 하지만 70명이나 100명이 넘는다면. 입장권을 줄이는 방법으로 어느 정도 참가 인원을 제한할 수도 있을 것이다. 하지만 저자의 면면이 이렇게 화려한 사인회인데, 나름의 규모를 맞추지 않는다면 불만의 소리가 높아질 것이다. 그때였다. 언제 왔는지 서점에 와 있던 이장이 웃는 얼굴로 말을 걸었다.

"만약 괜찮다면 언덕 위에 있는 폐교를 이용해볼래요? 이런 행사를 위해 철거하지 않고 두었던 거고, 요즘에는 가끔 집회장으로 써서 청소도 잘되어 있고 깨끗해요."

언제부터 이야기를 듣고 있었던 걸까. 뭐가 재미있는지 장난기 어린 눈으로 웃고 있다. 폐점이 가까운 시각에 서점 안에 서 있으니 미모 때문인지 어딘가 정령처럼 보였다.

"그거 좋은 생각인데요? 쓸 수 있게 해주신다면야 이보다 고마운 일이 없지요."

후지모리가 눈을 반짝였다.

"그곳이라면 100명이 와도 괜찮아. 잇세이, 언덕 위에 있는 초등학교에 가본 적 있나? 오래됐어도 훌륭한 건물이야. 시계탑도 있고 비둘기도 있어. 큰 도서관도 있는데 아이들 책이 빽빽하게 꽂혀 있지. 난로까지 있다고. 나도 예전에 들은 건데, 아주 옛날에 이 마을이 잘살고 지금보다 인구가 많았을 때는 낭독회 같은 것도 열렸다고 하더군. 마룻바닥은 반질거리고 책상도 아주 멋스러워. 그렇게 넓고 멋진 장소에서 사인회를 연다면 정말 근사하겠는걸."

가게에 마련해둔 고양이 바구니에서 앨리스가 귀를 쫑긋 세우더니 다시 잠들었다.

"그리고 역에서 걸어오는 손님들이 길을 잃을까 봐 걱정인가 본데 방금 생각난 게 있어. 어쩌면 해결할 수 있을지도 몰라."

후지모리는 입꼬리를 살짝 올리며 회심의 미소를 지었다. 다음 날 늦은 오후, 호텔 지배인이 밝은 얼굴로 서점을 찾아왔다.

"가제네코 씨로부터 들었는데 별 축제 때 행사를 기획하고 계신다고요? 손님들이 많이 오신다고 들었어요. 만약 괜찮으시다면 저희 셔틀버스를 제공할게요. 저희 손님들도 함께 타고 오실 테니 합승한다고 생각하시면 될 것 같아요."

1년에 한 번, 관광객과 귀성객으로 호텔은 만실이 된다고 한다. 평소보다 편수를 늘려 산자락에 있는 역 근처까지 셔틀버스로 손님을 모시러 가는데 항상 자리가 남는다고 한다. 그렇다고 편수를 줄였다가는 손님들이 불편을 겪게 된다. 유서 깊은 클래식 호텔로서는 1년에 한 번 멀리서 오는 손님을 특별하게 모시고 싶을 것이다.

"손님들이 널찍하게 앉아 오시면 좋기는 하지만 빈자리가 너무 많은 건 좀 서글픈 일이에요. 그러니 저희 호텔에서는 이용해주시면 오히려 고마울 따름이죠."

잇세이는 오후도 서점 주인과 얼굴을 마주 보았다. 두 사람은 호텔 지배인에게 감사 인사를 전했다.

"사인회는 몇 시쯤 시작하죠? 끝나는 시간은요? 이왕 이렇게 된 거 돌아가는 버스도 제공하죠. 저희 호텔은 만실이고, 예전에는 여관도 많았지만 지금은 다 사라져버려서 손님들이 해가 지기 전에 역에 도착하지 못하면 묵을 곳이 없어요. 차도 없고 택시를 부를 수 없는 손님들은 갈 곳이 없답니다."

"감사합니다. 사인회는 오후 한 시에 시작해서 두 시간 정도 예상하고 있어요."

세 시에 끝나면 근처에서 가볍게 관광을 하고 돌아갈 수 있을 것이다. 작은 마을이다. 사인회에 모이는 손님들이 조금이라도 좋은 추억을 가지고 돌아갈 수만 있다면 바랄 게 없었다. 역까지 태워다주는 버스가 있다면 모두 여유롭게 저녁때까지 마을을 둘러볼 수도 있을 것이다. 마침 출근한 후지모리가 만족스러운 얼굴로 손에 든 보온병을 살짝 들어올렸다.

"막 내린 커피를 가져왔는데 어떠신가요?"

마을에서는 언덕 위의 폐교에서 사인회를 한다는 소문이 돌기 시작했다. 매일같이 서점에 얼굴을 내미는 할머니 손님, 예전에 잇세이가 아직 오후도 서점에서 일하기 전에 여행 안내 책자를 사서 돌아간, 그 세련된 할머니가 사인회에 대해 물었다.

"난 소설은 잘 안 읽는 편이지만 겐짱 선생님의 책은 좀 읽어보고 싶다는 생각이 드는데, 이번 기회에 한번 사볼까 봐. 언덕 위에 있는 학교에서 사인회를 한다던데?"

요리 잡지 코너에서 책을 고르며 계산대에 서 있는 잇세이에게 물었다. '겐짱 선생님'이라 불리는 다카오카 겐은, 지금은 미용실에 비치되는 여성지에 실릴 정도로 인기를 누리고 있었다.

"아마 좋아하실 거예요. 요리가 정말 맛있게 묘사되어 있거든요."

이 할머니 손님은 항상 요리에 관한 잡지나 책을 사간다. 그것도 수준이 높은, 웬만한 요리 전문가가 보는 책까지. 요리를 상당히 잘하는 사람이라고 생각했다.

'게다가 항상 상냥하고 마을에 관한 이야기도 들려주셔서 다카오카 선생님이 쓴 글처럼 인정 많은 서민들 이야기와 잘 맞을 것 같은데.'

손님은 계산대에 요리 잡지를 여러 권 올려놓으며 빙그레 웃었다.

"나도 사인회에 가야겠다. 입장권은 어떻게 구하죠?"

세 명의 저자가 쓴 책 중에서(이 경우는 다카오카 겐이겠지만), 좋아하는 책을 구입하면 입장권을 드린다고 설명하자 『검푸른 바람』을 사겠다고 한다. 이번 신간과 1권을 골랐다. 사인회 날까지 다 읽고 작가 선생님과 이야기를 나누고 싶다고 한다.

싱글벙글 웃는 얼굴로 계산을 하면서 불쑥,

"사인회에 손님이 많이 온다고 들었는데, 아마 줄이 길게 늘어서겠지? 전에 텔레비전 같은 데서 본 적 있는데, 손님을 위해 차나 과자 같은 것도 준비해주나?"

"네, 뭔가 준비하긴 해야 하는데."

도오루와 후지모리가 있으면 어떻게든 되겠지 하고 쉽게 생각하고 있었지만 시간에 쫓겨 정신없이 허둥댈 것 같았다. 아무리 긴가도 서점에서 지원군이 온다 해도, 오후도 서점의 직원이 행사는 뒷전으로 하고 차를 나르는 것도 이상할 것이다.

"내가 도와줄까? 친구들한테도 얘기해볼게."

손님이 자기 얼굴을 가리키며 말했다.

"이래 봬도 내가 옛날에 료칸을 했다오. 요리가 맛있다고 소문난 전통 료칸이었지만 결국 문을 닫고 말았어. 한참 전에 전국적으로 료칸과 호텔이 불황으로 문을 닫는 시기가 있었는데, 그때 말이야."

할머니는 어깨를 늘어뜨렸다. 그때 사쿠라노마치에 있었던 다른 숙박 시설도 여러 곳 문을 닫았다고 한다.

"사인회는 몇 시지? 오후? 괜찮다면 주먹밥이나 간단한 식사라도 준비하면 어떨까? 향토 요리라든지, 특산품인 차나 홍차, 우유 같은 것도 함께 준비하면 좋겠네. 학교에는 조리 시설이 있으니까 제대로 된 요리도 만들 수도 있을 거고."

그래, 그게 좋겠어, 하더니 손뼉을 치면서 들뜬 표정으로 서둘러 자리를 떠났다.

얼마 안 되어 사인회 소문이 마을 곳곳으로 퍼져나갔고, 새로운 전개를 맞았다. 사인회가 끝난 뒤 밤에 열리는 별 축제까지 보고 가고 싶다는 손님이 있다면, 그 사람들을 위해 학교 도서관에 임시 숙박 시설을 만드는 건 어떨까 하는 계획이었다. 손님들을 보살피는 것은 사쿠라노마치에서 료칸이나 호텔을 경영했던 사람들이 총출동해 맡기로 했다. 음식 재료까지 준비해준다는데, 현지에서 나는 재료들이니 금방 구할 수 있는 데다 이참에 홍보도 될 거라고.

"모처럼 사쿠라노마치에서 1년에 한 번 하는 축제 날에 사람들이 오는데 축제도 못 보고 돌아가면 아깝지 않겠느냐는 얘기가 나와서."

요리를 잘하는 할머니 손님이 웃었다.

"호텔에서는 셔틀버스를 제공한다던데? 혼자서만 좋은 일 하는 걸 두고 볼 수는 없지."

"그거 좋은 생각인데요."

후지모리가 말했다.

"서가가 있는 서점이나 도서관에서 묵는 게 요즘 유행이잖아요. 책이 있는 곳에서 모두 모여 함께 자고 밤새 이야기를 나누는 건 상당히 즐거운 일이거든요. 그 멋진 건물에서 묵으며, 심지어 마을 요리까지 맛볼 수 있다면 그걸 목적으로 오는 손님도 있을 것 같은데요."

그런 행사를 하고 있는 서점이나 도서관이 있다는 사실은 잇세이도 들어서 알고 있었다. 반대로 처음부터 숙박하는 손님을 위해 서가를 준비한 도서관 펜션이라는 것도 생겼다고 한다.

할머니 손님의 제안은 가슴 떨리는, 행복하고도 고마운 일이었다. 하지만 동시에 죄송한 마음도 들어 잇세이가 미안해하자, 손님은 웃는 얼굴로 괜찮다며 손사래를 쳤다.

"오랜만에 손님들을 맞이할 수 있다는 것만으로도 우리는 행복하다

오. 이 마을은 아주 오랫동안 여행자를 맞이하고 떠나보내던 곳이었으니까. 선조의 피가 끓는 거겠지. 청년이 이렇게 서점을 맡아주고, 마을 밖에서 손님들을 불러 모아주는 일이 우리로서는 얼마나 기쁜 일인지 몰라. 정말이지 다시 태어난 것 같은 기분이라니까. 오랫동안 잊혀 있던 마을이잖아. 검소하게 살면 그럭저럭 지낼 만한 데다, 그 많던 옛 관광지들이 그랬듯 점점 잊혀지면서 사라져가는 것도 나쁘진 않겠다 싶었는데, 막상 좀 쓸쓸하다는 생각이 들더라고."

할머니 손님이 웃었다. 그 넉넉한 미소는 취미 삼아 요리를 하는 손님의 미소가 아니라, 옛 료칸의 여주인 같은 의연한 미소였다.

"1월에는 마을이 하나가 되어 손님을 맞아야지."

겨울이 왔다. 새해가 밝았고 사쿠라노마치의 별 축제와 오후도 서점의 사인회 날이 다가왔다. 입장권은 120장을 준비했다. 잇세이가 고민 끝에 정한 수였지만 12월 말에 매진되었다. 오후도 서점과 체인점인 긴가도 서점에서 입장권을 판매하는 건 당연했고, 초대 손님인 저자 삼인방까지 나서 각종 매체를 통해 사인회를 소개하고 홍보한 것이 큰 효과가 있었다.

그리고 이런 일도 있었다. 크리스마스 무렵이었는데, 사쿠라노마치에 산다고 자신을 소개한 젊은 게임 프로그래머가 트위터에 합동 사인회를 소개하는 글을 올렸다. 오후도 서점 공식 계정 트위터를 인용하는 형식으로 소개하고 댓글을 단 것이다.

"이런 행사는 서점이 살아남기 위해 노력하는 거라 생각. 만약 이런 걸 좋아하는 사람은 함께 응원해줘도 좋을 듯. 시골 서점이 힘내고 있음. 서점을 응원하기 위해 마을 주민들까지 힘을 합쳐 행사를 준비하고 있고, 아주 멋진 축제도 있으니 구경도 할 겸 놀러 오길."

"솔직히 서점 같은 거에 흥미 없고 책은 어디서 사든 마찬가지라서 차라리 전부 전자책으로 바뀌어도 상관없다고 생각함. 근데 내가 워낙 역사소설 완전 덕후에다가, 다카오카 겐은 소설도 좋고 작가도 좋으니까. 우리 마을에서 사인회를 하는데 아무도 안 오면 너무 불쌍함."

"다카오카 겐은 중학교 때 도서관 사서 쌤과 똑같이 생겼음. 그땐 학교를 엄청 싫어했는데 도서관하고 책은 좋았지. 그 사서 쌤도. 옛날 생각이 저절로 나는구나."

그의 트윗을 다른 게임 프로그래머가 리트윗했다. 액션 RPG의 소프트웨어 개발자로, 오래전부터 전 세계적으로 인기를 끌고 있는 저명한 인물이었다.

"진짜 서점에 대해서는 다양한 생각이 있을 수 있지. 살고 있는 환경이나 생활 방식에 따라 책을 사기 위한 서점의 이상적인 모습은 달라지니까. 하지만 하나는 말할 수 있어. 진짜 서점, 동네 서점은 한번 사라지면 두 번 다시 부활하지 않는다는 거야. 다시는 돌아오지 않는다고."

"요즘 같은 계절에는 생각나는 게 있어. 어릴 때 동네에 장난감이나 문구를 팔던 오래된 서점이 있었는데 그 서점을 엄청 좋아했거든. 구석구석 다 좋았어. 매일 학교가 끝나면 들르곤 했지. 크리스마스 때는 부모님이 그곳에서 선물을 사주셨고. 완전 꿈의 왕국이었지."

"주간 만화 잡지를 좋아해서 출간 전날에는 잠을 못 잘 정도. 출간일에는 돈을 쥐고 달려갔음. 만화는 여러 번 읽고 나서야 책꽂이에 꽂을 정도. 그러다 SF 문고를 사기 시작, 대학 때는 게임 책을 사서 친구들과 돌려보기도 했었는데."

"근데 어른이 되고 나서 오랜만에 갔더니 그렇게 넓게만 느껴지던 서점이 열 걸음이면 끝에서 끝까지 갈 정도로 작은 곳이었더라는. 빽빽하게 꽂혀 있던 책과 장남감도 낡고, 구식만 몇 개 남아 있더라고. 다음에 갔을 땐 사라지고 없었음."

"그냥 어디에나 있던 오래되고 작은 서점이었을 듯. 하지만 그 가게는 내겐 세상에서 단 하나뿐인 꿈의 왕국으로 가는 문이었어. 그곳이 있었기에 지금의 내가 있다고 생각해. 눈을 감으면 언제든 어린 시절에 바라보던 그 서점의 서가와 책들이 보여. 아마 기억에서 사라지지 않을 것 같다."

"마을에 서점이 있다는 건 그런 거라고 생각해. 그 마을에서 자란 아이에게 꿈의 세상으로 가는 문을 준비해 기다리고 있는 것이지. 그래서 나는 지금 우리 동네 서점을 지키고 싶어. 그것이 현재, 그리고 미래 누군가의 꿈을 키우고 지키는 것으로 이어질 거라 믿으니까."

"하긴 사람에 따라 지키고 싶은 건 다 다를 테지만. 소중히 지켜서 남기고 싶은, 각자가 좋다고 생각하는 것을 각자 지키면 되지 않을까. 그러면 세상은 분명 모두의 손으로 좋은 것들을 많이, 소중하게 지킬 수 있는 멋진 곳이 될 거라 생각해."

이윽고 행사 당일이 되었다. 마을 사람들의 열정은 그야말로 대단했고, 멀리서 찾아온 독자들도 그에 못지않았다. 원래 다카오카 겐과 요모기노 준야는 서비스 정신이 투철하다는 걸 알고 있었지만 단 시게히코도 절대 뒤지지 않았다. 사인을 하면서 왕년의 히트작 드라마에서 주인공으로 나오는 잘생긴 뉴스캐스터를 흉내 내거나 대사를 옮기도 했다. 그때마다 환호성이 터져 나왔다.

언덕 위의 학교는 단장을 마쳤고, 마을 사람들은 직접 만든 맛있는 식사와 간식을 차려냈다. 각 저자 앞에는 사인을 받으려는 사람들로 장사진을 이뤘고, 또다시 다른 저자의 책을 사서 사인을 받는 손님도 많았다.

후쿠와 출판사의 오노가 즐거운 듯 말했다.

"합동 사인회가 이런 장점도 있군요. 몰랐던 저자와의 행복한 만남."

작가 사인회에 보통은 이렇게 사람이 몰리지 않는다. 예약만 해놓고 불참하는 사람들도 있다. 하지만 이번에는 다소 무리를 해서라도 사쿠라노마치로 달려온 손님들이 많았다. 저자들과 서점과, 그리고 이와 관련된 '스토리텔링'이 사람들을 이끌었을 것이라고 잇세이는 생각했다.

독자들이 한꺼번에 몰려 긴 행렬을 이루며 북적였지만, 긴가도 서점에서 파견 나온 지원군이 척척 알아서 안내하고 있었다. 긴가도 서점의 앞치마를 입고 안내하고 있는 직원에게 손님이 말을 걸었다.

"어머나, 다른 서점에서도 도와주러 왔나 보네?"

츠카모토 부점장이 웃는 얼굴로 고개를 가로저었다.

"저희는 다른 서점이 아니랍니다."

긴가도 서점과 호시노 백화점에서는 멋진 화환을 보내왔다.

잇세이가 가장 기뻤던 일은 『4월의 물고기』를 사서 줄을 서 있던 한 소년과의 재회였다. 부모님과 함께 온 소년은 그 책 도둑 사건을 일으킨 소년이었다. 그 무렵 잇세이는 입원 중이던 소년을 여러 번 찾아갔었다. 오랜만에 보니 소년은 키도 더 컸고 표정도 밝았으며 행복해 보였다.

"그 책, 정말 좋은 책이야."

잇세이가 웃으며 말하자 소년도 행복한 미소를 지었다.

사인회는 순조롭게 진행된 듯 보였지만, 사실 시작 전에 약간 문제가 있었다. 행렬 속에 어린아이가 있었는데 계속 줄을 서 있기가 싫증이 났는지 울고불고 짜증을 부렸던 것이다. 아이와 부모도 힘들었겠지만 찢어질 듯한 아이 울음소리는 분위기를 깰 염려가 있었다. 그때 지원을 나온 소노에가 옛날이야기 책을 들고 아이들 앞에 섰다. 크게 숨을 고르더니 아이들의 시선을 모으고는 평소처럼 상냥하게 웃는 얼굴로 읽어주기 시작했다.

"소노에는 정말 필요한 일을 알아서 잘한다니까."

함께 지원을 나온 나기사가 소노에에게서 시선을 떼지 못하고 그렇게 말했다.

잇세이의 귀는 소노에의 목소리 끝에서 미묘한 떨림을 느꼈다. 낯선 장소에서 처음 보는 아이들을 위해 그림책을 읽는 것은 용기가 필요한 일이다. 하지만 그림책을 펼쳐 읽고 있는 모습은 마법의 책을 손에 들고 모두의 행복을 위한 주문을 읽어내려가는 착한 마녀 같았다. 이윽고 아이들이 조용해지더니 웃거나 환호성을 지르며 소노에의 이야기에 귀를 기울였다. 그래, 나도 이 목소리를 좋아했었지, 하고 잇세이는 생각했다.

사인회는 성황리에 막을 내렸다. 손님들은 한겨울 차가운 공기 속으로 제각각 흩어졌다. 사쿠라노마치 마을을 구경하러 가는 사람도 있는가 하면, 사인본을 가득 안고 만족스러운 얼굴로 호텔 셔틀버스를 타고 돌아가는 손님들도 있었다. 자가용으로 온 사람들이나 마을 숙박 시설과 숙소를 마련한 사람들은 밤에 열리는 별 축제를 즐기기 위해 폐교가 있는 언덕에서 상점가가 있는 마을 중심가로 내려갔다.

노을이 천천히 물들어가는 사쿠라노마치에는 여기저기에 별처럼 작은 등불이 켜지기 시작했다. 앞치마를 두르고 행사를 도왔던 도오루의 설명에 의하면, 별 축제를 위해 호수에 띄우는 등롱을 작게 만들어 매단 것이라고 한다. 갑자기 울리는 종소리에 뒤돌아보니 시계탑에도 등불이 밝혀져 있었고, 마을 하늘에 행복을 알리는 종소리가 울려 퍼졌다.

마을을 가득 메운 등불이 강과 수로에 반사되어 마을 전체에 별이 쏟아져 내린 것만 같았다.

삼삼오오 길을 걷는 사이 잇세이는 어느 틈엔가 요모기노 준야와 나란히 걷게 되었다. 준야가 불쑥 입을 열었다. 함께 살던 어린 시절, 잇세이가 좋아했던 고양이가 자기 때문에 죽었다는 고백을 했다. 아무도 몰래 무덤을 만들어주었다는 말도. 잇세이에게 알릴 수 없었던 것이었다.

'그렇구나. 그 아기 고양이는 죽었구나.'

잇세이는 가만히 생각했다. 아무리 찾고 기다려도 만날 수 없는 곳으로 가버린 거였구나. 마음속에서 어린 시절의 잇세이가 '그렇구나' 하고 고개를 떨어뜨리는 것을 본 것만 같았다. 하지만 이상하게도 그 아이는 슬퍼 보이지 않았다. 그러고는 얼굴을 들어 웃어 보였다.

"요모기노 선생님!"

잇세이는 반걸음 앞서 가는 자신보다 키가 큰 사촌 형을 불렀다.

"고양이, 기억하고 있어줘서 고마워. 정말 기뻐."

"용서해주는 거야?"

"용서할 게 뭐가 있어."

잇세이는 뒤돌아보는 사촌 형에게 웃어 보였다.

"감사할 뿐이지."

지상에 별빛을 밝힌 마을에 땅거미가 내려앉기 시작했고, 어둠이 깊어갈수록 빛이 하나둘 늘어갔다. 등불이 만든 그림자 속에 지금은 더 이상 이 세상에 없는 작은 고양이의 눈동자가 보인 것만 같았다.

고양이는 오래전에 죽었지만 시간의 경계에 지금도 살아 있는 듯했다. 그래서 이런 축제 날 밤, 누군가가 떠올릴 때마다 홀연히 되살아나는 걸지도. 덧없는 작은 존재로, 바람에 흩날리듯 지상에서 사라져버렸지만, 이 세상을 살다 갔음을 기억하는 누군가가 있는 한 그 영혼은 영원히 이 세상에 남아 있을지도 모른다. 지구라는 따뜻하고 커다란 요람 안에.

'지구는 요람처럼 많은 생명의 기억을 태우고 우주를 떠돈다.'

『4월의 물고기』에서 단 시게히코가 쓴 그 말처럼. 잇세이와 준야도 잠시 이 세상에 존재하다 언젠가 먼지가 되어 사라질 존재에 지나지 않는다. 하지만 분명 누군가의 기억에 남으리라. 그들을 사랑하는 누군가의 기억이 되어, 그리고 이 지구라는 별을 구성하는 작고 빛나는 하나의 조각이 될 것이다.

"아기 고양이, 기억하고 있어줘서 정말 고마워. 형."

잇세이는 준야와 보폭을 맞춰 나란히 걸으며 그를 올려다보고 그렇게 말했다.

잇세이는 이 마을의 별 축제는 처음이어서 산골짜기 마을에 반짝이는 빛 무리를 바라보며 그저 숨을 죽였다.

호수 수면을 가득 메운 불빛이 흐르고, 호수를 둘러싼 숲에도 불빛이 반짝였다. 하늘에는 은빛으로 빛나는 별들. 마치 마을 전체가 크리스마스트리 같다고 생각했다.

"크리스마스트리 같아요."

같은 생각을 한 듯 소노에가 말했다.

"세상은 정말 아름다워요."

그렇게 말하며 눈앞에 보이는 풍경에 마음을 빼앗긴 나머지 눈길에 미끄러져 그만 넘어질 뻔했다. 잇세이가 손을 뻗어 잡아주자 쑥스러운 듯 웃었다.

소노에와 나기사는 행사를 돕기 위해 나기사가 운전하는 차를 타고 왔다. 츠카모토 부점장은 자신의 독일제 승용차를, 파트타임 직원인 구다 씨는 깜짝 놀랄 만한 750시시의 거대한 오토바이를 타고 왔다. 진짜 멋지긴 했지만 길을 잃고 헤매다 늦는 바람에 조금 걱정을 끼쳤다.

동료들의 응원은 정말 큰 도움이 되었고, 오랜만에 함께 일할 수 있어 정말 즐거웠다. 특히 소노에가 옆에 있다는 사실이 이렇게 든든하고 따뜻하게 느껴질 줄 몰랐다.

오래된 초등학교의 도서관에서 낭랑하게 울려 퍼지는, 책 읽어주는 소리가 마치 노래처럼 아름다웠고, 책과 아이들을 향한 사랑으로 넘쳐 흘렀다. 긴가도 서점에 있을 때도 가끔 동화책을 읽어주는 소노에의 목소리를 은근히 기다리곤 했다. 아이들에게 살며시 내미는 다정한 손길 같은 목소리였다. 그것은 평소 소노에의 목소리와는 다른, 단아한 여신의 목소리였다. 소노에는 여전히 비틀거리고 넘어질 듯해서 항상 시선에 담아두었는데, 그런 걱정조차도 즐거웠고, 즐거워하고 있는 자신을 발견한 것 또한 즐거웠다.

'별 축제…….'

전설에 의하면 소원이 이루어지는 밤이라고 하는데, 이런 마법같이 아름다운 밤이라면 어떤 기적이 일어나도 이상할 게 없다는 생각이 들었다. 하늘에는 신이 켜놓은 별들이 반짝이고, 땅에서는 사람들이 밝혀놓은 등롱이 따뜻하게 빛나고 있다.

이것이면 충분하지 않은가.

"정말 아름답다."

이 아름다운 정경을 볼 수 있다는 것만으로도, 그리고 오늘 사인회가 무사히 끝났다는 것만으로도 더 이상 빌 소원은 없을 것 같았다.

"여기서 더 바라면 벌 받을 것 같군."

옆에서 소노에가 살짝 고개를 끄덕였다. 커다란 갈색 눈이 반짝반짝 빛나서, 그곳에도 마치 별이 떠 있는 것처럼 보였다. 하얀 반코트가 정말 잘 어울렸다. 천사 같았다.

'그래, 만약 소원이 있다면.'

잇세이는 빙그레 웃었다.

'이 착하고 귀엽고 엉뚱한 소노에가 행복했으면 좋겠다. 앞으로는 슬프거나 외로워서 우는 일이 없었으면 좋겠다.'

비틀거릴 때마다 자신이 잡아줄 수 있게 되기를.

만약 마법이 있다면 이런 사람에게야말로 그 축복이 어울린다고 생각했다. 별이 쏟아지는 하늘을 올려다보며, 이 하늘 아래 어딘가에 소원을 들어주는 착한 존재가 있다면 부디 모든 착한 사람들에게 축복을 달라고 빌었다.

밤하늘에 차츰 구름이 몰려오더니 이윽고 하얀 눈이 내리기 시작했다. 하늘에서 내려오는 부드러운 목소리처럼.

전나무 숲에서 나기사가 자신들을 보고 있다는 사실을 잇세이와 소노에는 전혀 눈치채지 못했다.

나기사는 잠시 슬픈 표정으로 두 사람의 뒷모습을 바라보는 듯하더니, 이내 어깨를 움츠리고 마을로 내려가기 위해 발걸음을 돌렸다. 그 순간 자신의 뒤에 서 있던 사람의 가슴에 파묻히며 코를 부딪혔는데 놀라면서도 화가 났다.

"여기서 뭐 하는 거예요?"

요모기노 준야였다.

"아니 그냥, 나기사 씨가 뭐 하나 싶어서. 정말 고백을 할지 안 할지. 좀 떨어진 곳에서 그저 지켜주고 싶었어요."

따뜻해 보이는 코트를 입은 채 웃는 준야는 걱정스러우면서도 따뜻한 눈빛으로 나기사를 바라보았다. 보드랍고 폭신해 보이는 갈색 코트 때문에 세인트버나드가 생각나 나기사는 웃고 말았다. 사실은 울고 싶었지만 말이다. 준야의 팔에 팔짱을 끼고 검지를 입에 대더니 "가죠" 하고 말했다.

"고백 안 할 거예요? 호시노카케스라는 것도?"

나기사는 어깨를 들썩이고는 준야를 끌다시피 해서 눈길을 헤치고 걸었다.

"우리끼리 하는 얘기지만 나기사 씨, 저도 그날 잇세이에게 전화를 걸 때 엄청 용기가 필요했거든요? 아무 일 없었다는 듯이 말하는 것도. 제가 얼마나 애썼는지 아세요?"

"저 좋은 분위기를 망칠 정도로 심술쟁이도 아니고, 나쁜 사람도 아니거든요?"

볼썽사나운 짓도 하고 싶지 않고, 하며 한숨을 쉬더니 웃었다.

'살면서 영원한 비밀이 한두 개쯤 있어도 괜찮지 않겠어?'

눈길에는 익숙하지 않아 너무 미끄러웠다. 부츠를 신고 있어도 발이 시렸고, 그대로 서 있다가는 얼어버릴 것만 같았다.

'마음이 얼어버려서 그런가 보다.'

그래서 빨리 돌아가기로 한 것이다. 마을의 불빛 속으로. 온기와 불빛 속에서 숨을 고르고 나면, 오늘 밤 일어난 일도 조금씩 받아들이게 될 것이다. 아름다운 모습을 보았다고.

'정말 잘 어울렸어.'

행복해 보였다. 잘된 일이라고 지금 당장 받아들이긴 힘들겠지만 언젠가 진심으로 그렇게 생각할 날이 올 것이다. 그런 내가 좋다.

'난 강하니까.'

나기사는 웃으며 얼굴을 들었다. 하얀 눈송이가 눈에 들어가 눈물처럼 녹아 흘렀다. 차갑지만 기분 좋았다. 가슴에 들어오는 차가운 밤바람을 내쉬면서 울고 싶은 마음을 애써 감추려 했다. 그리고 걱정스러운 눈빛을 보내고 있는 마음 착한 구조견, 준야가 있어주어 정말 다행이라고 생각했다.

'함께 걸으니 미끄러지지 않는군. 과연 구조견이야.'

착한 사람이 곁에 있어준다면 힘겹게라도 웃을 수 있다고 생각했다.

"호텔 바가 늦게까지 연다는데. 상처 입은 가여운 어린양을 위로해주실 거죠, 선생님?"

"나기사 씨가 원한다면."

"술도 사줄 거예요?"

"그러죠, 뭐."

"야, 신난다."

하얀 입김을 불어가며 밤길을 걸었다.

슬프지만, 가슴은 찢어질 듯 아프지만, 지금 이렇게 나기사가 의지할 수 있는 따뜻한 팔이 있다. 자신의 이름을 불러주는 사람이 있다. 그것을 알고 있기에 일부러 나기사는 뒤돌아보지 않고 이를 악물고 앞으로 나아가고 있다.

'정말 멋진 밤이야.'

미소를 지었다.

강한 척하는 것이 아니라 정말 멋지다고 생각했다. 그리고 살짝 소원을 빌었다. 한순간이었지만.

'신이여, 만약 진짜 계시다면 이 착한 구조견에게 좋은 일이 일어나도록 해주세요.'

'저는 이미 행복하니까요.'

그날 밤, 상점가의 낡은 술집에서는 이장인 후쿠모토 가오리와 가시와 바 나루미가 술잔을 기울이고 있었다. 아주 오래전에 두 사람은 일 때문에 동석한 적이 있어 오랜만의 재회를 기뻐하며 술을 마시게 되었다.

오후도 서점의 행사에 나루미가 빠질 리 없다. 사람들의 박수와 환호를 받으며 다카오카 겐과 요모기노 준야의 책을 낭랑한 목소리로 낭독해 갈채를 받았다. 『4월의 물고기』의 마지막 장면을 낭독할 때는 주인공 리카코가 그 자리에 있는 것만 같았다. 그 모습은 성황리에 끝난 사인회 장면과 함께 일본 전역으로 사람들의 손을 통해 사진과 동영상에 담겨 퍼져나갔다. 작은 마을에서 세월의 변천 속에 잊혀가던 관광지가 다시금 사람들의 기억 속에서 되살아난 것이었다.

술집 주인이 잠시 밖에 나간 사이, 나루미가 가오리에게 말했다.

"그래서 그 전설의 공주는 결국 어떻게 됐어요? 하긴 하늘에서 별이 내려올 정도로 동화적인 얘기라서 궁금해하는 것도 웃기지만요."

가오리가 씽긋 웃었다. 그리고 말했다.

"그 전설은 사실과는 달라요. 마리 공주가 밤에 산을 넘어 도망칠 때 어둠 속에 불빛이 빛나고 있었지만, 하늘에서 내려온 마법의 별빛은 아니었어요."

"……? 그게 무슨?"

"마을 사람들은 도저히 마리 공주 혼자서 산을 넘는 걸 보고만 있을 수는 없었어요. 마을 사람들이 작은 등불을 손에 들고 몰래 마리 공주를 데리고 도망치게 도와줬던 거예요. 공주의 손을 잡고 호수를 건너고 산을 넘어 기다리고 있는 사람들이 있는 곳까지요."

"우와, 대단해요. 하지만 그건 목숨을 걸어야 하는 일이잖아요?"

"맞아요. 우리 선조들은 목숨 건 각오를 했던 거죠. 그래서 마리 공주는 무사히 도망칠 수 있었어요. 해피 엔딩."

"그렇다면 왜 별님이 도와줬다는 전설이 된 거죠?"

"그건 말이죠."

가오리가 장난기 어린 얼굴로 웃었다.

"선조들은 자신들의 용기와 모두의 힘으로 기적이 일어난 것을 아마 알리고 싶었을 거예요. 자자손손 이야기를 들려주고 싶었던 거죠. 하지만 그대로 이야기했다가는 법을 어긴 사실이 발각되니까 마을이 위험해질 수도 있었겠죠. 그래서 그런 전설을 만들어낸 게 아닐까요?"

"그렇구나."

나루미가 고개를 갸웃거렸다.

"그럼 사쿠라노마치 마을 사람들 모두가 진짜 얘기를 알고 있어요? 알고도 말을 안 한다는 거예요?"

"글쎄요. 아는 사람은 알겠죠."

가오리가 웃었다. 술잔을 기울이며,

"저는 알고 있지만요. 후쿠모토 집안은 마을에서도 오래된 집안이니까. 사실 저희 집안에는 예전에 독일에서 온 여자가 시집을 왔어요. 독일 집에는 아주 먼 옛날에 바다를 건너온 일본의 공주가 선조라는 얘기가 있었대요. 아주 오랫동안 비밀에 부쳐진 얘기였는데, 그 영향도 있어서인지 자세한 건 전해지지 않았나 봐요. 공주의 이름조차 모르더군요. 하지만 그 사람은 일본에 관심이 있었고, 그래서 유학 중에 저희 집안 어른과 만나서 결혼한 거죠. 고향에 돌아온 것 같다고 했대요. 그래서 저희 집안에는 이 이야기도 전해졌다는 말씀."

"어머머, 신기하다. 그 공주가 마리 공주인지 아닌지 조사해봤어요?"

"이런 건 밝혀지면 재미없어지잖아요. 마법이 사라지니까."

"이해가 가는 것 같기도 하고, 아닌 것 같기도 하고."

하더니 나루미가 웃었다. 가오리도 따라 웃더니 말을 이었다.

"마법이란 게 정말 있구나, 하는 생각을 했어요. 어쩌면 신과 천사도 별을 지상에 내려보낼 수 없었을지도 몰라요. 하지만 착한 사람들의 손길이 지상에 별을 만들었구나 싶어요. 참 멋진 일이죠. 저는 제가 사쿠라노마치 마을에서 태어난 것이 정말 좋아요. 이곳을 떠나 있었을 때도 만약에 진짜 마리 공주의 피를 물려받은 거라면 마을로 돌아가야 한다는 생각을 줄곧 했거든요. 언젠가 마을 사람들을 위해 좋은 선물을 가지고 돌아가야겠다고요."

나루미는 기분 좋게 술에 취해, 생선 구이를 먹고 얼큰하게 올라오는 취기를 만끽하면서 창 너머 밤하늘을 바라보았다. 구름 사이에서 반짝반짝 빛나는 별을 본 것 같다. 기분 탓일지도 모르지만. 하지만 만약 정말 본 게 아니라 하더라도 하늘에는 별이 있다.

변함없이 별빛을 지상에 뿌리고 있다고 생각했다.

작고 무수히 많은 등불로 지상을 밝히듯이.

작가의 말

이 책 『별을 잇는 손』은 PHP연구소에서 2016년 가을에 간행된 『오후도 서점 이야기』의 속편입니다. 『오후도 서점 이야기』는 근무하던 소도시의 서점을 불행한 사건으로 인해 그만두지 않으면 안 되었던 서점 직원 츠키하라 잇세이가 어떤 계기로 시골 마을에 있는 작고 오래된 서점의 후계자가 되기로 결심하는 장면까지의 이야기였습니다.

이 책은 그 후의 이야기입니다. 그리고 츠키하라 잇세이와 오후도 서점의 이야기로는 아마도 이 책이 완결편이 될 것입니다. 『오후도 서점 이야기』가 2017년 서점대상 5위에 선정되는 등, 그 덕분에 호평을 받게 되어 저자로서는 (아마도 출판사인 PHP연구소 역시) 츠키하라 잇세이의 이야기를 완결하겠다는 생각은 없었지만, 마지막 장을 완성시키면서 "아, 이것은 이제 이야기로 완결되었구나" 하고 깨달았습니다.

가끔 그런 소설이 있습니다. 등장인물들이 스스로 깔끔하게 막을 내리면서 "그 후로는 아주 오래오래 행복하게 잘 살았답니다" 하는 내레이

선이 귓가에 들리는 듯한.

『오후도 서점 이야기』에서 한 권의 책이 등장인물들의 힘으로 극적으로 팔리게 된다는 일화를 썼습니다. 책이 팔리게 되기까지 하나하나의 에피소드는 서점에서 힌트를 얻거나, 실제로 일어나고 있는 일이니 이런 식으로 베스트셀러가 탄생하는 것도 나쁘지 않겠다고 생각하여 쓴 이야기입니다. 하지만 막상 문장으로 엮고 나니 현실감이 없다고나 할까, 판타지처럼 흘러버리고 말았습니다.

『오후도 서점 이야기』가 출간된 뒤에 생긴 일이지만, 모리오카의 사와야 서점 페잔(모리오카 역에 있는 빌딩의 이름으로, 쇼핑몰과 음식점이 마련되어 있다―옮긴이) 지점이 기획한 『문고X』라는 수수께끼의 문고가 큰 인기를 얻으며 전국 서점에서 팔리는 베스트셀러가 된 일을 기억하는 분이 많을 거라 생각합니다.

사와야 서점의 서점 직원 나가에 다카시 씨가 찾아낸 한 권의 책에, 손님에게 '선입견 없이 전달하기 위해 일부러 제목과 표지를 숨겼다'는 내용의 메시지를 적은 커버를 씌워 판매한 그 책입니다. 독자가 꼭 읽어주기를 바라는 몸부림에서 비롯된 절실함과 호소력 짙은 메시지가 적힌 『문고X』는 사와야 서점 페잔 지점에서 큰 인기를 얻었습니다.

제목도 내용도 알 수 없는 문고가 그렇게 많이 팔린 것은, 사와야 서점이 손님들로부터 두터운 신뢰를 얻고 있는 서점이고, 또한 뭔가 재미있을 것 같다며 책을 사는, 지적 호기심이 왕성한 고객층을 둔 서점이기에 가능했다고 생각합니다. 이 책이 팔리는 상황을 트위터로 지켜봤는데, 사와야 서점의 '손님'으로 평소 서점을 지지하고 있던 여러 분들이 남긴, 서점을 향한 사랑과 신뢰, 활자를 사랑하는 마음을 많은 댓글을 보고 알 수 있었습니다.

서점의 '기획'이라 해도 그에 호응하고 함께 분위기를 만들어가는 '손님'이 없는 한 책은 팔리지 않습니다. 그 '손님'들의 지지와 성원 역시 기적을 일으키는 소중한 힘이었고, 그 서점은 그만큼 손님들에게 사랑받는 서점이었던 것이죠. 그리고 사와야 서점은 스스로 그 고객층을 키우는 데도 유명한 서점이었습니다. 이 사와야 서점, 그리고 『문고X』에 관해서는 각 출판사에서 당사자(사와야 서점의 관계자 여러분)에 관한 흥미로운 책이 여러 권 출간되어 있습니다. 재미있는 책이니 아직 읽지 않은 분들은 꼭 한번 읽어보시길 권합니다.

『문고X』는 나중에 신문이나 텔레비전 같은 매체에서도 보도하기 시작했습니다만, 초기에는 트위터로 시작했습니다. 그 기획에 공감한 전국의 서점 직원들이 자신의 서점에서 발매했고, 몇몇 서점에서는 직접 커버를 만들어 화제를 모았지요. 이윽고 전국적인 히트작이 되었다는 이야기를 실시간으로 보면서 저는 축제에 참가한 듯 즐거운 기분이었던 것을 기억합니다.

그것이 자신의 책이 아니더라도 팔리는 책의 이야기는 늘 즐거운데, 어느 서점 직원의 아이디어에서 출발한 기획이 그 기획을 좋게 받아들인 많은 사람들의 공감으로 널리 퍼진 것은 영화 같기도 하고 드라마틱하기도 한, 멋진 사건이었다고 생각합니다. 요즘 출판 업계에 밝은 화제가 별로 없지만 가끔은 이런 일이 있어도 좋지 않을까, 매일 생각하고 있었습니다.

또한 그 무렵 저는 이 『문고X』 사건이 좀 더 일찍 일어났다면, 하고 조금 속이 상했습니다. 그랬다면『오후도 서점 이야기』속에 넣을 수도 있었을 텐데. 일어날 것 같은 기적, 밝은 가능성의 사례로 소개하고 싶었습니다.

한편 커버를 재구성해 인기를 끈 사례도 있는데, 비슷한 시기에 도치키 현의 우사기야 서점이『하루 보관 100엔 가게』(오미야 준코)를 서점에서 직접 만든 따뜻한 분위기의 커버를 씌워 판매하면서 손님들의 이목을 끌게 되었고, 잘 팔리는 책이 된 일도 있었습니다. 이 수제 커버가 신문과 트위터로 소개되면서 전국 서점에 파급 효과를 낳아 지금도 잘 팔리고 있습니다.

이 우사기야 서점의 이야기도 사실은『오후도 서점 이야기』에서 소개하고 싶었습니다.

서점이 화제가 되는 일이 있으면 보통은 어두운 뉴스입니다. 하지만 아직은 희망이 있지 않을까, 이 책이라면 팔릴 것이다, 하고 열심히 책을 파는 서점도 있습니다.

『별을 잇는 손』은 속편이기는 하지만 사실『오후도 서점 이야기』를 쓸 때 이미 준비해두었던 일화를 중심으로 썼습니다. 후반에 나오는 폐교에서의 사인회가 그렇습니다. 전편『오후도 서점 이야기』의 서장에서 앨리스가 폐교에 산다는 설정은 언젠가 그곳을 무대로 쓰려고 했기 때문입니다. 전편에서 사인회까지 쓰고 싶었지만 그때는 분량이 꽉 찬 데다 시간도 촉박했습니다.

결과적으로 당초 예상했던 이야기를 두 권으로 나누어 간행하게 되었습니다만, 이것이 이 이야기에는 딱 맞는 분량이고 형태가 아니었을까 생각합니다. 이야기를 있는 그대로 완성시킬 수 있어서 행복하고 감사할 뿐입니다.

두 권이 되면서 여러 등장인물이 새로 탄생했습니다.

그중에서 음악 카페 가제네코의 주인이자 전 편집자인 후지모리 쇼타로, 통칭 가제네코 씨는 사실 실제 모델이 있습니다. 서점 업계에 정통한 블로거이자 작가로 유명한 소라이누 타로 씨입니다.

소라이누 씨의 아이가 제 책을 좋아한다는 계기로 만나 주로 트위터로 연락을 주고받고 있는데, 책과 음악, 출판 업계(그리고 SF와 특수촬영)에 관한 깊은 애정과 지식을 엿볼 수 있는 트위터는 정말 멋져서 진심으로 존경하고 있습니다.

이번 『별을 잇는 손』은 소라이누 씨가 관여한 『서점도감』『서점회의』(둘 다 나츠하샤)의 두 권을 생각하면서 쓰기도 했는데, 실제로 취재하면서 이야기를 듣는 동안(그리고 작품 구성에 대해서도 상담을 하고 많이 가르쳐주셨습니다. 감사합니다), 이왕이면 등장인물로 그려보고 싶어졌습니다. 이야기의 연결 고리가 빠진 부분에 인물이 필요했는데 마침 딱 들어맞는 모델이었습니다.

마지막으로, 이번에도 교정과 교열을 봐주신 오라이에는 정말 신세를 많이 졌습니다. 많은 도움을 주신 점 감사드립니다. 조판을 맡아주신 에브리싱 여러분께도 신세 많이 졌습니다. 아름답고 장엄한 표지 그림을 그려주신 게미 씨, 이번에도 감사드립니다. 역시 최고로 멋진 표지를 만들어주신 오카모토 가오리 씨(next door design), 감사합니다.

또한 이번 책은 지극히 개인적인 사정으로 원고가 늦어져 담당 편집자인 요코타 씨가 많이 애써주셨습니다. 책이 이렇게 무사히 나올 수 있었던 것도 요코타 씨 덕분이라고 생각합니다. 감사합니다.

진짜 마지막으로, 개인적인 일을 하나만 더 쓰겠습니다.

원고가 완성되는 것을 보려 한 듯 마지막 힘을 다해 살아준 저희 집 고양이를 떠나보냈습니다. 세상 어디에나 있을 법한 한 마리 고양이에 지나지 않지만, 저에게는 세상에서 단 하나뿐인, 사랑하는 고양이였습니다. 많은 것을 깨닫게 해주었고 많은 것을 주었던 고양이였습니다. 마지막에 이 책에서 가장 소중한 말을 쓸 수 있게 해준 것도 그 아이였다고 생각합니다.

이렇게 책이 나오고 보니 그 아이를 잃고 마지막 조각이 맞춰진 것 같기도 하고, 마치 반짝이는 작은 빛이 책 페이지 속에서 빛나고 있는 것 같기도 합니다. 아마 또 이렇게 작은 고양이의 생명이 영원히 기억되는가 싶습니다.

이제 『별을 잇는 손: 오후도 서점 두번째 이야기』가 완성되었습니다.

츠키하라 잇세이와 서점 직원과 서점인들의 이야기, 재미있게 보셨나요?

그리고 등장하는 호시노 백화점은 『백화의 마법』(포프라샤, 2019년 직선과곡선에서 번역 출간)의 그 백화점 이야기입니다. 이른바 『오후도 서점 이야기』 속편의 자매품과 같은 책인데, 만약 기회가 있어 읽어주신다면 저자로서 정말 행복할 것입니다.

2018년 7월 6일
조용히 비가 오는 밤에
무라야마 사키

별을 잇는 손

오후도 서점 두번째 이야기

1판1쇄 펴냄 2019년 5월 20일
1판7쇄 펴냄 2023년 5월 15일

지은이 무라야마 사키 | **옮긴이** 류순미

펴낸이 김경태 | **편집** 홍경화 성준근 남슬기 한홍비 / 박민주 | **디자인** 박정영 김재현
마케팅 유진선 강주영 | **경영관리** 곽라흔
펴낸곳 (주)출판사 클
출판등록 2012년 1월 5일 제311-2012-02호
주소 03385 서울시 은평구 연서로26길 25-6
전화 070-4176-4680 | 팩스 02-354-4680 | 이메일 bookkl@bookkl.com

ISBN 979-11-88907-67-0 03830

이 도서의 국립중앙도서관 출판예정도서목록(CIP)은 서지정보유통지원시스템 홈페이지(http://seoji.nl.go.kr)와
국가자료공동목록시스템(http://www.nl.go.kr/kolisnet)에서 이용하실 수 있습니다.(CIP제어번호: CIP2019016522)